LA GESTE DES PRINCES-DEMONS

LE PRINCE DES ETOILES

ŒUVRES DE JACK VANCE

DANS PRESSES POCKET

LA GESTE DES PRINCES-DÉMONS

1. LE PRINCE DES ÉTOILES
2. LA MACHINE À TUER
3. LE PALAIS DE L'AMOUR
4. LE VISAGE DU DÉMON
5. LE LIVRE DES RÊVES

CHRONIQUES DE DURDANÉ

1. L'HOMME SANS VISAGE
2. LES PALADINS DE LA LIBERTÉ
3. ASUTRA !

LYONESSE

1. LE JARDIN DE SULDRUN
2. LA PERLE VERTE

LES MAÎTRES DES DRAGONS
LES MONDES DE MAGNUS RIDOLPH
UN TOUR EN THAERY
EMPHYRIO
SPACE OPÉRA
LES CINQ RUBANS D'OR
UN MONDE D'AZUR
LES MAISONS D'ISZM
LES DOMAINES DE KORYPHON
LES BALADINS DE LA PLANÈTE GÉANTE
LA VIE ÉTERNELLE

LE LIVRE D'OR DE JACK VANCE

SCIENCE-FICTION
Collection dirigée par Jacques Goimard

JACK VANCE

LA GESTE DES PRINCES-DEMONS

LE PRINCE DES ETOILES

Traduction de Pierre BILLON
et Alain GARSAULT

PRESSES POCKET

Le titre original de cet ouvrage est :
THE STAR KING

ISBN 2-266-00843-9

CHAPITRE I

« Quel paradoxe, quelle invraisemblable anomalie qu'une différence de quelques centaines de kilomètres — même pas : de mètres, voire de centimètres — suffise à transformer un crime abject en un banal délit! »

(Balder Bashin, dans le Nunciamento Ecclésiarchique de l'année 100 à Foresse, sur la planète Krokinole.)

La loi est impuissante, là où ne peut s'exercer la contrainte. »

(Dicton populaire.)

Extrait de *Smade, de la Planète Smade,* article-vedette dans *Cosmopolia,* octobre 1523 :

Question : Vous sentez-vous parfois isolé, Mr. Smade?
Réponse : Impossible, avec trois femmes et onze enfants.
Q. — Qu'est-ce qui vous a conduit à vous installer ici? C'est un monde assez maussade, dans l'ensemble.
R. — C'est dans l'œil de l'observateur que réside la beauté. D'ailleurs il ne me déplaît pas de diriger un établissement de vacances.
Q. — Quel genre de gens fréquentent votre taverne?
R. — Des personnes qui recherchent la tranquillité et un endroit pour se reposer. Éventuellement un voyageur en provenance de l'intérieur du Pale ou un explorateur.
Q. — J'ai entendu dire qu'une certaine partie de votre clientèle était assez turbulente. En réalité, pour parler franc,

on pense généralement que la taverne de Smade est fréquentée par les pirates et les flibustiers les plus notoires de l'Au-Delà.

R. — Je suppose qu'ils ont, eux aussi, besoin de se reposer de temps en temps.

Q. — Ces gens ne vous créent-ils pas de difficultés? N'avez-vous pas de peine à maintenir l'ordre?

R. — Non. Ils connaissent les règles de la maison. Je leur dis : Messieurs, cessez, je vous prie. Vos querelles ne regardent que vous; elles sont fugitives. L'harmonieuse atmosphère de la taverne est ma propriété et j'entends qu'elle demeure permanente.

Q. — C'est donc qu'ils vous obéissent.

R. — En général.

Q. — Et dans le cas contraire?

R. — Je les jette à la mer.

Smade était un homme discret. Ses origines, ses premiers démêlés avec la vie étaient connus de lui seul. En l'année 1479 il fit l'acquisition d'un chargement de bois précieux, que, pour d'obscures raisons, il emporta sur un petit monde rocheux situé dans le moyen Au-Delà. Et là, avec le concours de dix artisans sous contrat et d'autant d'esclaves, il construisit la taverne de Smade.

Le site était un plateau oblong, couvert de bruyères, entre les montagnes et l'océan, exactement l'équateur de la planète. Il construisit selon des plans dont l'ancienneté remontait aux origines de l'habitat, utilisant des pierres pour les murs, des poutres de bois et des plaques de schiste pour le toit. Une fois terminée, la taverne participait du paysage aussi intégralement qu'un affleurement de rochers : c'était un long bâtiment à deux étages, avec un pignon élevé, une double rangée de fenêtres sur la façade et le mur de derrière, et des cheminées à chaque extrémité, d'où s'échappait de la fumée provenant de la combustion des mousses fossiles. Derrière l'établissement, on apercevait une rangée de cyprès, dont la forme se mariait parfaitement avec le caractère du paysage.

Smade introduisit de nouveaux éléments dans l'écologie du lieu. Dans une vallée abritée, située derrière la taverne, il fit planter du fourrage et des plantes maraîchères. Dans une autre, il élevait un petit troupeau de ruminants et de la volaille. Ces innovations rencontraient un succès modéré, mais animaux et végétation ne montraient aucune disposition à se développer sur toute la planète.

Le domaine de Smade s'étendait sur un territoire qui n'avait d'autre limite que sa volonté — il n'y avait pas d'autre habitation sur la planète — mais il choisit de n'étendre ses droits de propriétaire que sur une surface d'environ trois arpents, enclose d'un mur de pierre blanchi à la chaux. Smade ne prêtait aucune attention à ce qui se passait à l'extérieur de son enclos, à moins qu'il n'eût des raisons précises de considérer ses intérêts menacés : événement qui, jusqu'ici, ne s'était jamais produit.

La Planète Smade était l'unique satellite de l'étoile Smade, une banale naine blanche qui se situait dans une région relativement clairsemée de l'espace. La flore indigène était plutôt maigre : des lichens, de la mousse, des plantes grimpantes primitives, des algues pélagiques qui donnaient à la mer une teinte noire. La faune était encore plus rudimentaire, si possible : des vers blancs dans la vase qui tapissait le fond de la mer, quelques créatures gélatineuses qui ramassaient et ingéraient les algues noires d'une façon ridiculement inepte; un assortiment de protozoaires simples. Les altérations pratiquées par Smade, quant à l'écologie de la planète, pouvaient donc être difficilement considérées comme préjudiciables à son équilibre.

Smade lui-même était grand, large et épais, avec une peau blanche comme des ossements séchés dans le désert et des cheveux d'un noir de jais. Ses antécédents, ainsi que nous l'avons déjà mentionné, étaient vagues, et on ne l'avait jamais entendu évoquer ses souvenirs. La taverne, cependant, était aménagée avec le plus grand apparat.

Ses trois femmes vivaient en bonne harmonie, les enfants étaient beaux et bien élevés. Quant à Smade lui-même, il se comportait toujours avec une politesse irréprochable. Ses prix étaient élevés, mais son hospitalité était généreuse, et il faisait montre d'une grande largeur de vues lorsqu'il s'agissait du règlement de ses notes. Un écriteau était suspendu au-dessus du bar : *« Mangez et buvez à discrétion. Celui qui peut payer et paie effectivement est considéré comme un client. Celui qui ne le peut doit se considérer comme l'hôte de l'établissement. »*

Les clients de Smade étaient très divers : il y avait des explorateurs, des techniciens Jarnell, des agents privés à la recherche d'hommes perdus ou de trésors dérobés, plus rarement un représentant de la CCPI — ou « Belette », dans le jargon de l'Au-Delà. D'autres étaient des personnages plus terribles, qui se classaient dans autant de catégories que de crimes recensés. Faisant de la nécessité une vertu, Smade présentait à tous le même visage.

Au mois de juillet 1524, se présenta à la taverne un certain Kirth Gersen, se donnant pour explorateur. Son vaisseau était du modèle de série loué à bail par les établissements dans les limites de l'Œcumène — un cylindre de neuf mètres équipé du strict minimum : à la proue le moniteur auto-pilote duplex, un chercheur d'étoiles, un chronomètre, macroscope et commandes manuelles; au centre, les cabines de passagers avec machine à air, reconvertisseur organique, banque de renseignements et soutes; à la poupe, le groupe énergétique, le compartimentage Jarnell et d'autres soutes. Le vaisseau était cabossé et rayé comme pas un. Le déguisement personnel de Gersen se bornait à des vêtements fort usagés et une humeur naturellement taciturne. Smade l'accepta comme il se présentait.

— Demeurerez-vous quelque temps, Mr. Gersen?

— Deux ou trois jours peut-être. Le temps de la réflexion.

Smade manifesta sa profonde compréhension par une inclinaison de tête.

— Il n'y a pas grand monde pour l'instant; vous serez seul avec le Prince des Étoiles. Vous trouverez ici tout le calme dont vous avez besoin.

— J'en serai très heureux, dit Gersen, ce qui était tout à fait vrai; ses affaires, qu'il venait juste de terminer, l'avaient laissé en tête à tête avec une série de problèmes non résolus. Il se détourna, puis s'arrêta et regarda en arrière tandis que les dernières paroles de Smade pénétraient son entendement.

— Il y a donc un Prince des Étoiles à la taverne?

— C'est sous ce nom qu'il s'est présenté.

— De ma vie je n'ai eu l'avantage de voir un Prince des Étoiles. Du moins pas à ma connaissance.

Smade hocha poliment la tête, indiquant ainsi que la conversation avait atteint les limites permises par la discrétion. Il tourna la tête vers la pendule.

— Je suggère que vous mettiez votre montre à l'heure locale. Le dîner est à sept heures : dans une demi-heure exactement.

Gersen monta des escaliers de pierre pour se rendre à sa chambre, cellule austère contenant un lit, une chaise et une table. Il jeta un coup d'œil à travers la fenêtre, le long de la bruyère qui s'étendait entre montagne et océan. Deux astronefs occupaient le terrain d'atterrissage. Le sien et un second, plus vaste et plus lourd, qui était évidemment la propriété du Prince des Étoiles.

Gersen fit ses ablutions dans une salle de bains et revint dans le hall du rez-de-chaussée, où il dîna des produits des jardins et des troupeaux de Smade. Deux autres clients firent leur apparition. Le premier était le Prince des Étoiles, qui se dirigea vers l'autre bout de la pièce dans une envolée de riches vêtements : c'était un individu à la peau teinte d'un noir de jais, les yeux pareils à des cabochons d'ébène, aussi noirs que sa peau. Il avait une taille supérieure à la moyenne et affectait une arrogance altière. Aussi terne que du charbon de bois, sa teinture de peau affadissait les contrastes de ses traits, faisait de son visage un masque protéiforme. Ses vêtements étaient d'une somptuosité barbare : des culottes de soie orange, une ample robe écarlate avec une ceinture blanche, et une sorte de béret souple à rayures grises et noires qu'il portait obliquement sur l'oreille droite.

Gersen l'examina avec une curiosité non dissimulée. C'était la première fois qu'il trouvait devant lui un

Prince des Etoiles se présentant en tant que tel, car la croyance populaire voulait qu'ils se promenassent incognito parmi les mondes colonisés par les hommes : ils constituaient autant de mystères cosmiques depuis la première visite humaine à Lambda Grus.

Le second client venait apparemment d'arriver : c'était un homme mince, d'un certain âge, d'appartenance raciale indéterminée. Gersen avait vu beaucoup d'individus de son genre : vagabonds de l'Au-Delà aussi divers que mal définis. Il avait des cheveux blancs courts et rudes, une peau jaunâtre qui n'avait pas été soumise à la teinture, un air d'incertitude et de méfiance. Il mangeait sans appétit, laissant son regard errer furtivement du Prince des Etoiles à Gersen, mais, pour l'instant, c'était par Gersen que son attention était le plus attirée. Ce dernier essaya d'éviter le regard de ce client dont l'insistance ne faisait que croître; il désirait rien moins que se trouver impliqué dans les affaires d'un étranger.

Après le dîner, tandis que Gersen contemplait le jeu des éclairs sur l'océan, l'homme se glissa près de lui, en grimaçant de nervosité. Il parlait d'une voix qu'il s'efforçait de contrôler, mais qu'il ne pouvait empêcher de trembler.

— Je suppose que vous arrivez de Brinktown?

Dès son enfance, Gersen avait appris à dissimuler ses émotions derrière une impassibilité étudiée qui avait quelque chose d'olympien; mais la question, venue interférer avec ses propres préoccupations, le prit au dépourvu. Et, c'est d'un ton légèrement réticent qu'il répondit, après un temps :

— En effet.

— Je m'attendais à trouver quelqu'un d'autre, mais qu'importe. J'ai décidé que je ne puis remplir mes obligations. Votre voyage s'avère sans objet, c'est tout.

Il se renversa sur son siège en montrant ses dents dans un sourire sans gaieté. Il s'était évidemment préparé à une réaction violente.

— Vous me prenez pour quelqu'un d'autre, dit Gersen avec un sourire poli en secouant la tête.

L'autre le regarda avec incrédulité.

— Mais vous venez bien de Brinktown?

— Et après?

L'autre fit un geste désespéré.

— Peu importe. Je m'attendais... mais peu importe.

Au bout d'un moment, il dit :

— J'ai remarqué votre vaisseau. Un modèle 9B. Vous êtes donc un explorateur.

— C'est exact.

La sécheresse du ton ne découragea pas son interlocuteur.

— Vous en sortez ou vous y entrez?

— J'en sors. Puis, jugeant préférable de motiver sa présence, Gersen ajouta : Je ne puis pas dire que j'ai eu beaucoup de chance.

La tension de l'autre céda soudain. Ses épaules s'affaissèrent.

— Je travaille dans le même genre d'affaires. Quant à la chance...

Il poussa un soupir sans espoir, et Gersen sentit l'odeur du whisky distillé par Smade.

— Si elle est mauvaise, je n'ai qu'à m'en prendre à moi.

Les soupçons de Gersen n'étaient pas complètement assoupis. La voix de l'homme était bien modulée, son accent était raffiné. Par lui-même, il ne pouvait donner aucune indication. Il pouvait être, comme il se présentait lui-même, un explorateur qui avait subi des ennuis à Brinktown. Ou bien il était tout autre chose — situation qui supposait toute une série de corollaires à faire dresser les cheveux sur la tête. Gersen aurait préféré la compagnie de ses propres pensées, mais il eut un geste courtois.

— Voulez-vous vous joindre à moi?

— Merci.

L'homme s'assit avec reconnaissance et, prenant un nouvel air de bravade, il parut chasser tous ses ennuis et ses appréhensions.

— Je m'appelle Lugo Teehalt. Vous boirez bien un verre?

Sans attendre la réponse, il fit un signe à l'adresse de l'une des fillettes de Smade, une enfant d'une dizaine d'années, vêtue d'une simple blouse blanche et d'une longue jupe noire.

— Je prendrai du whisky, petite, et tu serviras à ce monsieur ce qu'il voudra.

Teehalt parut puiser de la force soit dans le breuvage soit dans la perspective d'une conversation. Sa voix se fit plus ferme, ses yeux plus clairs et plus brillants.

— Combien de temps avez-vous passé à l'Extérieur?

— Quatre ou cinq mois, dit Gersen, dans son rôle d'explorateur. Je n'ai rien vu que de la roche, de la boue et du soufre. Je ne sais pas si le jeu en vaut la chandelle.

Teehalt sourit en hochant lentement la tête.

— Pourtant, il y a toujours l'intérêt de l'aventure. L'étoile brille, vous remarquez un cortège de planètes, vous vous demandez : sera-ce maintenant? Et chaque fois, c'est la fumée et l'ammoniaque, les vents d'oxyde de carbone, les pluies d'acide. Mais vous continuez imperturbablement. Peut-être que, dans cette région qui se trouve devant vous, les éléments se composeront sous des formes plus nobles. Et, bien entendu, c'est encore et toujours le même limon, la même neige de méthane. Et soudain, elle est là sous vos yeux, la beauté suprême...

Gersen sirotait son whisky sans faire de commentaire. Teehalt était apparemment un homme de bonnes manières et de bonne éducation, mais il était malheureusement assez avili.

Il continua, se parlant à demi à lui-même :

— En quoi consiste la chance, je serais bien incapable de le dire. Je ne suis plus sûr de rien... La chance ressemble à la malchance, l'échec apporte plus de satisfaction que la réussite... Mais, d'autre part, je n'aurais jamais confondu chance et malchance au point d'intervertir leur dénomination. D'ailleurs, qui peut prendre un échec pour un succès? Pas moi en tout cas. Tout revient au même, en définitive. La vie suit son cours, insensible aux événements.

Gersen se détendit un peu. Ces propos incohérents, mais provocants et qui trahissaient une sagesse profonde, aucun de ses ennemis n'aurait pu les proférer. A moins qu'ils n'aient engagé un fou?

— L'incertitude est plus pénible que l'ignorance, répondit-il avec prudence.

Teehalt lui dédia un regard plein du respect dû à la sagesse véritable.

— Vous ne prétendez tout de même pas que l'ignorance soit préférable.

— Cela dépend des cas, continua l'aventurier sur le ton le plus naturel et le plus dégagé possible. Mais il est certain que l'incertitude engendre l'indécision, qui est la fin de tout. Un homme ignorant peut agir. Pour ce qui est du bien et mal — chacun a son point de vue là-dessus.

Teehalt sourit tristement.

— Vous épousez une doctrine très populaire : le pragmatisme, qui n'est rien d'autre, en fait, que la doctrine de l'intérêt personnel. Je vous comprends néanmoins lorsque vous parlez de l'incertitude, car je suis un homme incertain. Il secoua sa tête aux traits aigus.

— Je sais que je suis tombé bien bas, mais mon expérience est tout à fait particulière.

Il termina son whisky, se pencha pour regarder le visage de Gersen.

— Vous êtes plus sensible qu'une première impression ne pourrait le laisser deviner. Et peut-être plus jeune que vous ne le paraissez.

— Je suis né en 1490.

Teehalt fit un geste qui pouvait signifier n'importe quoi, puis scruta une fois de plus le visage de Gersen.

— Me comprendrez-vous si je vous dis que j'ai connu une beauté excessive?

— Je pourrais probablement vous comprendre, si vous vous exprimiez avec plus de clarté, dit Gersen.

— Je vais essayer, dit Teehalt. Ainsi que je vous l'ai déjà dit, je suis un explorateur. C'est une profession médiocre et — je vous en fais ici mes excuses — elle implique trop souvent une atteinte à la beauté. Parfois, les dommages ne sont pas très importants, et c'est justement ce que souhaitent les personnes comme moi. Parfois, il y a peu de beauté à corrompre, et parfois, elle est incorruptible.

Il fit un geste de la main dans la direction de l'océan.

— Cette taverne ne détruit pas le paysage. Elle permet à la beauté de cette terrible petite planète de se révéler.

Il se pencha, en passant sa langue sur ses lèvres.

— Vous avez sûrement entendu parler d'Attel Malagate?

Pour la seconde fois de la soirée, Gersen éprouva une forte surprise; pour la seconde fois, il se contraignit à rester impassible. Après un bref temps d'arrêt :

— Attel Malagate, le Monstre comme on l'appelle? demanda-t-il d'un ton indifférent.

— Oui. Malagate le Monstre. Vous le connaissez?

Teehalt lui darda un regard chargé d'une méfiance subite, comme si la seule mention de ce nom avait ravivé tous ses soupçons.

— De réputation seulement, précisa Gersen avec une grimace qui pouvait passer pour un sourire.

— Quoi que vous ayez pu entendre, c'est encore en dessóus de la vérité, fit l'autre avec la plus extrême gravité.

— Vous ne savez pas ce que j'ai entendu.

— Je doute que ce soit le pire. Mais toujours est-il que, par le plus stupéfiant des paradoxes... (Teehalt ferma les yeux) je travaille pour le compte d'Attel Malagate en qualité d'explorateur. Mon vaisseau lui appartient. J'ai accepté son argent.

— C'est une situation délicate.

— Je n'ai découvert la vérité que lorsqu'il était trop tard... Que pouvais-je faire?

Teehalt leva les mains dans un geste mélodramatique, qui était peut-être le reflet de son trouble intérieur, mais qui trahissait sûrement les effets du whisky distillé par Smade.

— Combien de fois ne me suis-je pas posé la question! J'avais reçu l'argent et le vaisseau, non d'une entreprise, mais d'une institution parée d'une dignité infiniment plus grande. Je ne me prenais pas pour le premier explorateur venu. C'eût été me rabaisser. J'étais Lugo Teehalt, un homme de bonne famille, qui s'était vu désigner au poste de Chef Explorateur... Voilà les illlusions que je nourrissais. Mais ils m'expédièrent en mission à bord d'un vaisseau 9B et, dès lors, il ne m'était plus possible de me leurrer. J'étais Lugo Teehalt, explorateur parmi tant d'autres.

— Où se trouve votre vaisseau? demanda Gersen avec une curiosité nonchalante. Je ne vois que le mien et celui du Prince des Étoiles sur l'aire d'atterrissage.

Teehalt fit la grimace et se livra à une nouvelle mimique de conspirateur.

— J'ai toutes les raisons de prendre des précautions. Il jeta un regard en coulisse à droite et à gauche. Vous ne me croirez peut-être pas si je vous dis que j'ai rendez-vous avec...

Il hésita, sembla se raviser et demeura silencieux, en contemplant son verre vide. Gersen fit un signe et la jeune Araminta Smade apporta du whisky sur un plateau de jade blanc, sur lequel elle avait elle-même peint une décoration florale en bleu et rouge.

— Mais tout cela est sans conséquence, dit Teehalt soudainement. Je vous ennuie avec mes histoires.

— Pas du tout, dit Gersen, tout à fait sincère. Les affaires d'Attal Malagate m'intéressent.

— Je comprends cela, dit Teehalt après une autre pause. Cet homme réunit en lui les qualités les plus dissemblables.

— De qui tenez-vous votre vaisseau? demanda ingénument Gersen.

L'autre secoua la tête.

— Je ne vous le dirai pas. Pour autant que je sache, vous pourriez aussi bien être l'âme damnée d'Attel Malagate. J'espère pour vous qu'il n'en est rien!

— Pourquoi serais-je une créature d'Attel Malagate?

— Les circonstances m'inciteraient à le penser. Mais les circonstances seulement. En réalité, je sais qu'il n'en est rien. Il ne m'enverrait pas rencontrer un homme que je n'ai jamais vu.

— Vous avez donc un rendez-vous.

— Un rendez-vous que je ne désire guère — mais que faire d'autre?

— Retourner dans l'Œcumène.

— En quoi cela pourrait-il gêner Attel Malagate? Il va et vient comme il lui plaît.

— Mais qu'est-ce qui l'intéresse particulièrement en vous? On trouve vingt explorateurs à la douzaine.

— Je suis unique, au contraire : je suis un explorateur qui a fait une trouvaille trop précieuse pour songer à la vendre.

Gersen fut impressionné en dépit de lui-même.

— C'est un monde trop beau pour qu'on puisse se permettre de le souiller, dit Teehalt. Un monde innocent, plein de lumière, d'air et de couleurs. Livrer ce monde aux mains d'Attel Malagate pour qu'il y installe ses palais, ses boîtes et ses casinos — autant livrer un enfant aux mains d'une escouade de soldats sarkoys.

— Et Attel Malagate connaît votre point de vue?

— J'ai la déplorable habitude de boire plus que de raison et de ne pas savoir tenir ma langue.

— Comme vous le faites en ce moment, suggéra Gersen.

Teehalt grimaça son sourire douloureux et morose.

— Vous ne pourriez répéter à Grendel rien qu'il ne sache déjà. C'est à Brinktown que l'irréparable a été commis.

— Parlez-moi encore de ce monde. Est-il habité?

Teehalt sourit de nouveau mais ne répondit pas. Gersen ne lui en tint pas rigueur. Teehalt fit signe à Araminta Smade et commanda du Fraze, une pesante liqueur aigre-douce, dont on affirmait qu'au nombre de ses constituants se trouvait une substance subtilement hallucinatoire. Gersen signifia qu'il ne voulait plus boire.

La nuit était depuis longtemps tombée sur ce versant de la planète. Les éclairs s'entrecroisaient dans le ciel. Une averse soudaine crépita sur le toit.

Teehalt, calmé par la liqueur, voyant peut-être des visions dans les flammes du foyer, dit :

— Vous ne pourriez jamais retrouver ce monde. J'ai décidé qu'il ne serait pas violé.

— Que faites-vous de votre contrat?

L'autre fit un geste de dédain.

— S'il s'était agi d'une planète ordinaire, j'aurais fait honneur à mes obligations.

— Les renseignements se trouvent sur le filament de votre moniteur, fit remarquer Gersen. Et ce dernier est la propriété de votre commanditaire.

Teehalt garda le silence pendant si longtemps que

Gersen finit par se demander s'il ne dormait pas. Cependant, l'autre reprit la parole :

— J'ai peur de mourir. Sans quoi je me jetterais, vaisseau, moniteur et tout, dans une étoile.

Gersen ne fit pas de commentaire.

— Je ne sais que faire.

La voix de Teehalt se faisait de plus en plus douce, à mesure que la liqueur calmait son cerveau et suscitait en lui des visions.

— Oui, c'est un monde remarquable. Magnifique. Je me demande si cette beauté ne dissimule pas une autre qualité dont je n'ai pas la moindre idée, de même que la beauté d'une femme sert d'écran à d'autres vertus plus abstraites. Ou à des vices...

» Quoi qu'il en soit, ce monde est beau et serein au-delà de toute expression. Il possède des montagnes lavées par la pluie. Au-dessus des vallées, flottent des nuages aussi brillants et aussi doux que la neige. Le ciel est d'un bleu de saphir profond. L'air est doux et frais, irisé comme une lentille de cristal. Il y a des fleurs, bien qu'en petit nombre. Elles poussent en petits parterres, et lorsqu'on les trouve on a l'impression de tomber sur un trésor. Mais il y a beaucoup d'arbres, et les grands rois de la forêt sont magnifiques avec leur écorce grise. On jurerais qu'ils ont toujours existé.

» Vous avez demandé si ce monde était habité. Je suis bien obligé de vous répondre que oui, bien que les créatures qui y vivent soient des plus étranges. Je les appelle des dryades. Je n'en ai vu que quelques centaines, et elles paraissent vieilles de plusieurs siècles, aussi vieilles que les arbres, aussi vieilles que les montagnes.

Teehalt ferma les yeux.

— Les jours ont deux fois la longueur du jour terrestre; les matinées sont longues et éclatantes; les midis sont calmes, les après-midi dorés comme du miel. Les dryades se baignent dans la rivière ou se tiennent dans les sombres forêts...

La voix de Teehalt semblait sur le point de s'éteindre et lui-même paraissait sombrer dans le sommeil.

Gersen le poussa.

— Des dryades?

L'autre s'agita, se redressa sur sa chaise.

— Ce nom en vaut un autre. Elles sont à demi végétales. Je ne me suis pas livré sur elles à un examen véritable, je n'aurais pas osé. Pourquoi? Je n'en sais rien. J'y suis resté... environ deux ou trois semaines. Et c'est cela que j'ai vu....

Teehalt avait posé le vieux 9B tout décrépit dans une prairie, non loin d'une rivière. Il donna à l'analyseur le temps d'effectuer ses prélèvements et de fournir ses résultats, bien qu'un aussi beau paysage ne pût manquer d'être salubre — c'est du moins ce que pensait Teehalt, qui était en parties égales érudit, poète et panier-percé. Il ne se trompait pas. L'atmosphère se révéla parfaitement respirable; les cultures allergo-sensibles donnèrent un résultat négatif; les micro-organismes de l'air et du sol moururent promptement au contact des antibiotiques que s'administra Teehalt. Rien ne semblait s'opposer à ce qu'il prît pied immédiatement sur ce monde, et c'est ce qu'il fit sans plus tarder.

Sur la pelouse qui s'étendait devant le vaisseau, l'explorateur demeura figé dans le ravissement. L'air était limpide, pur et frais, comme celui d'une aube de printemps, et d'un silence total, comme aussitôt après un appel d'oiseau.

Teehalt s'aventura dans la vallée. S'arrêtant pour admirer un bouquet d'arbres, il aperçut alors les dryades rassemblées sous l'ombrage.

C'étaient des bipèdes avec un torse et une structure de tête particulièrement humains, bien que leur ressemblance avec l'homme ne fût que d'un caractère extrêmement superficiel. Leur peau était parsemée de taches argentées, brunes et vertes; sur le visage, n'apparaissaient d'autres traits que des sortes d'ecchymoses, d'un vert tirant sur le pourpre, et qui semblaient leur tenir lieu d'organes visuels. De leurs épaules, partaient des bras qui se subdivisaient en rameaux et en feuilles vert pâle, vert foncé, brun rouge, bronze orangé, ocre doré.

Elles virent Teehalt et s'avancèrent en manifestant un intérêt quasi-humain, puis s'arrêtèrent à une quinzaine de mètres, ployant sur leurs membres souples, les crêtes de leurs feuilles colorées frissonnant au soleil. Elles examinaient l'explorateur et celui-ci leur rendait la pareille, dans une totale absence de crainte réciproque, et Teehalt estima qu'il avait devant lui les créatures les plus fascinantes qu'il eût jamais vues.

Les journées qui suivirent demeurèrent dans son souvenir comme les plus calmes et les plus idylliques de son existence. Cette planète possédait une majesté, une clarté, une qualité transcendante qui lui faisaient éprouver une sorte de sentiment religieux. Il comprit bientôt qu'il ne devait pas s'attarder dans cet Eden, sous peine de succomber complètement au charme et de tomber totalement sous l'emprise de la planète. Cette notion l'emplit d'une mélancolie quasi insoutenable, car il savait fort bien qu'il n'y remettrait jamais les pieds.

Pendant cette période, il ne cessa d'observer les dryades dans leurs déplacements à travers la vallée, s'intéressant nonchalamment à leur nature et à leurs coutumes. Étaient-elles intelligentes? L'explorateur ne put jamais donner à cette question une réponse satisfaisante. A défaut d'intelligence, pensait-il, elles possédaient sûrement de la sagesse. La nature de leur métabolisme le plongeait dans des abîmes de perplexité, de même que leur cycle d'existence, mais il obtint petit à petit sur ce point quelques clartés.

Il avait supposé, d'emblée, qu'elles tiraient leur énergie de quelque processus de photo-synthèse. Puis, un matin, tandis qu'il contemplait un groupe de dryades immobiles dans la prairie marécageuse, un grand volatile rappelant le faucon piqua droit vers le sol en bousculant l'une des dryades. Au moment où elle tomba, il aperçut deux sortes de tiges blanches qui, partant des souples jambes grises, s'enfonçaient dans le sol, et qui instantanément se rétractèrent.

Le volatile, sans se soucier de la dryade écroulée, gratta le sol marécageux et déterra une sorte d'énorme ver blanc. L'explorateur observait la scène avec le plus grand intérêt. La dryade avait apparemment repéré le ver dans son domaine souterrain et l'avait transpercé avec une sorte de trompe, dans le but probable d'ingérer sa substance. L'homme ressentit une sorte de honte et de désillusion. Les dryades n'étaient donc pas tout à fait aussi innocentes et éthérées qu'il l'avait cru tout d'abord.

Le rapace s'éleva au-dessus du trou, croassa et s'enfuit à tire d'ailes. L'explorateur, poussé par la curiosité, s'avança et se pencha sur le vers fort mal en point.

Il y avait peu de choses à voir, à part des lambeaux d'une chair livide, un suint jaune et une boule noire et dure, grosse comme les deux doigts de Teehalt. Pendant ce temps, les dryades s'approchaient lentement et l'homme battit en retraite. A distance, il les vit se rassembler autour du ver dépecé. Il avait l'impression qu'elles pleuraient la mort de la créature. Mais bientôt, elles soulevèrent la boule noire de leurs souples membres inférieurs et l'une d'elles la porta très haut, dans ses branches supérieures. Teehalt les suivit à distance respectueuse et les regarda, avec un étonnement fasciné, enterrer la boule noire tout près d'un bouquet d'arbres aux branches élancées et blanches.

Rétrospectivement, l'explorateur se demanda pourquoi il n'avait pas tenté de communiquer avec les dryades. L'idée lui en était venue à une ou deux reprises, au cours de son séjour, puis il avait pensé à autre chose — peut-être parce qu'il avait l'impression d'être un intrus grossier et déplaisant. De leur côté, les dryades le traitaient avec ce qu'on pourrait appeler une indifférence polie.

Trois jours après l'enterrement de la boule noire, Teehalt eut l'occasion de retourner auprès du bouquet d'arbres. A son grand étonnement, il vit une pousse tendre et pâle surgissant de la terre, à l'endroit où avait été enfouie la boule. A son extrémité, des petites feuilles d'un vert pâle commençaient déjà à s'ouvrir sous les rayons du soleil.

Teehalt recula et examina le bouquet d'arbres avec un nouvel intérêt. Chacun de ces arbres était-il issu d'une boule qui avait pris son origine dans le corps d'un ver souterrain? Il examina le feuillage, les branches et l'écorce, et ne trouva rien qui pût confirmer une telle origine. Il leva les yeux vers la vallée, dans la direction des géants aux feuilles sombres. Sûrement, les deux variétés avaient une origine identique.

Les géants étaient majestueux, sereins et leurs troncs s'élevaient à soixante ou quatre-vingts mètres avant d'arriver aux premières branches. Les arbres sortis des boules noires étaient frêles; leur feuillage était d'un vert plus tendre; leurs rameaux étaient plus flexibles et prenaient naissance sur le tronc, près du sol. Mais les espèces étaient de la même famille. Leur structure, la forme de leurs feuilles étaient à peu près identiques, comme l'était l'aspect général de l'écorce, souple et de texture rugueuse — plus foncée et plus rude, toutefois, chez les géants. Les suppositions contradictoires se bousculaient dans le cerveau de Teehalt. Un peu plus tard, le même jour, il escalada la montagne qui se trouvait de l'autre côté de la vallée. Après avoir franchi une crête, il tomba sur un vallon aux flancs rocheux et abrupts.

Un ruisseau dévalait en écumant, parmi les roches moussues et des plantes basses analogues aux fougères, reliant entre elles des mares étagées. En s'approchant du précipice, Teehalt se trouva de niveau avec les feuillages des arbres géants qui poussaient à proximité de la falaise. Il remarqua, parmi les feuilles, des sacs d'un vert terne, semblables à des fruits. Au risque de tomber, l'explorateur se pencha et cueillit l'un des sacs. Il l'emporta, descendit la montagne et traversa la prairie en direction de son vaisseau. Il passa devant un groupe de dryades qui, fixant leurs yeux en forme d'ecchymose sur le sac, parurent pétrifiées. Intrigué, Teehalt observait leur comportement. Bientôt, elles s'approchèrent en agitant leurs somptueuses branches avec inquiétude.

Teehalt se sentait coupable et embarrassé. Il était clair qu'en cueillant le sac, il avait offensé les dryades. Pourquoi? Comment? Il n'en avait pas la moindre idée, mais il chercha vivement refuge dans son vaisseau, où il se hâta d'éventrer le sac. La cosse était pulpeuse et sèche. Dans la région du centre, courait une tige sur laquelle venaient s'accrocher des graines blanches de la taille d'un pois et d'une grande complexité. L'explorateur examina les graines à la loupe. Elles ressemblaient de façon remarquable à de petits scarabées rachitiques, ou encore à des guêpes. Avec des petites pinces et un couteau, il en ouvrit une sur une feuille de papier, remarquant la présence d'ailes, de thorax, de mandibules. Tout à fait un insecte!

Il demeura longtemps plongé dans la contemplation de ces insectes qui poussaient sur des arbres. Curieuse analogie avec le sapin qui prenait naissance dans une boule prélevée sur le corps d'un ver.

Le coucher du soleil colora le ciel; les lointains de la vallée se firent indistincts. Le crépuscule tomba, puis l'obscurité, avec des étoiles grosses comme des phares.

La longue nuit s'écoula. A l'aube, lorsque Teehalt sortit de son vaisseau, il savait que son départ ne tarderait plus. Pour quelle raison! Il n'avait pas de réponse à cette question. Il se sentait entraîné par une force; il lui fallait partir et sans espoir de retour. En admirant le ciel de nacre, les courbes moelleuses des collines et des vallées, les bouquets d'arbres, les forêts, la rivière limpide et tranquille, les larmes lui montèrent aux yeux.

Ce monde était trop beau pour qu'on pût le quitter; et bien trop beau aussi pour qu'on pût y demeurer. Il suscitait au plus profond de lui-même un tumulte étrange et incompréhensible. Une force inconnue et mystérieuse le poussait à fuir son vaisseau, à se dépouiller de ses vêtements, de ses armes, à se fondre dans cette nature, à s'y plonger, à s'immoler dans une extase qui était l'identification avec cette beauté et cette grandeur insurpassables.

Il devait partir dès aujourd'hui. « Si je reste encore plus longtemps », pensa-t-il, « je me réveillerai bientôt avec des rameaux et des feuilles sur les bras, comme les dryades. »

Il partit au hasard dans la vallée, se retournant pour regarder le soleil monter au firmament. Il se hissa sur la crête de la colline et regarda, dans la direction de l'est, une succession de coteaux et de vallons qui s'élevaient petit à petit pour former une montagne unique. Dans la direction de l'ouest et du sud, il distinguait des reflets d'eau. Vers le nord, s'étendait un paysage verdoyant avec une accumulation de rochers gris, semblables aux ruines d'une ancienne cité.

En revenant dans la vallée, Teehalt passa sous les arbres géants. Il remarqua, en levant les yeux, que tous les fruits avaient éclaté et que leur enveloppe pendait, inerte et fanée. L'atmosphère résonnait d'un bruissement d'ailes. Un corps dur vint le heurter à la joue, où il s'accrocha et le mordit.

Sous le coup de la douleur et de la surprise, Teehalt écrasa l'insecte. Un coup d'œil vers la cime des arbres lui montra une multitude d'autres insectes pareils à des guêpes, qui zigzaguaient en tous sens. Il revint en hâte vers le vaisseau, se vêtit d'une combinaison épaisse avec un casque transparent. Il éprouvait une colère déraisonnable. L'attaque de la guêpe avait gâté son dernier jour dans la vallée, et lui avait causé la première douleur de son séjour. C'était trop demander, pensa-t-il amèrement, que d'espérer un Eden sans serpent. Et il mit dans sa poche une boîte d'insecticide... sans être très sûr de son efficacité contre ces étranges insectes semi-végétaux.

Il quitta le vaisseau et s'avança dans la vallée. La piqûre de la guêpe était toujours douloureuse. Aux abords de la forêt, il fut le témoin d'une scène étrange : un groupe de dryades était environné par un essaim bourdonnant de guêpes. L'explorateur, mû par la curiosité, s'approcha. Les dryades étaient l'objet de l'attaque, mais tout moyen de défense efficace leur faisait défaut. Les guêpes se lançaient à l'assaut de leur peau argentée, mais les dryades se contentaient d'agiter leurs bras branchus, de les frotter les uns contre les autres, se grattant avec leurs jambes pour déloger les insectes de leur mieux.

Teehalt s'avança, plein d'une colère horrifiée. L'une des dryades proches de lui semblait faiblir. Plusieurs insectes lui perçaient la peau simultanément, lui pompant le sang goutte à goutte. L'essaim tout entier se concentra sur l'infortunée dryade qui trébucha et tomba, tandis que ses compagnes s'éloignaient sans hâte.

Sous le coup de la colère et du dégoût, Teehalt renversa la boîte d'insecticide sur la masse des guêpes. Le produit agit avec une dramatique efficacité. Les guêpes tournaient immédiatement au blanc, se desséchaient et tombaient sur le sol. En une minute, l'essaim tout entier n'était plus qu'un amas de petites carapaces blanchies. La dryade attaquée était également morte, car elle avait été presque instantanément dépouillée de sa chair.

Les dryades rescapées revenaient maintenant sur le lieu du drame et l'explorateur s'aperçut, avec fureur et angoisse, que leurs branches s'agitaient et jetaient des éclairs; elles marchaient droit sur lui, en donnant tous les signes extérieurs de l'hostilité. Teehalt tourna les talons et revint au vaisseau.

A l'aide de jumelles, il prit les dryades en observation. Elles entouraient leur infortunée compagne dans une attitude exprimant l'anxiété et l'irrésolution. Apparemment — c'est du moins l'impression qu'il en tirait — leur affliction s'appliquait autant aux insectes desséchés qu'à leur compagne défunte.

Elles se groupaient autour du corps étendu. L'explorateur ne pouvait voir exactement ce qu'elles faisaient, mais elles se levèrent bientôt en tenant une boule noire et luisante. Et Teehalt les vit la transporter à travers la vallée, vers le bouquet d'arbres géants.

II

« J'ai examiné la flore et la faune de plus de deux mille planètes. J'ai noté bien des exemples d'évolution convergente, mais encore bien davantage d'évolution divergente. »

(*La vie,* volume II, par Unspiek, Baron Bodissey.)

« Avant tout, il est essentiel de se mettre d'accord sur la signification du terme d'*évolution convergente.* Surtout, il ne faut pas confondre une probabilité statistique avec quelque force inexorable et transcendentale. Considérons l'ensemble des objets possibles, dont le nombre est naturellement très grand (infini, même, sauf si l'on se fixe une limite de masse et d'autres spécifications physiques). Ayant ainsi déterminé nos limites qualitatives et quantitatives, nous nous apercevons que seule une fraction infinitésimale de ces objets peut être considérée comme des formes de vie... Avant même d'avoir commencé notre investigation, nous avons opéré une sélection rigoureuse des objets qui, par leur définition même, feront apparaître des similitudes fondamentales.

» Prenons un exemple : il n'existe qu'un nombre limité de modes de locomotion. Si on découvre un quadrupède sur la planète A et un quadrupède sur la planète B, faut-il en conclure qu'on se trouve en présence d'une évolution convergente? Non. On en déduira simplement qu'une évolution existe; peut-être même se bornera-t-on à constater le fait qu'une créature à quatre pattes peut tenir debout sans tomber et marcher sans s'étaler par terre. C'est pourquoi, dans mon esprit, l'expression *évolution convergente* constitue une tautologie. »

(Même ouvrage.)

Extrait du *Salaire du péché,* par Stridenko, article paru dans *Cosmopolis,* mai 1404 :

« Brinktown : quelle cité! Autrefois le tremplin, le petit poste avancé, la porte donnant sur l'infini — aujourd'hui une banale colonie du Moyen Au-Delà Nord-Est. « Banale »? L'expression est-elle juste? Décidément non. Il faut voir Brinktown pour y croire, et même dans ce cas, les plus sceptiques peuvent repartir incrédules. Les maisons sont espacées les unes des autres le long d'avenues ombragées; pourtant, elles s'élèvent comme autant de tours de guet s'élançant vers le ciel au milieu des palmiers, virebols et scalmettos. Est maison négligeable celle qui ne domine pas les feuillages. Le niveau du sol n'est rien d'autre qu'une entrée, un entresol où il convient de changer de vêtements, car la coutume locale exige le port de capes de papier et de pantoufles de même matière. Puis au-dessus : quelle explosion de vanité architecturale, que de tourelles, clochetons et beffrois! Quelle magnificence aride, quelle extravagance inspirée, quelles applications ingénieuses, composites, cocasses, aberrantes de matériaux appropriés ou farfelus! Dans quel autre endroit trouverait-on des balustrades en écaille de tortue incrustées de têtes de poissons dorées? Dans quel autre endroit verrait-on des nymphes d'ivoire suspendues aux gouttières, le visage empreint d'une expression platement bénisseuse? Dans quel autre endroit pourrait-on mesurer le succès d'un individu à la magnificence de la pierre funéraire qu'il conçoit lui-même et qu'il érige dans son parterre frontal, en y gravant son panégyrique sous forme d'épitaphe? Et en résumé, dans quel endroit autre que Brinktown le succès constitue-t-il une recommandation d'une telle ambiguïté? Peu de ses habitants, en effet, osent se montrer à l'intérieur de l'Œcumène. Les magistrats sont des assassins; les gardes civils, des incendiaires qui pratiquent l'extorsion et le viol; les doyens du Conseil sont des tenanciers de bordels. Mais les affaires civiles se traitent avec un sérieux et une minutie dignes des Grands Congrès de Borugstone ou d'un couronnement à la Tour de Londres. La prison de Brinktown est parmi les plus ingénieuses que des autorités civiques aient jamais conçues. Il faut se souvenir que Brinktown occupe la surface d'une butte volcanique, donnant sur une jungle impénétrable de fondrières, d'épines, de lianes. Une seule route mène de la cité à la jungle. On se contente de jeter le prisonnier à la porte de la cité. Qu'il s'échappe s'il le veut. Il peut s'enfuir à travers la jungle, pour autant que la chose lui convienne. Le continent entier est à sa disposition. Mais nul prisonnier ne s'est jamais aventuré bien loin de la grille. Et lorsque sa présence est requise, il suffit de décadenasser la grille et de l'appeler par son nom. »

Teehalt fixait le feu. Gersen se demandait s'il avait l'intention d'en dire davantage.

Enfin il parla.

— Je quittai donc la planète. Je n'y tenais plus. Pour y vivre, un individu devrait faire complètement abstraction de lui-même, se livrer pieds et poings liés à la beauté, y perdre son identité — à moins de parvenir à la dominer, à la défigurer par ses propres constructions. Je ne pouvais faire ni l'un ni l'autre, et par conséquent je n'y retournerai jamais. Mais le souvenir de cet Eden me hante.

— En dépit des guêpes?

Teehalt hocha la tête sombrement.

— Oui. J'avais eu tort de m'interposer. Il existe dans cette planète un équilibre biologique que je suis venu rompre maladroitement. J'y ai réfléchi des jours entiers, mais je n'arrive toujours pas à comprendre entièrement le processus. Les guêpes sont les fruits d'un arbre et les vers fournissent la graine d'une certaine espèce d'arbre — voilà ce que je sais. Je soupçonne que les dryades produisent la graine dont sont issus les arbres géants. Le processus de la vie est un grand cycle, ou peut-être une série d'incarnations dont les grands arbres sont l'aboutissement final. Les dryades semblent puiser chez les vers une partie de leur subsistance; les guêpes dévorent les dryades. Mais d'où viennent les vers? Les guêpes sont-elles la première métamorphose? Des larves volantes, si l'on préfère? Les vers se métamorphosent-ils éventuellement en dryades? J'ai l'impression que ce doit être le cas, bien que je n'en sache rien. S'il en est ainsi, le cycle est d'une beauté que je ne trouve pas de mots pour décrire. Quelque chose d'ordonné, de permanent, d'éternel comme la rotation de la galaxie. Si l'harmonie était rompue, si un seul anneau de la chaîne venait à se briser, le cycle entier s'effondrerait et ce serait un crime.

— C'est pourquoi vous ne voulez pas divulguer l'emplacement de la planète à votre commanditaire, que vous pensez être Attel Malagate le Monstre.

— Je sais que c'est bien Attel, dit Teehalt avec raideur.

— Comment l'avez-vous découvert?

L'autre lui jeta un regard de biais.

— Attel Malagate semble vous intéresser particulièrement.

Gersen haussa les épaules.

— On entend tellement d'histoires étranges.

— C'est vrai, mais je ne tiens pas à les alimenter. Savez-vous pourquoi?

— Non.

— J'ai changé d'opinion à votre propos. Je vous soupçonne maintenant d'être une Belette.

— Si j'étais une Belette, dit Gersen en souriant, je ne l'avouerais pas. La CCPI a peu d'amis dans l'Au-Delà.

— Cela ne me concerne pas, dit Teehalt. Mais j'espère connaître des jours meilleurs si... quand je retournerai chez moi. Je ne me soucie pas de m'attirer l'animosité d'Attel Malagate en l'identifiant auprès d'une Belette.

— Si j'étais une Belette, reprit Gersen, vous seriez déjà compromis. Vous savez ce que l'on obtient avec des sérums de vérité et autres rayons hypnotiques.

— Oui. Je sais aussi comment les éviter. Mais qu'importe. Vous voulez savoir comment j'ai appris qu'Attel Malagate était mon commanditaire? Je ne vois aucun inconvénient à vous le dire. C'est grâce à mes bavardages d'ivrogne. Je descends à Brinktown. Dans la Taverne de Sin-San, j'ai parlé à tort et à travers, comme je vous parle cette nuit, devant une douzaine d'auditeurs passionnés. Oui, j'avais captivé leur attention. (Teehalt rit amèrement.) Bientôt, je fus appelé au téléphone. L'homme à l'autre bout du fil déclina son identité : Hildemar Dasce. Le connaissez-vous?

— Non.

— C'est curieux, dit Teehalt, puisque vous vous intéressez tellement à Attel Malagate. Quoi qu'il en soit, il me donna l'ordre de me rendre chez Smade. Et il me déclara que je rencontrerai Attel Malagate en cet endroit.

— Comment? dit Gersen. Ici?

— Ici même, chez Smade. Je lui ai demandé ce que j'avais à voir avec Attel Malagate. Je n'entretenais aucune relation avec lui et n'en désirais pas pour l'avenir. Il me convainquit du contraire. Et me voilà. Je ne suis pas un homme brave. Il fit un petit geste désespéré, ramassa son verre vide et le regarda pensivement. Je ne sais que faire. Si je reste dans l'Au-Delà...

Il haussa les épaules.

— Détruisez le filament du moniteur.

L'autre secoua la tête avec un air de regret.

— C'est ce qui garantit la sécurité de ma vie. En effet, j'aimerais mieux... Il s'arrêta court. N'avez-vous rien entendu?

— La pluie, le tonnerre.

— J'ai cru entendre un bruit de tuyères. Il se leva, jeta un regard par la fenêtre. On vient!

Gersen se dirigea également vers la fenêtre.

— Je ne vois rien.

— Un vaisseau vient de se poser sur l'aire d'atterrissage, dit Teehalt. Il réfléchit un moment. Il n'y a que deux vaisseaux sur le terrain : le vôtre et celui du Prince des Étoiles.

— Où se trouve le vôtre?

— Je me suis posé dans une vallée vers le nord. Je ne tiens pas à ce qu'on vienne manigancer mon moniteur.

Il semblait tendre l'oreille, puis regarda Gersen droit dans les yeux.

— Vous n'êtes pas explorateur.

— Non.

Teehalt hocha la tête.

— Les explorateurs sont en général des gens fort peu recommandables. Et vous ne faites pas partie de la CCPI?

— Considérez-moi comme chargé de mission scientifique.

— Consentiriez-vous à m'aider?

Les préceptes implacables qui avaient été inculqués à

Gersen luttaient contre une générosité naturelle; il murmura à regret :

— Dans certaines limites — très étroites.

Teehalt eut un mince sourire.

— Quelles sont ces limites?

— Mes propres affaires réclament des soins urgents. Je ne puis me permettre de retards inconsidérés.

Teehalt accueillit cette réponse sans déception ni ressentiment. Que pouvait-il attendre d'un étranger?

— Curieux, répéta-t-il encore une fois, que vous ne connaissiez pas Hildemar Dasce. Il va bientôt venir, d'ailleurs. Comment je le sais? Par la seule logique de la frousse pure et simple.

— Vous n'avez rien à craindre tant que vous demeurez à l'intérieur de la taverne, dit Gersen. Smade a ses principes.

Teehalt hocha la tête. Une minute passa. Le Prince des Étoiles se leva, son vêtement rose et rouge reflétant les flammes du foyer. Il monta lentement l'escalier, sans jeter un regard ni à droite ni à gauche.

Teehalt le suivit des yeux.

— Impressionnant, le personnage... Je me suis laissé dire que seuls ceux qui sont doués d'un physique avantageux étaient autorisés à quitter leur planète.

— En effet, c'est également ce que j'ai appris.

Teehalt suivait des yeux les flammes dans la cheminée.

Au dernier moment, Gersen ravala sa réponse. Teehalt l'exaspérait pour une raison simple et évidente : il avait éveillé sa sympathie, envahi sa pensée et l'avait encombrée de soucis nouveaux. Gersen était aussi fâché contre lui-même pour des causes obscures et profondément irrationnelles. Ses activités possédaient une importance si capitale que rien ne devait l'en distraire. Qu'arriverait-il s'il laissait sa sensibilité le dominer de cette façon?

Sa colère, loin de s'apaiser, ne faisait qu'augmenter. Entre ses propres sentiments et le monde décrit par Teehalt, il pressentait l'existence d'une relation si ténue que les mots ne pouvaient la cerner : une sensation de perte, et d'attente, la quête d'un complément indéfinissable... D'un geste brusque, il chassa de son esprit l'irritation et la colère que suscitaient ces interrogations. Elles ne feraient qu'amoindrir son efficacité.

Cinq minutes passèrent. Puis il plongea la main dans sa poche de veste et en tira une enveloppe.

— Voici quelques photos qu'il vous plairait peut-être d'examiner à loisir.

Gersen prit les documents sans émettre de commentaire.

La porte s'ouvrit. Trois ombres noires apparurent sur le seuil, inspectant l'intérieur de la pièce. Depuis le bar, Smade rugit :

— Entrez ou sortez. Est-ce à moi de chauffer toute cette damnée planète?

Entra alors le plus étrange spécimen humain que Gersen ait jamais contemplé au cours de son existence.

— Et voilà, murmura Teehalt avec un petit ricanement pitoyable. Vous avez devant vous le Beau Dasce.

Dasce avait une taille d'environ un mètre quatre-vingts. Son torse était taillé en forme de tube et possédait le même diamètre des épaules au bassin. Ses bras, longs et minces, se terminaient par de grands poignets noueux et des mains énormes. Sa tête était également forte et ronde, avec une touffe de cheveux rouges pareille à une crête, et un menton qui semblait presque prendre appui sur la clavicule. Dasce s'était teint le visage et le cou en rouge vif, à l'exception des joues qui étaient des boules bleues, semblables à une paire d'oranges gâtées. A un certain moment de sa carrière, son nez avait été coupé pour former un double bec cartilagineux, et ses paupières avait été sectionnées et retirées; pour humecter ses prunelles, il portait deux petits tubes connectés à un réservoir contenant un fluide spécial qui, toutes les quelques secondes, déversaient un nuage légèrement laiteux sur ses cornées. Au-dessus des prunelles, était également disposée une paire de volets, actuellement relevés, et qui pouvaient s'abaisser pour garantir ses yeux de la lumière. Sur ces volets, étaient peints des yeux bleus avec des cornées blanches, qui reproduisaient avec fidélité ceux du personnage.

Par constraste, les deux hommes qui le suivaient, semblaient faits sur le modèle le plus courant : bruns tous deux, durs, l'air compétent, les yeux vifs et intelligents.

Dasce fit un signe brusque à l'adresse de Smade, qui les regardait impassible derrière son bar.

— Trois chambres, s'il vous plaît. Nous mangerons dans quelques minutes.

— Très bien.

— Je m'appelle Hildemar Dasce.

— Entendu, Mr. Dasce.

L'individu se dirigea avec nonchalance vers l'endroit où se tenaient Teehalt et Gersen. Son regard les dévisagea tour à tour.

— Puisque nous sommes tous des voyageurs, et hôtes de Mr. Smade, nous pourrions aussi bien faire connaissance, dit-il avec politesse. Je m'appelle Hildemar Dasce. Puis-je savoir à qui j'ai l'honneur...?

— Kirth Gersen.

— Keelen Tannas.

Les lèvres de Dasce, d'un gris pourpre pâle sur le fond rouge de sa peau, s'allongèrent en un sourire.

— Vous ressemblez d'une manière incroyable à un certain Lugo Teehalt, que je m'attendais à trouver ici.

— Pensez ce que vous voudrez, dit Teehalt d'une voix fluette. Je vous ai donné ma véritable identité.

— Mon Dieu, quel dommage. J'avais justement une affaire à traiter avec ce Lugo Teehalt!

— Je ne vois pas de quoi nous pourrions discuter.

— Comme vous voudrez. Mais je soupçonne que les tractations que je dois mener avec Lugo Teehalt pourraient fort bien intéresser Keelen Tannas. Voulez-vous m'accorder la faveur de quelques minutes de conversation particulière?

— Non, cela ne m'intéresse pas. Mon ami ici présent connaît parfaitement mon nom. Je suis Keelen Tannas.

— Votre ami? Dasce se retourna vers Gersen. Vous connaissez vraiment cet homme?

— Autant que n'importe qui.

— Et son nom est vraiment Keelen Tannas?

— Puisque c'est celui qu'il vous offre, je ne puis que vous suggérer de l'accepter!

Sans insister, Dasce tourna le dos. Accompagné de ses

hommes, il se dirigea vers une table, de l'autre côté de la salle, et ils se firent servir à dîner.

— Il m'a parfaitement reconnu, dit Teehalt d'une voix sépulcrale.

Gersen sentit la moutarde lui monter au nez. Pourquoi ce Teehalt tenait-il donc à mêler un étranger à ses ennuis, si son identité était déjà connue?

L'autre expliqua sa conduite dans un souffle.

— Je me débats comme un poisson au bout de la ligne, et il croit me tenir à sa merci. Alors, il s'amuse.

— Et Attel Malagate? Je pensais que vous étiez venu ici pour le voir.

— Il vaut mieux que je rentre sur Alphanor pour le rencontrer là-bas. Je lui rendrai son argent et ne le conduirai pas à la planète.

A l'autre bout de la salle, Dasce et ses compagnons s'attaquaient aux plats qu'on venait de leur apporter de la cuisine. Gersen les observa un moment.

— Ils ne semblent guère s'occuper de vous.

Teehalt renifla.

— Ils s'imaginent que je traiterai avec Attel Malagate et pas avec eux... Je vais essayer de m'enfuir. Dasce ignore que je me suis posé derrière la colline. Peut-être prend-il votre vaisseau pour le mien.

— Qui sont les deux autres personnages?

— Des assassins! Ils me connaissent parfaitement depuis qu'ils m'ont vu à cette taverne de Brinktown. Tristano est un Terrien. Il tue par effleurement des doigts. L'autre est un mercenaire sarkoy. Il pourrait fabriquer des poisons mortels avec de l'eau et du sable. Ce sont trois tueurs chevronnés, mais Dasce est le pire de tous. Les horreurs les plus inouïes ne lui sont pas inconnues.

A ce moment, Dasce consulta sa montre. S'essuyant la bouche d'un revers de main, il traversa la salle, vint se pencher sur Teehalt. En un murmure graillonneux, il lui souffla :

— Attel Malagate vous attend dehors. Il veut vous voir immédiatement.

Teehalt le regarda, bouche bée. L'autre retourna à sa place de sa démarche de matamore.

Teehalt passa des doigts tremblants sur son visage et se tourna vers Gersen.

— Je parviendrai encore à leur échapper si je réussis à me perdre dans le crépuscule. Lorsque je bondirai vers la porte, me promettez-vous de retenir le trio?

— Comment voulez-vous que je m'y prenne?

Teehalt demeura un moment silencieux.

— Je n'en sais rien.

— Je ne vois pas ce que je pourrais faire avec la meilleure volonté du monde.

L'autre hocha tristement la tête.

— Très bien, je me débrouillerai tout seul. Au revoir, Mr. Gersen.

Il se leva et marcha vers le bar. Dasce lui jeta un regard en coulisse, en conservant une attitude indifférente. Arrivé devant le bar, Teehalt ne se trouvait plus dans son champ visuel. Il bondit dans la cuisine, hors de vue. Smade le regarda avec un étonnement sardonique puis il retourna à ses fourneaux.

Dasce et ses deux acolytes continuèrent imperturbablement leur repas.

Gersen observait la scène à la dérobée. Pourquoi cette indifférence? La ruse de Teehalt était pitoyablement transparente. Il sentit sa peau se hérisser. En dépit de sa résolution, il se leva et se dirigea vers la porte. Il repoussa le panneau, fit quelques pas sur la véranda.

La nuit était sombre, trouée seulement par la clarté des étoiles. Par le plus grand des hasards, le vent était tombé; mais la mer déferlant au loin faisait parvenir son murmure triste et étouffé...

Un cri strident et bref, un gémissement derrière la taverne. Oubliant ses résolutions, Gersen bondit. Une poigne d'acier lui saisit le bras, déclencha une secousse électrique dans la région du coude. Une autre main lui enserra le cou. Il se laissa tomber, rompit l'étreinte. Il roula sur lui-même, bondit sur ses pieds, prit une garde à demi accroupie et avança lentement.

Devant lui, avec un sourire détendu, se dressait Tristano le Terrien.

— Attention, mon ami, dit-il avec un accent saccadé.

Mêlez-vous de ce qui vous regarde, sans quoi Smade vous jettera à la mer.

Dasce apparut à son tour sur le seuil, suivi de l'empoisonneur sarkoy. Tristano se joignit à eux et le trio se dirigea vers le terrain d'atterrissage. Gersen demeura sur la terrasse. La respiration haletante, il refoula son besoin d'action.

Dix minutes plus tard, deux astronefs s'élevaient dans la nuit. Le premier était un court vaisseau cuirassé, muni d'armes en proue et en poupe. Le second, un appareil d'un modèle ancien tout décrépit, un 9B.

Gersen ouvrit des yeux stupéfaits. Le second vaisseau était le sien.

Les deux astronefs disparurent et le ciel, une fois de plus, se trouva vide. Gersen rentra dans la taverne et s'assit devant le feu. Il tira de sa poche l'enveloppe que lui avait remise Lugo Teehalt, dont il sortit trois photographies qu'il examina pendant près d'une heure.

Le feu finissait de se consumer, Smade alla se coucher, laissant un de ses fils assoupi derrière le bar. Audehors, la pluie nocturne avait repris, les éclairs sillonnaient la nuit, l'océan grondait dans le lointain.

Gersen était profondément plongé dans ses pensées. Un peu plus tard, il tira de sa poche une feuille de papier sur laquelle était dressée une liste de cinq noms :

Attel Malagate (le Monstre)
Howard Alan Treesong
Viola Falushe
Kokkor Hekkus (la Machine à Tuer)
Lens Larque.

Puis il prit un crayon, mais demeura indécis. S'il continuait d'ajouter des noms à sa liste, il n'en finirait jamais. Bien sûr, il ne lui était vraiment pas nécessaire d'écrire. Il était inutile de dresser une liste : Gersen connaissait ces cinq noms par cœur. Il finit par adopter une solution de compromis. Sur la droite et sous le dernier nom, il en ajouta un sixième : Hildemar Dasce.

Il demeura un moment absorbé dans la contemplation de sa liste, sentant sa personnalité se dédoubler : l'une des parts à ce point bouillante et passionnée que l'autre, qui jouait le rôle d'observateur impartial, se sentait vaguement amusée.

Le feu n'était plus qu'un amas de braises rougies, de mousses fossilisées achevant de se consumer. Au loin, le rythme des vagues s'était ralenti et leur rumeur avait décrû. Gersen se leva et gravit l'escalier de pierre qui menait à sa chambre.

Durant toute sa vie, Gersen n'avait pratiquement dormi que dans des lits étrangers. Néanmoins, le sommeil se fit attendre; il demeurait les yeux grands ouverts dans l'obscurité. Des visions défilaient devant lui, qui remontaient à sa première enfance. Un paysage qui, dans son souvenir, prenait des couleurs merveilleusement brillantes, des montagnes brunes, un village aux teintes pastel sur les rives d'une large rivière couleur de tanin.

Mais cette image, comme toujours, était suivie d'une autre plus vivace encore : le même paysage, mais parsemé de corps tronçonnés et sanglants. Des hommes, des femmes et des enfants poussés dans les soutes de cinq longs astronefs par une quarantaine d'hommes armés, étrangement habillés. En compagnie d'un vieil homme qui était son grand-père, de l'autre côté de la rivière, Gersen contemplait, horrifié, le spectacle, dissimulé aux yeux des esclavagistes par la masse d'une vieille péniche.

Lorsque les vaisseaux s'étaient élevés dans les airs, le vieillard et l'enfant avaient traversé la rivière. Puis son grand-père lui avait dit :

— Ton père avait formé bien des projets pour toi. Il t'avait préparé une vie studieuse, pleine de labeur utile, une vie de satisfaction et de paix. T'en souviens-tu?

— Oui, grand-père.

— L'instruction te sera donnée. Tu apprendras la patience et l'ingéniosité, tu cultiveras l'habileté de tes mains et de ton esprit. Tu effectueras des travaux utiles : la destruction des méchants. En est-il de plus indispensables? Ici, c'est l'Au-delà; tu découvriras que ton travail n'aura jamais de fin — et ainsi ne pourras-tu jamais goûter la paix. Néanmoins, je te garantis de substantielles satisfactions : car je t'apprendrai à convoiter le sang de ces hommes plus que la chair d'aucune femme.

Le vieil homme avait tenu parole. Un jour, ils partirent pour la Terre, réceptacle suprême de toutes les connaissances.

Le jeune Kirth apprit bien des choses, d'une kyrielle d'étranges éducateurs qu'il serait fastidieux d'énumérer. Il tua son premier homme à l'âge de quatorze ans : un malandrin qui avait eu la mauvaise fortune de les attaquer dans un quartier mal famé de Rotterdam. Tandis que le grand-père se tenait à l'écart, tel un vieux renard qui apprend à chasser à sa progéniture, le jeune Kirth, hoquetant et sanglotant, avait d'abord cassé une cheville à l'assaillant étonné, avant de lui tordre le cou.

De la Terre, ils avaient émigré sur Alphanor, planète maîtresse de la constellation de Rigel. Là, Kirth Gersen fit des études plus normales. Lorsqu'il eut dix-neuf ans, son grand-père mourut, lui laissant une fortune confortable et la lettre suivante :

Mon cher Kirth,

Je t'ai rarement parlé de mon affection et de tout le bien que je pensais de ton caractère. Je profite de l'occasion pour le faire. Tu as fini par compter pour moi plus que mon propre fils. Je ne puis dire que je regrette de t'avoir lancé sur la voie que tu dois prendre maintenant, même si, dorénavant, te seront refusés la plupart des plaisirs et des raffinements de la vie. Ai-je été présomptueux en modelant ton existence? Je ne le crois pas. Pendant plusieurs années, tu as été livré à toi-même et n'as fait montre d'aucune velléité de changer de direction. Je crois, en tout cas, qu'on ne peut assigner à personne une tâche plus utile que celle que j'ai choisie pour toi. La loi de l'Homme ne peut s'appliquer que dans les limites de l'Œcumène. Le bien et le mal, cependant, sont des notions qui embrassent l'univers tout entier; malheureusement, dans l'Au-Delà, rares sont ceux qui peuvent assurer le triomphe du bien sur le mal.

En réalité, ce triomphe doit être accompli en deux étapes : d'abord, exterminer le mal; ensuite, introduire le bien à la place demeurée libre. Il est impossible qu'un homme puisse apporter une efficacité semblable dans la réalisation de ces deux objectifs. Le bien et le mal, en dépit d'une imagerie traditionnelle, ne se situent pas sur des pôles opposés, ne sont pas le symétrique l'un de l'autre dans un miroir, et l'absence de l'un ne conditionne pas davantage la présence de l'autre. Pour réduire toutes chances d'erreur, tu travailleras seulement à la destruction des méchants.

Qu'est-ce qu'un méchant? Est méchant tout homme qui contraint ses semblables à l'obéissance pour atteindre ses buts personnels, détruit la beauté, provoque la douleur, supprime la vie. Il faut te souvenir qu'en supprimant les méchants, tu ne détruis pas le mal, car ce serait confondre un individu avec une situation. Une spore vénéneuse ne peut croître que sur un sol fertile. Dans le cas qui nous occupe, ce sol fertile se trouve dans l'Au-Delà, et puisque aucun effort n'est capable de modifier l'Au-Delà (qui existera toujours), tu dois du moins te consacrer tout entier à la destruction de ces spores vénéneuses que sont les méchants. C'est une tâche dont tu ne verras jamais la fin.

Notre premier et plus puissant mobile, dans cette matière, n'est, tu en es d'accord, rien d'autre qu'un désir primitif de vengeance. Cinq capitaines pirates ont détruit certaines vies et emmené en esclavage des personnes qui nous étaient chères. La vengeance n'est pas un mobile ignoble lorsqu'elle sert à des fins utiles. Les noms de ces cinq capitaines pirates, je ne les connais pas. Tous mes efforts en ce sens ont été vains. J'ai reconnu un homme, un sous-ordre : il s'appelle Parsifal Pankarow, et il n'est pas moins détestable que les cinq capitaines si sa puissance de faire le mal est moindre. Tu dois le poursuivre dans l'Au-Delà et apprendre de sa bouche le nom des cinq autres.

Puis tu les tueras tous, jusqu'au dernier, et je ne vois pas d'inconvénient à ce qu'ils subissent une mort cruelle car ils ont apporté à d'autres un poids incommensurable de peines et de douleurs.

Il te reste encore beaucoup à apprendre. Je te conseillerais de t'inscrire à l'Institut, si je ne craignais que les strictes disciplines qui règnent à l'intérieur de ce vénérable organisme ne conviennent que fort peu à ton caractère. Adopte la voie qui te paraîtra la meilleure. Dans ma jeunesse, j'ai pensé me faire catéchumène, mais le destin en a décidé autrement. Si j'avais pour ami un membre de la Confrérie, je te recommanderais de lui demander conseil — mais ce n'est, hélas, pas le cas. Peut-être te sentiras-tu les coudées plus franches à l'extérieur de l'Institut. Des conditions rigoureuses sont imposées aux catéchumènes pendant les quatorze premiers degrés.

Quoi qu'il en soit, je te conseille de consacrer un temps suffisant à l'étude des poisons et des techniques manuelles des Sarkoys, de préférence sur Sarkovy même. Tu peux encore te perfectionner dans ton adresse au tir et au couteau, bien que tu aies peu de chose à craindre dans le corps-à-corps à mains nues. Ton jugement intuitif est bon; ton sang-froid, ton économie d'action et ton éclectisme sont remarquables. Mais il te reste encore beaucoup à apprendre. Consacre les dix ans qui viennent à l'étude et à l'entraînement — et sois prudent. Il existe bien d'autres hommes capables. N'essaie pas de te mesurer follement à eux avant d'avoir atteint le sommet de ta forme. En bref, ne fais pas une super-vertu du courage ou de l'héroïsme. Une bonne provision de prudence — appelle cela de la crainte ou de la couardise si tu veux — est un précieux adjuvant pour un homme tel que toi, dont le seul point faible pourrait être une foi mystique et quasi superstitieuse dans sa propre destinée. Ne te leurre pas. Nous sommes tous mortels, je l'atteste ici.

Donc, mon cher enfant, me voici mort. Je t'ai appris à distinguer le bien du mal. Je ne tire que de l'orgueil de mon œuvre, et j'espère que tu te souviendras de moi avec affection et respect.

Ton grand-père affectionné,

Rolf Harpit Gersen.

Pendant onze ans, Kirth Gersen se conforma à la lettre aux volontés de son grand-père, lorsqu'il ne les outrepassa pas, et parcourut l'Œcumène et l'Au-Delà à la recherche de Parsifal Pankarow, mais sans aucun résultat.

Peu d'occupations fournissaient plus d'épreuves, plus de dangers, plus de défis cinglants à l'incompétence que la fonction de Belette pour le compte de la CCPI. Gersen se chargea de deux missions. sur Pharode et Planète Bleue. Au cours de la dernière, il déposa une demande de renseignements prioritaires concernant Parsifal Pankarow, et s'estima amplement récompensé de ses efforts lorsqu'il apprit que le Pankarow en question possédait une résidence principale à Brinktown, sous le nom d'Ira Bugloss, directeur d'une importante firme d'importation.

Gersen découvrit qu'Ira Bugloss, alias Pankarow, était un homme replet, bon vivant, chauve comme un œuf avec une peau teinte en jaune citron et une paire de moustaches noires d'une largeur et d'un lustre impressionnants.

Brinktown était sis sur un plateau, telle une île émergeant d'une jungle noire et orange. Gersen étudia pendant deux semaines les mouvements de Pankarow, se familiarisa avec ses habitudes qui étaient celles d'un homme libre de tout souci. Puis, un soir, il prit un taxi, dont il plongea le chauffeur dans un sommeil sans rêves, et se posta aux abords du Club de Conversation et d'Arrangement de Bouquets Jodisei, jusqu'au moment où Pankarow, las de batifoler avec les pensionnaires, émergea dans l'humide nuit de Brinktown. Fort satisfait de lui-même, fredonnant un air qu'il venait juste d'apprendre, il se hissa cahin-caha dans le taxi et fut conduit, non pas à sa vaste et somptueuse demeure, mais dans une clairière perdue en plein cœur de la jungle.

Là, Gersen lui posa quelques questions auxquelles Pankarow se souciait fort peu de répondre. Il fit un effort méritoire pour tenir sa langue, mais en vain. Enfin, cinq noms furent arrachés par la contrainte à sa mémoire.

— Qu'allez-vous faire de moi? gémit le ci-devant Ira Bugloss.

— Je vais vous tuer, répondit Gersen, encore pâle et tremblant d'un exercice qu'il n'avait effectué qu'à contrecœur. Je me suis fait de vous un ennemi. D'autre part, vous méritez cent fois la mort.

— Autrefois oui, s'écria Pankarow ruisselant de sueur. Maintenant, je mène une vie irréprochable, je ne fais de mal à personne!

Gersen se demandait s'il éprouverait à chacune de ces occasions autant de nausées, de scrupules et de tourments. Il répondit, d'une voix qu'il réussit à maintenir ferme et tranchante :

— Vous dites peut-être la vérité, mais votre richesse a été gagnée par la souffrance d'autrui. Et vous n'auriez rien de plus pressé que de me dénoncer auprès de l'un de ces cinq hommes.

— Non, je vous en donne ma parole. Et ma richesse, je vous l'abandonne entièrement.

— Où se trouve-t-elle.

Pankarow essaya de discuter.

— Je vais vous y conduire.

Gersen secoua tristement la tête.

— Veuillez accepter mes excuses. Vous allez mourir. C'est le sort de tout homme. Pensez plutôt que vous allez payer le mal que vous avez commis...

— Sous ma pierre tombale, hurla Pankarow. Sous le monument funéraire qui se trouve devant ma maison!

Gersen approcha un petit tube du cou de Pankarow. Une petite aiguille enduite d'un poison sarkoy en jaillit, qui pénétra dans la peau.

— Je vais aller voir, dit-il. Vous dormirez jusqu'à mon retour.

Soulagé et reconnaissant, Pankarow s'allongea sur le sol, pour se préparer au sommeil promis, et mourut au bout de quelques secondes.

Gersen rentra à Brinktown, qui offrait une apparence trompeuse de cité inoffensive et bourgeoise avec ses hautes maisons lourdement décorées, de trois, quatre et cinq étages, disséminées dans les feuillages des arbres. Au crépuscule, il dirigea sa flânerie le long d'une allée tranquille jusqu'à la maison de Pankarow.

La pierre funéraire attira tout de suite ses yeux : c'était un monument massif composé de sphères de marbres et de cubes, surmonté d'une statue en pied de Pankarow, dans une pose théâtrale, la tête renversée vers le ciel, les bras tendus.

Tandis que Gersen considérait la statue, un garçonnet de treize ou quatorze ans émergea de la véranda et s'approcha de Gersen.

— Venez-vous de la part de mon père? Est-il toujours en compagnie des grosses femmes?

Gersen cuirassa son cœur contre les émotions inévitables et écarta toute idée de confisquer les trésors de Pankarow.

— Je suis porteur d'un message de ton père.

— Voulez-vous entrer? s'enquit le jeune garçon, tremblant d'anxiété. Je vais appeler ma mère.

— Non, je t'en prie, je n'ai pas le temps. Écoute-moi bien. Ton père a été appelé au loin. Il ne sait pas quand il pourra revenir. Peut-être jamais.

L'enfant écoutait avec des yeux ronds.

— S'est-il... enfui?

Gersen hocha la tête.

— Oui. Des anciens ennemis ont retrouvé sa trace et il n'ose plus se montrer. Il m'a dit de dire, à toi ou à ta mère, que l'argent se trouve sous la pierre tombale.

Le garçonnet dévisagea Gersen.

— Qui êtes-vous?

— Un messager. Rien de plus. Répète mot pour mot à ta mère ce que je viens de te dire. Encore une chose. Lorsque tu regarderas sous la pierre tombale, sois prudent. Il se peut qu'un piège protège l'argent. Comprends-tu de quoi je parle?

— Oui. Un piège explosif.

— C'est cela. Fais bien attention. Fais-toi aider par quelqu'un en qui tu puisses avoir toute confiance.

Gersen quitta Brinktown. Il pensait se rendre pour un temps sur la planète Smade qui, avec son calme et son isolement grandioses, était précisément ce qu'il fallait pour calmer une conscience agitée.

Où, se demandait-il, tandis que son vaisseau se glissait dans une fissure du continuum, réside donc l'équilibre? Parsifal Pankarow méritait cette exécution sommaire. Mais sa femme et son fils? Pourquoi devaient-ils souffrir? Pour protéger les femmes et les enfants d'époux plus méritants contre des souffrances encore plus atroces. C'est ainsi que se rassurait Gersen. Mais l'œil sombre et hanté du garçonnet se refusait à quitter sa mémoire.

Le destin guidait ses pas. La première nuit passée à la Taverne de Smade l'avait mis sur les traces de Malagate le Monstre, le premier des cinq noms que Pankarow avait révélé à son corps défendant. Dans son lit, Gersen poussa un soupir. Pankarow était mort. Le pauvre et misérable Lugo Teehalt était sans doute trépassé, lui aussi. Tous les hommes mouraient un jour; inutile de poursuivre les éternelles rêveries sur ce sujet.

Il sourit dans l'obscurité, pensant à Attel Malagate (qu'il ne connaissait pas) et au Beau Dasce, examinant le moniteur de son vaisseau. Pour commencer, ils seraient incapables de l'ouvrir avec leur clé. Problème redoutable, encore plus compliqué s'ils le supposaient piégé contre les voleurs, au moyen d'un explosif, d'un gaz mortel ou d'un acide. Et lorsque, après une dépense considérable d'énergie, ils finiraient par en extraire le filament, ce serait pour le trouver totalement vierge. Le moniteur de Gersen n'était rien d'autre qu'un décor; il ne s'était même jamais préoccupé de l'activer.

Attel Malagate tournerait un regard interrogateur vers le Beau Dasce, qui murmurerait une vague excuse. Peut-être, à ce moment, penseraient-ils à vérifier le numéro de série de l'astronef, pour s'apercevoir qu'il ne correspondait pas à l'engin que l'on avait remis à Lugo Teehalt. Ensuite : retour précipité sur la Planète Smade. Mais, pour lors, Gersen, aurait disparu avec l'appareil authentique.

III

Question posée à Eale Maurmath, chef-questeur du Système de Police Tri-Planétaire, au cours d'une table ronde organisée dans les studios de la télévision à Conover, Cuthbert, Véga, le 16 mai 993 :

— Je sais que les problèmes auxquels vous avez à faire face sont écrasants, questeur Maurmath; je dois même dire que je ne comprends pas comment vous parvenez à les surmonter. Par exemple, comment arrivez-vous à localiser un homme ou à situer son environnement parmi les 90 planètes habitées et les milliards de gens de toutes couleurs politiques, doctrines et croyances?

Réponse :

— En règle générale, nous n'y parvenons pas.

Allocution du Seigneur Jaiko Jaikoska, président du Conseil Exécutif, à l'Assemblée Législative Générale, Valhalla, Tau Gémini, 9 août 1028 :

— Je vous engage à ne pas souscrire à cette sinistre mesure. L'humanité a fait à maintes reprises la triste expérience de ces forces de police aux pouvoirs démesurés... Sitôt que cette police échappe au contrôle diligent d'une tribune locale pointilleuse, elle devient arbitraire, implacable, et constitue un État dans l'État. Ses membres ne se soucient plus de justice; ils ne pensent plus qu'à se donner le statut d'une élite privilégiée et enviée. Ils prennent pour de l'admiration et du respect l'attitude de méfiance et d'incertitude que la population adopte à leur égard, et on les voit bientôt jouer les matamores en brandissant des armes avec ostentation dans une mégalomanie euphorique. Le peuple, de maître, se transforme en esclave...

» Une telle force de police n'est bientôt plus qu'un agrégat de criminels en uniformes, d'autant plus redoutables que leur position est garantie par la loi. Ils ne considèrent plus l'être humain que sous la forme d'un objet qu'il convient de pressurer et d'exploiter avec le maximum d'efficacité. Le bien public perd toute signification. Les prérogatives de la police assument le statut de droit divin. Une entière soumission est exigée de chacun. S'il advient qu'un policier tue un civil, on considère cela comme un incident regrettable : le policier en question aurait fait preuve d'un excès de zèle. Si au contraire c'est un civil qui tue un policier, l'enfer se déchaîne dans toute sa violence. La police entière écume de rage. On se lance aux trousses du coupable, toutes affaires cessantes. Et lorsque l'abominable auteur du sacrilège est enfin arrêté, on commence, en guise d'introduction, par lui administrer une mémorable correction ou tout autre genre de torture, pour lui apprendre ce qu'il en coûte de commettre un crime de lèse-majesté aussi intolérable...

» La police se plaint d'être trop souvent impuissante et de voir des criminels lui glisser entre les mains. Mieux vaut cent criminels impunis que le despotisme sans frein d'une force unique de police. Je vous avertis encore une fois. Ne souscrivez pas à cette mesure. Et si vous le faites, j'opposerai sûrement mon veto. »

Extraits du discours de Richard Parnell, Commissaire au Bien Public, Territoire du Nord, Xion, Constellation de Rigel, à l'Association des Agences de Police pour la Détection du Crime, à Parilia, Rigel, 1er décembre 1075 :

« ... Il ne suffit pas de dire que nos problèmes sont uniques en leur genre, ils sont devenus catastrophiques. Nous sommes tenus responsables de la bonne marche de nos services, mais on nous refuse les outils et les pouvoirs nécessaires pour les faire fonctionner. N'importe qui peut assassiner et voler partout dans l'Œcumène, sauter dans un astronef en partance, et se trouver à des années-lumière de distance avant que son crime soit découvert.

» Si les coupables franchissent les frontières civilisées, ils échappent à notre jurisprudence — du moins officiellement, car nous connaissons de courageux officiers de police qui, plaçant la justice au-dessus de l'opportunisme et de la prudence, sont allés dans l'Au-Delà pour procéder à leur arrestation. C'est évidemment leur droit, puisque toute loi humaine devient caduque dans l'Au-Delà. Mais ils opèrent à leurs propres risques et périls.

» La plupart du temps, le criminel qui se réfugie dans l'Au-Delà bénéficie de l'impunité totale. Lorsqu'il lui plaît de rentrer dans l'Œcumène, il a peut-être transformé son apparence, ses coordonnées de LOSI, ses empreintes digitales, et se trouve en sécurité complète, à moins qu'il n'ait la malchance d'être arrêté pour une infraction nouvelle dans la communauté même où il a commis son premier crime et où sa classification génétique a été enregistrée. En bref, aujourd'hui, grâce à l'Interfractionnement de Jarnell, tout criminel qui prend quelques précautions élémentaires peut jouir de l'impunité totale.

» Notre association a cherché bien des fois à jeter les bases d'un système plus satisfaisant pour la prévention du crime et sa détection. Cette solution évidente existe, et l'association la recommande instamment : c'est l'instauration d'un système unique de police officielle, chargé de maintenir l'ordre et de faire respecter la loi dans toute l'étendue de l'Œcumène.

» Les avantages d'un tel système sautent aux yeux : unification de la procédure, emploi de nouveaux équipements et d'idées nouvelles, contrôle centralisé, établissement d'un bureau central pour la rédaction des fichiers, indexation et recoupement des informations, et peut-être, élément important entre tous, création d'un esprit de corps, d'un orgueil de la profession, susceptible d'attirer des hommes et des femmes qui font preuve des plus hautes capacités.

» Comme nous le savons tous, cette agence centralisée nous a été refusée, malgré la force du plaidoyer que nous avons prononcé en sa faveur. Le mobile ostensiblement caché derrière ce refus nous est bien connu, et je ne lui ferai pas l'honneur de le mentionner ici. J'ajouterai néanmoins que la moralité de la police est en train de sombrer au niveau le plus bas que nous ayons jamais connu et qu'elle est appelée à disparaître bientôt — si on ne prend pas les mesures nécessaires.

» Aujourd'hui, je désire faire une proposition devant le congrès. Notre association est un organisme privé, composé de particuliers. Elle ne possède aucun statut officiel et n'est reliée en aucune manière à un service gouvernemental, quel qu'il soit. En bref, nous sommes libres de faire ce que bon nous semble, de participer à toutes les affaires de notre choix, tant que nous n'enfreignons pas la loi.

» Je propose que cette association adopte un statut commercial, que nous fondions une agence privée pour la détection du crime. La nouvelle firme sera une affaire purement commerciale, financée par les fonds versés par ses membres et par voie de souscription privée. Le quartier général sera établi dans un endroit sélectionné pour sa position centrale, mais des filiales seront montées dans toutes les planètes. Notre personnel sera recruté parmi les membres de l'association et d'autres personnes qualifiées. Elles toucheront des émoluments confortables qui seront prélevés sur les honoraires et les bénéfices. D'où viendront ces honoraires et ces bénéfices? En premier lieu, des organisations de police locale, qui useront de certains moyens mis à leur disposition par la nouvelle agence interplanétaire, au lieu de dépenser de grandes sommes d'argent pour le financement de ces mêmes moyens avec une prodigalité excessive. Puisque cette agence sera une affaire privée soumise à toutes les lois locales et interplanétaires, les critiques qui ont accueilli nos plans précédents se trouveront caduques du même coup.

» ... Éventuellement, la Compagnie de Coordination de Police Intermondiale serait automatiquement appelée à résoudre tous les problèmes concernant la prévention et la détection des crimes qui n'auront pas été commis sur le plan purement local, et même dans ce dernier cas, la CCPI serait à même d'intervenir utilement. Au bout d'un certain temps, la CCPI minimisera certainement le rôle de tous les groupes officiels de police présents et futurs. Nous posséderons nos propres laboratoires, nos fichiers rigoureusement complets, et un personnel de toute première qualité — recruté, comme je l'ai dit, parmi les membres de l'association et autres. Avez-vous des questions à me poser?

Une question posée par l'hémicyle :

— Les officiers de police d'une municipalité ou de l'État pourront-ils être en même temps membres du personnel de la CCPI?

Réponse :

— Ce point est très important. Oui, rien ne s'y oppose. Je ne vois aucune raison de conflit entre les deux organisations, et il y a toute raison d'espérer que les policiers municipaux officiels désireront automatiquement s'affilier à la CCPI. Cette situation n'apporterait que des avantages à la CCPI, au groupe de police locale et enfin à l'individu lui-même. En d'autres termes, l'officier de police locale n'aurait rien à perdre en soumettant certains cas à la CCPI et en autorisant le versement d'honoraires subséquents, s'il faisait lui-même partie du personnel.

Extrait du chapitre III de *La CCPI : ses hommes, ses méthodes,* par Raoul Past :

« ... Organisme intra-œcuménique de par ses statuts, la CCPI a été contrainte par la logique de ses fonctions, d'opérer dans l'Au-Delà. Là où les seules lois qui existent sont les coutumes locales et les tabous, la CCPI trouve peu de coopération : et même tout le contraire, à dire vrai. L'agent de la CCPI est connu sous le sobriquet injurieux de Belette. Sa vie est constamment en équilibre sur une lame de rasoir. L'Agence Centrale tient secret le nombre exact de ses « Belettes », de même que le pourcentage de pertes. Le premier chiffre est, pense-t-on, relativement faible, ce qui résulte des difficultés de recrutement; le second est élevé, en raison, à la fois, des difficultés du travail et des efforts déployés par cette entreprise fantastique entre toutes : j'ai nommé le Corps de Débelettisation.

» ... L'unviers est infini; des mondes existent en nombre incommensurable; mais il faut certainement aller loin pour découvrir une situation à ce point paradoxale, extravagante et sinistre à la fois : en effet, on peut dire que la seule organisation disciplinée qui existe dans l'Au-Delà n'a d'autre but que la destruction des forces chargées de maintenir l'ordre et de faire respecter la loi. »

Gersen s'éveilla dans son lit étranger. Le ciel, qu'il apercevait à travers la petite fenêtre carrée, n'était que vaguement gris. Il s'habilla et descendit les degrés de pierre jusqu'au vestibule où il trouva l'un des fils de Smade, un maussade garçon de douze ans, qui soufflait sur les braises de la cheminée. Il accueillit Gersen d'un « bonjour » bourru et ne sembla pas disposé à poursuivre la conversation.

Gersen sortit sur la terrasse. Le brouillard annonciateur de l'aube dissimulait l'océan et moutonnait sur la bruyère, enveloppant le paysage d'une tristesse monochrome. La sensation d'isolement se fit tout à coup oppressante. Gersen rentra se chauffer devant le feu fraîchement allumé.

Le jeune garçon s'occupait à balayer le foyer.

— On a tué quelqu'un hier soir, dit-il avec une sombre satisfaction. Le petit homme mince a eu son compte. Juste derrière le hangar à mousse.

— Le corps est-il toujours là? demanda Gersen.

— Non, pas de corps. Ils l'ont emporté. Trois bandits, peut-être quatre. Papa est fou de rage.

Gersen poussa un grognement et demanda son petit déjeuner qui lui fut bientôt servi. Pendant qu'il mangeait, le soleil nain se leva au-dessus des montagnes, petit disque blanc et fragile, à peine visible à travers le brouillard. Un vent de terre se mit à souffler. Lorsque Gersen ressortit, le ciel était dégagé, bien que des langues de brume vinssent toujours de la mer.

Gersen marcha en direction du nord, le long du plateau situé entre les falaises côtières et la montagne. Ses pieds foulaient un tapis de mousse grise et spongieuse d'où s'échappaient des relents de résine moisie. Les rayons de soleil passaient au-dessus de sa tête et venaient frapper la mer dont les eaux noires ne donnaient aucune réflexion. Il gagna le bord de la falaise et plongea son regard dans le mouvement des vagues, soixante mètres plus bas. Puis il jeta une pierre; contemplant les rides concentriques qui s'élargissaient autour du point d'impact, il se laissa voguer en imagination sur cet océan. Au-delà de l'horizon, un autre monde attendait le voyageur : des côtes dénudées, des pointes désolées, de grandes îles effilées. Il ne verrait nulle trace de civilisation avant de regagner la taverne de Smade. S'arrachant à la falaise, il reprit sa route en direction du nord.

Gersen pénétra dans une vallée qu'une clôture interdisait au bétail de Smade. Teehalt n'avait certainement pas laissé son astronef ici. A quelques centaines de mètres plus loin, un éperon montagneux venait s'enfoncer presque dans la mer. A l'ombre de l'éperon, Gersen découvrit le vaisseau de Teehalt.

Il procéda à une inspection rapide de l'appareil. Il s'agissait en effet d'un modèle 9B, identique au sien. Les commandes et la machinerie paraissaient en bon état. Dans un coffrage, sous le renflement de proue, se trouvait le moniteur qui avait coûté la vie à Teehalt.

Gersen revint à la taverne. Il avait eu l'intention au début d'y passer plusieurs jours. Il ne fallait plus y penser : Attel Malagate pouvait s'apercevoir de son erreur et revenir en compagnie de Hildemar Dasce et des deux assassins. Ils voulaient sûrement s'emparer du moniteur de Teehalt, et Gersen avait résolu de ne pas le leur permettre, bien qu'il n'eût pas l'intention de risquer sa vie dans l'entreprise.

En arrivant à la taverne, il remarqua que l'aire d'atterrissage était vide. Le Prince des Étoiles était parti. Dans la matinée? Au cours de la nuit? Il n'en avait pas la moindre idée. Il demanda sa note et, mû par quelque obscure impulsion, il paya également celle de Teehalt.

Smade ne fit aucun commentaire. Il était visiblement en proie à une rage froide. Rage qui n'avait pas pour objet Lugo Teehalt, Gersen s'en rendit compte. Mais le meurtrier, quel qu'il fût — Dasce avait parlé d'Attel Malagate — avait enfreint la loi de Smade, troublé la sérénité de la taverne de Smade, offensé Smade.

Poliment, Gersen lui demanda : « A quel moment le Prince des Étoiles est-il parti?

Smade se contenta de darder sur lui des yeux furibonds et garda le silence.

Gersen fit sa valise et quitta la taverne, après avoir refusé l'aide que lui offrait un gamin d'une douzaine d'années. Et il reprit la route du nord à travers la bruyère grise. En traversant le pont, il se retourna pour jeter un dernier regard à la bâtisse sereinement accroupie devant l'eau noire battue par les vents, véritable emblème de la solitude. Puis, incertain, il hocha la tête et se détourna. « On ne change pas, se dit-il intérieurement. A l'aller, le désir d'arriver à l'étape tenaille le voyageur et au retour, il se demande pourquoi il est venu. » Quelques minutes plus tard, il s'élevait dans le ciel, mettait le cap sur l'Œcumène et s'élançait dans l'infini. La Planète Smade s'évanouit progressivement derrière lui, et avec elle son soleil nain. Bientôt ils ne furent plus qu'un point brillant perdu parmi des millions d'autres.

Les étoiles glissaient de chaque côté de lui comme des lucioles emportées sur les ailes d'un vent noir. Comme l'effet Döppler ne jouait pas, la lumière le frappait par éclat ou par tourbillon. Toute perspective avait disparu; l'œil était le jouet d'illusions d'optique. Les étoiles se déplaçaient vers l'arrière, les plus proches glissant sur les plus lointaines. A portée de la main? A cent mètres de distance? A quinze kilomètres? L'œil ne possédait aucun repère pour juger.

Gersen régla le chercheur d'étoiles sur l'index de Rigel, embraya le pilote automatique et s'installa aussi confortablement que le permettaient les aménagements rudimentaires du modèle 9B.

La visite à la taverne de Smade avait bien servi ses desseins, bien que le bénéfice eût été acquis au prix de la mort de Lugo Teehalt. Attel Malagate voulait s'approprier le moniteur de ce dernier : cet instrument contenait les prémisses de l'avenir. Attel Malagate accepterait d'entrer en négociations et il était non moins probable qu'il opérerait par l'entremise d'un agent. Bien qu'il eût jugé bon d'occire Teehalt d'emblée...

Il y avait là quelque chose de troublant. Pourquoi Teehalt était-il mort? Simple cruauté de la part d'Attel Malagate? Ce n'était pas impossible. Mais Attel Malagate avait tué et saccagé sur une telle échelle que la vie d'un misérable de plus ou de moins ne pouvait lui apporter que la plus minime des satisfactions. Peut-être avait-il été emporté par la force de l'habitude : une sorte de réflexe instinctif. Pour rompre toutes relations avec un homme qui pouvait se rendre nuisible, il suffisait de le tuer...

Troisième possibilité : Teehalt avait-il percé l'anonymat auquel Attel Malagate, parmi tous les Princes-Démons, attribuait une importance souveraine? Gersen se remémora sa conversation avec l'explorateur. En dépit de ses traits ravagés et de son apparence calamiteuse, Teehalt faisait usage d'un langage raffiné. Il avait certainement connu des jours meilleurs. Pourquoi était-il venu échouer dans cette profession peu reluisante? Gersen haussa les épaules. Pourquoi un homme donnait-il à sa vie telle ou telle orientation? Pourquoi un homme, probablement né de parents normaux, devenait-il un jour Malagate le Monstre?

Teehalt avait laissé entendre qu'Attel Malagate était plus ou moins responsable du prêt-bail de l'astronef d'exploration. Avec cette idée en tête, Gersen se livra à un examen minutieux du vaisseau. Il trouva la plaque de fabrique traditionnelle, mentionnant le lieu où l'engin avait été usiné : Liverstone sur Fiame, une planète de la Constellation de Rigel.

Le moniteur portait de même une plaque de bronze donnant le numéro de série de l'appareil et l'identité du fabricant : la Compagnie d'Instruments de Précision Feritse, à Sansontiana, sur Olliphane, également dans la même constellation. Mais le propriétaire n'était pas mentionné, et Gersen ne trouva aucune trace d'enregistrement.

Il serait donc nécessaire de retrouver le possesseur du vaisseau par des voies indirectes. Gersen examina le problème.

Les compagnies foncières contrôlaient les deux tiers de tous les vaisseaux d'exploration existants et leurs stocks commerciaux étaient composés de mondes dotés d'attributions spécifiques : planètes à haute teneur de minéraux, planètes convenant à la colonisation par des groupes dissidents, planètes suffisamment agréables pour servir de réserve aux millionnaires, planètes possédant une flore et une faune suffisamment intéressantes pour attirer les amateurs de curiosités et les biologistes; beaucoup plus rarement, planètes entretenant une vie intelligente ou semi-intelligente susceptible d'intéresser les sociologistes, les taxonomistes, linguistes et tutti quanti.

Les compagnies foncières étaient rassemblées dans les centres cosmopolites de l'Œcumène : trois ou quatre mondes de la Constellation, au premier rang desquels venait Alphanor; Cuthbert de Véga, Boniface, Aloyisius Noval; Copus et Orpo de Pi Cassiopéia; Quantique; Vieille Terre. La Constallation devrait logiquement constituer le point de départ, si Lugo Teehalt avait effectivement travaillé pour une compagnie foncière.

Mais ce n'était pas du tout certain. En fait, si ses souvenirs étaient exacts, les propos de Teehalt tendaient à une conclusion opposée. Dans ce cas, les investigations se trouveraient singulièrement restreintes. Après les compagnies foncières, les universités et les instituts de recherches étaient les principaux employeurs des explorateurs. Là-dessus, il vint à Gersen une nouvelle idée. Si Teehalt avait été un ancien étudiant ou le membre d'une faculté, d'un collège ou d'une université, il se serait probablement adressé à l'un de ces établissements pour obtenir un emploi...

Cette conjecture manquait de probabilité, rectifia Gersen.

Certes, un homme fier, dont ses anciens condisciples pourraient se souvenir, ne ferait appel qu'en dernier recours à son ancienne école. Mais Lugo Teehalt avait-il une fierté à ce point ombrageuse? Gersen n'en avait pas l'impression. Il se serait facilement tourné vers son vieux havre pour y trouver la sécurité, semblait-il.

Restait une autre source d'informations évidente : la Compagnie d'Instruments de Précision Feritse, à Sansontiana, où le moniteur avait été enregistré sous le nom de l'acquéreur. Autre raison pour aller voir ladite compagnie : Gersen voulait ouvrir le moniteur et en retirer le filament. Pour ce faire, il avait besoin d'une clé. Les moniteurs étaient souvent piégés au moyen de capsules explosives; en forçant l'appareil, il était très rare que l'on obtînt des renseignements utiles.

Les responsables de la Compagnie Feritse pourraient ou ne pourraient pas se montrer accommodants. Sansontiana était l'une des cités de Braichis, l'une des dix-neuf nations indépendantes d'Olliphane. Les Braichisiens étaient des gens autoritaires, jaloux de leur indépendance, d'un caractère original. Les lois de la Constellation, cependant, répudiaient toutes prérogatives privées dans l'Au-Delà et décourageaient l'emploi des pièges explosifs. D'où cette ordonnance réglementant l'usage des appareils nécessaires à l'équipement des engins spatiaux :

« *Les constructeurs de tels dispositifs* (les moniteurs) *sont, par la présente, requis de fournir les clés, commu-*

tateurs, tables de décryptage, séquences numériques ou tous autres accessoires, équipements ou renseignements indispensables à l'ouverture sans danger de l'instrument en question, ce sans délai, discussion, erreur, honoraires exorbitants, ni attitude ou action calculée pour détourner le demandeur de solliciter la clé, la table de décryptage ou les renseignements nécessaires, si et quand ledit demandeur est en mesure de démontrer sa qualité de propriétaire dudit instrument. La présentation de la plaque de série, apposée par le constructeur sur l'instrument, sera considérée comme une preuve suffisante et adéquate de la propriété. »

Parfait. Gersen pourrait donc obtenir la clé. Mais la Compagnie n'était pas tenue de fournir les renseignements se rapportant aux enregistrements antérieurs de l'instrument. En particulier, si Attel Malagate avait soupçonné que Gersen viendrait à Sansontiana avec de telles intentions et avait pris des mesures en conséquence.

Cette pensée lui ouvrit une série de perspectives nouvelles. Son visage se rembrunit. Eût-il été d'un tempérament moins méticuleux, que ces diverses possibilités ne lui seraient peut-être pas apparues. Il se serait sans doute épargné des difficultés, mais il aurait, en contrepartie, probablement avancé la date de sa mort...

Il secoua la tête avec résignation et tendit la main vers la carte stellaire.

Non loin de sa ligne de fission, se trouvait l'étoile Cygnus T343 et sa planète Euville, où vivait une population désagréable et névrosée, répartie dans cinq villes : Oni, Me, Che, Dun et Ve, dont chacune était obligatoirement construite selon un plan pentagonal autour d'une citadelle à cinq côtés.

Le terrain spatial, établi sur une île éloignée, avait reçu le nom infâmant d' « Orifice ».

Gersen pouvait trouver tout ce dont il avait besoin dans ce port spatial; il n'avait pas le moindre désir de visiter les cités, car il fallait, pour ce faire, se soumettre en guise de passeport au tatouage d'une étoile sur le front, avec une couleur différente pour chaque cité. Le touriste qui aurait tenu à se faire une idée sur chacune, se serait vu contraint d'exhiber, sur la partie la plus noble de son individu, une quintuple constellation comportant les couleurs suivantes : orange, noir, mauve, jaune et vert.

IV

Extrait de *Nouvelles découvertes dans l'espace,* par Ralph Quarry :

« ... Sir Julian Hove avait apparemment calqué son attitude sur celle des explorateurs de la dernière Renaissance. A leur retour vers la Terre, les membres de son équipage s'imposèrent (ou leur fut-elle imposée?) une règle stricte de discrétion et de secret. Quoi qu'il en soit, aucune fuite ne se produisit. Sir Julian Hove était, pour employer une expression sans obscurité, un véritable père-fouettard. C'était en même temps un homme absolument dénué d'humour. Il avait l'œil terne, s'exprimait sans remuer les lèvres, peignait jour après jour ses cheveux avec une raie identique. Bien qu'il n'exigeât pas de son personnel qu'il portât l'habit pour prendre les repas, certaines des règles édictées par lui relevaient d'un esprit presque aussi pointilleux... L'emploi des prénoms était rigoureusement banni; des saluts protocolaires étaient échangés au début et à la fin de chaque quart, bien que le personnel fût civil dans son immense majorité. Les techniciens dont les spécialités n'avaient aucun rapport avec la science se virent refuser le droit de mettre pied sur les nouveaux mondes fascinants, et cet ordre fut bien près de provoquer une mutinerie, jusqu'au moment où le commandant en second de Sir Julian parvint à le persuader d'y apporter quelque atténuation.

» La Constellation de Rigel constitue la découverte la plus notable de Sir Julian : vingt-six magnifiques planètes, dont la plupart étaient non seulement habitables mais salubres. Sur ce nombre, deux seulement pouvaient se flatter d'abriter des autochtones quasi intelligents. Faisant usage de ses prérogatives, Sir Julian les baptisa en faisant appel aux héros de sa jeunesse : Lord Kitchener, William Gladstone, Archbishop

Rollo Gore, Edythe Mac Devott, Rudyard Kipling, Thomas Carlyle, William Kircudbright, Samuel B. Gorsham, Sir Robert Peel, et ainsi de suite.

» Mais Sir Julian allait être frustré de son privilège. Sur le chemin du retour, il télégraphia la nouvelle de sa rentrée à la Station Spatiale de Maudley, avec une description de la Constellation et les noms qu'il avait donnés aux membres de ce groupe magnifique. La liste passa par les mains d'un obscur gratte-papier, un certain Roger Pilgham, qui rejeta avec dégoût les noms choisis par Sir Julian. A chacune des vingt-six planètes, il assigna une lettre de l'alphabet, dont chacune constituait l'initiale d'un nom hâtivement choisi : Alphanor, Barleycorn, Chrysanthe, Diogène, Elfland, Fiame, Goshen, Hardacres, Image, Jezebel, Krokinole, Lyonnesse, Madagascar, Nowhere, Olliphane, Pilgham, Quinine, Raratonga, Somewhere, Tantamount, Unicorn, Valisande, Walpurgis, Xion, Ys et Zacaranda. Ces noms étaient puisés dans la légende, les mythes, les récits romanesques et sa propre fantaisie. Seul l'un de ces mondes était accompagné d'un satellite, que la dépêche décrivait comme « un bizarre fragment de ponce chondritique, malformé, excentrique et rocailleux », et auquel Roger Pilgham donna le nom de

» La presse publia la liste et les planètes de Rigel furent connues sous ces noms, bien que les relations de Sir Julian s'étonnassent d'un aussi soudain débordement d'imagination. Mais que pouvait bien représenter le nom de la seizième planète : « Pilgham »? Sir Julian s'en expliquerait probablement à son arrivée.

» Le gratte-papier, Roger Pilgham, retourna bientôt à l'obscurité dont il était brièvement sorti, et la chronique est muette sur ses faits et gestes ou son état d'esprit lorsque le retour de Sir Julian devint imminent. Fut-il torturé par l'appréhension? Éprouva-t-il simplement un léger malaise? Voyait-il venir le dénouement avec une indifférence totale? Sans aucun doute, il s'était résigné à perdre sa situation.

» Au moment prévu, Sir Julian effectua sa rentrée triomphale, et au moment non moins prévu il prononça cette phrase inoubliable : « Les plus impressionnantes sont peut-être les nouvelles Montagnes de Grampian, sur le continent nord de Lord Bulwer-Lytton. » Un membre de l'assistance s'enquit poliment de ce qu'était Lord Bulwer-Lytton, et le pot-aux-roses fut découvert.

» La réaction de Sir Julian, en face d'un forfait aussi grandiose, fut une crise de fureur effroyable. Le gratte-papier s'était prudemment cloîtré. On encouragea Sir Julian à rétablir ses propres appellations, mais le mal était déjà fait. L'extraordinaire fait d'armes de Roger Pilgham emporta la faveur des foules, et les noms choisis par Sir Julian sombrèrent petit à petit dans l'oubli. »

Extrait du *Manuel populaire des planètes,* 303e édition, publié en 1292 :

« Alphanor : planète considérée comme le centre administratif et culturel de la Constellation de Rigel. C'est la huitième dans l'ordre orbital. Constantes planétaires : diamètre : 14 800 km; masse : 102; durée moyenne du jour : 29 heures, 16 minutes, 29 secondes 4 dixièmes... etc.

» Remarques générales : Alphanor est un large et brillant monde océanique, pourvu d'un climat généralement vivifiant. L'océan occupe les trois quarts de sa surface totale, y compris les calottes polaires. La masse terrestre se divise en sept continents pratiquement contigus : Phrygia, Umbria, Lusitania, Scythia, Étruria, Lydia et Lycia, disposés suivant une configuration rappelant les sept pétales d'une fleur. Les îles, en quantités innombrables, n'ont pas été recensées.

» La vie autochtone est complexe et vigoureuse. La flore n'a en aucune manière cédé le pas aux implantations terrestres, qui doivent, au contraire, être soigneusement alimentées et entretenues. La faune est également très complexe, et en certaines occasions activement sauvage, pour ne citer que l'intelligent hyrcan majeur de la Phrygie supérieure, et l'anguille invisible de l'Océan du Thaumaturge.

» La structure politique d'Alphanor est une démocratie pyramidale — simple en théorie, en pratique fort compliquée. Les continents sont divisés en provinces, préfectures, districts et gardes : ces dernières définies comme des blocs de population de cinq mille personnes. Chaque comité de garde envoie un représentant au conseil de district, qui élit un délégué à la diète préfectorale, qui est à son tour représentée à l'assemblée de district, laquelle envoie un membre au congrès provincial, qui fait de même pour le parlement continental. Chaque parlement élit sept recteurs au Grand Conseil à Avente, dans la province océanique d'Umbria, qui finalement choisit un président. »

Extrait de la préface aux *Peuples de la Constellation,* par Strick et Chernitz :

« Les populations de la Constellation sont loin d'être homogènes. Au cours des migrations en provenance de la Terre, certains groupes raciaux eurent tendance à se rassembler et, dans le nouvel environnement, sous l'influence d'un développement ethnique sans apport extérieur, devant des conditions de vie nouvelles, ces groupes poussèrent encore plus avant leur spécialisation... Les populations d'Alphanor ont les traits réguliers, les cheveux bruns, la taille moyenne, bien qu'une promenade d'une heure sur la Grande Esplanade d'Avente permette à l'observateur de voir défiler sous ses yeux tous les types d'humanité imaginables.

» La psychologie d'Alphanor est plus difficile à définir. Chaque monde habité est différent des autres à cet égard, et bien que les différences soient réelles et distinctes, il est difficile de les préciser sans s'étendre outre mesure — surtout que toute généralisation à l'échelle d'une planète est composée, modifiée ou contredite par des particularismes régionaux. »

Rigel, droit devant lui, était un point brillant d'un blanc bleuâtre, dont toutes les autres étoiles semblaient s'écarter. Gersen avait peu à faire en dehors d'envisager sa destination, de se livrer à des spéculations sur les intentions probables d'Attel Malagate et de formuler ses propres réponses.

Premier problème : où se poser? Cent quatre-vingt-trois ports spatiaux, répartis sur vingt-deux des vingt-six planètes, convenaient parfaitement à son dessein — aussi bien qu'un désert et une terre vierge illimitée, s'il préférait tenir compte des lois sur la quarantaine.

Quelle était l'intensité du sentiment qui poussait Attel Malagate à s'approprier le moniteur de Teehalt? Ferait-il établir une surveillance dans chaque port? Théoriquement, la chose était possible, en subornant les officiels. Le moyen le moins onéreux et peut-être le plus efficace consisterait à offrir une grosse récompense à celui qui signalerait l'arrivée de Gersen. Celui-ci pourrait, bien entendu, décider de se poser sur un autre système stellaire. Il serait bien difficile de faire garder tous les ports de l'Œcumène.

Mais Gersen n'avait pas la moindre intention de se cacher. Dans la prochaine phase de son action, il devrait nécessairement se montrer. Cette phase était l'identification d'Attel Malagate. Deux méthodes s'offraient à lui : soit remonter à l'origine du moniteur, soit attendre qu'un envoyé d'Attel Malagate entrât en contact avec lui et s'efforcer ensuite de remonter à la source.

Attel Malagate tiendrait pour assuré le désir de Gersen de retrouver l'usine qui avait construit le moniteur et concentrerait sans doute sa vigilance sur le port spatial de Kindune, qui desservait la ville de Sansontiana.

Néanmoins, pour une série de raisons plus ou moins définies, qui ressemblaient fort à des intuitions, Gersen décida de se poser sur le grand port interplanétaire d'Avente.

Il aborda Alphanor, choisit une orbite d'atterrissage, bloqua son pilote automatique sur le programme officiel de prise de sol, et se renversa sur son siège. Le vaisseau se posa, rebondit dans un rugissement de tuyères, sur le sol rouge et calciné. Les moteurs s'éteignirent et ce fut le silence. Aussitôt, les soupapes d'équilibrage de pression émirent leur sifflement caractéristique.

Les officiels du port s'approchèrent, dans leur véhicule glissant. Gersen répondit aux questions, fut soumis à un court examen médical et reçut un permis de séjour. Les officiels prirent congé. Une grue mobile s'approcha, souleva le vaisseau et le transporta sur un quai de garage en bordure du terrain.

Gersen descendit à terre et se mit en devoir de démonter le moniteur, en jetant un regard méfiant dans toutes les directions.

Deux hommes parcouraient le quai de garage, affectant de flâner. Immédiatement, Gersen reconnut l'un d'eux : c'était le Sarkoy qui avait suivi Hildemar Dasce dans la taverne de Smade.

Tandis qu'ils s'approchaient, Gersen se garda bien de montrer la moindre méfiance, mais il ne perdait pas de vue leurs mouvements. Le Sarkoy portait un modeste complet gris foncé avec des épaulettes brodées d'opales; son compagnon, un homme mince, aux cheveux couleur de sable, aux prunelles dansantes d'un gris délavé, portait une salopette bleue d'ouvrier.

Les deux nouveaux venus s'arrêtèrent à quelques pas de Gersen et se mirent à l'observer à la manière de simples badauds. Gersen, après un rapide regard, ne s'occupa plus d'eux. Le Sarkoy murmura quelques mots à l'adresse de son compagnon et s'avança légèrement.

— Je crois que nous nous sommes déjà rencontrés. Il parlait d'une voix douce, sardonique.

— Votre nom m'échappe, dit poliment Gersen.

— Je m'appelle Sivij Suthiro.

Gersen l'examina soigneusement. Il avait devant lui un individu de taille moyenne, avec l'étrange tête aplatie d'homme des steppes qui caractérisait les Sarkoys [1]. Son visage était plus large que haut.

Les yeux de Suthiro étaient d'une couleur olive claire et passée, son nez était court, épaté avec de vastes narines, sa bouche large et ses lèvres épaisses. C'était un visage modelé par plus de mille ans de spécialisation.

Il fut impossible à Gersen de détecter le « souffle de la mort » : traitement imposé aux assassins à gages, qui abrégeait leur vie, donnait à leur peau un lustre jaunâtre et de la raideur à leurs cheveux. La peau de Suthiro était couleur d'ivoire pâle uniforme. Son crâne était couvert d'une tignasse noire et lustrée et il portait,

1. Les Sarkoys étaient tenus en piètre estime par les autres peuples de l'Œcumène, du fait de leur tenue répugnante à table et de leurs habitudes grossières et exhibitionnistes en matière sexuelle. Le sport populaire sarkoy, connu sous le nom de *harbite,* était également méprisé. Il consistait à appâter un haricap, grand bipède à fourrure hérissée, semi-intelligent, vivant dans les forêts nordiques. La misérable créature, affolée par la faim, était jetée au milieu d'un cercle d'hommes armés de fourches et de torches qui, après avoir mis le feu à sa fourrure afin de stimuler son activité, la repoussaient prestement de leurs fourches, dans le centre du cercle, chaque fois qu'elle tentait de s'évader.

Sarkovy, l'unique planète de Phi Ophiuchi, était un monde sombre, couvert de steppes, de marais, de forêts noires. Les Sarkoys vivaient dans de hautes maisons de bois protégées par des palissades de rondins; les plus grandes villes elles-mêmes n'étaient pas à l'abri des attaques des bandits et des nomades venus des terres vierges. Par tradition et par le goût qu'ils apportaient à leur art, les Sarkoys étaient des empoisonneurs accomplis. On rapporte qu'un Maître Vénéfice était capable de tuer un homme en passant simplement devant lui.

tatouée sur la joue droite, la petite croix de Malte qui était l'insigne du hetman Sarkoy.

— Vous voudrez bien m'excuser, Scop Suthiro, dit Gersen. Je ne me souviens pas de cette rencontre.

— Ah! répondit l'autre dont les yeux s'élargirent en s'entendant décerner son titre honorifique, vous avez visité Sarkovy. Chère Sarkovy tapissée de verdure, avec ses steppes infinies, ses joyeuses festivités!

— Joyeuses tant que durera le haricap. Mais après, sur quoi exercerez-vous vos tortures?

Suthiro, qui était d'une race insensible aux insultes, ne s'offensa pas.

— Nous pourrons toujours nous rabattre les uns sur les autres. Je vois que vous connaissez bien ma planète.

— Pas mal. C'est peut-être sur Sarkovy que vous m'avez connu?

— Non, dit Suthiro d'un air oblique. Je vous ai vu ailleurs et à une date récente.

Gersen secoua la tête.

— C'est impossible. Je rentre juste de l'Au-Delà.

— C'est bien ce que je disais. Nous nous sommes rencontrés dans l'Au-Delà. A la taverne de Smade.

— Vraiment?

— Oui. J'étais venu en compagnie de certains autres pour voir mon ami Lugo Teehalt. Est-ce la confusion, l'énervement? Lugo a quitté la Planète Smade à bord de votre propre vaisseau. Vous avez certainement dû le remarquer?

Gersen se mit à rire.

— Si Teehalt a des excuses ou des remontrances à me faire, je suis certain qu'il saura bien me trouver.

— Justement, dit Suthiro. Lugo Teehalt m'a chargé d'arranger les choses. Il vous demande de vouloir bien lui pardonner son erreur, et désire seulement récupérer son moniteur.

— Il ne m'est pas possible de vous le remettre, dit Gersen en secouant la tête.

— Vraiment? Suthiro se rapprocha. Lugo vous offre mille UVS [1] en dédommagement de son erreur.

1. Unité de Valeur Standard de l'Œcumène.

— J'accepte avec plaisir. Donnez-moi cet argent.
— Et le moniteur?
— Je le lui rendrai en mains propres lorsqu'il viendra le chercher.
L'homme au visage étroit émit un claquement de langue irrité, mais Suthiro sourit.
— Ce n'est pas une façon de procéder : vous auriez l'argent et nous, pas de moniteur?
— Je ne vois aucune raison de vous remettre le moniteur. Je le déposerai entre les mains de Lugo Teehalt. D'autre part, il est tout à fait légitime que vous me versiez l'argent. A moins, évidemment, que vous ne mettiez en doute mon honnêteté.
— En aucune sorte, puisque nous n'avons pas la moindre intention de la mettre à l'épreuve. Nous nous proposons, en fait, de prendre le moniteur à l'instant même.
— Je ne pense pas, dit Gersen. J'ai formé le projet de prendre possession du filament.
— C'est tout à fait hors de question, dit doucement Suthiro.
— Eh bien, essayez de m'en empêcher!
Gersen se remit au travail, fit sauter les scellés qui retenaient le moniteur.
Suthiro l'observait placidement. Il fit un signe à l'homme au visage étroit qui recula pour faire le guet.
— Je pourrais vous immobiliser si soudainement que vous seriez transformé en statue de marbre.
Il jeta par-dessus son épaule un coup d'œil à son acolyte qui hocha la tête. Suthiro exhiba une arme qu'il tenait à la main.
— Je peux provoquer en vous un arrêt du cœur, une hémorragie cérébrale, une convulsion de l'intestin grêle, à votre choix.
Gersen marqua une pause dans son travail.
— Vos arguments sont vraiment convaincants. Versez-moi cinq mille UVS.
— Je n'aurais besoin de rien vous verser. Mais voici les mille UVS que je vous ai proposés.
Il jeta à Gersen une liasse de billets, fit un signe à l'homme au visage étroit qui s'avança, se saisit des outils

de Gersen et démonta adroitement le moniteur. Gersen compta l'argent et se plaça sur le côté. Les deux hommes glissèrent le moniteur dans un sac et partirent sans ajouter un mot.

Gersen eut un rire silencieux. C'était là le moniteur qu'il avait acheté et monté à Euville, pour la somme de quatre cents UVS. Celui de Teehalt était en sécurité à l'intérieur du vaisseau.

Gersen rentra dans l'astronef, ferma les écoutilles. Tout était maintenant une question de temps. Il faudrait environ dix minutes à Suthiro pour rendre compte de son succès, soit à Dasce, soit même à Attel Malagate en personne. Des messages seraient ensuite lancés dans tous les ports spatiaux de la Constellation, pour signaler la fin de l'état d'alerte.

Il se passerait peut-être des heures, voire des jours, si la chance favorisait Gersen, avant qu'Attel Malagate entrât en possession du moniteur. Tout dépendait de sa résidence du moment. Un délai supplémentaire interviendrait lorsque la supercherie serait découverte, et alors l'organisation d'Attel Malagate serait de nouveau mobilisée, avec comme objectif la Compagnie d'Instruments de Précision à Sansontiana, sur la planète Olliphane.

A ce moment, Gersen aurait eu le temps de s'y poser et d'en repartir, du moins l'espérait-il. Évidemment, il n'avait pas de temps à perdre. Sans plus tarder, il mit les réacteurs en route, s'éleva dans le ciel bleu d'Alphanor et mit le cap sur Olliphane.

V

Extrait du *Manuel populaire des planètes :*

« Olliphane : dix-neuvième planète de la Constellation de Rigel. Constantes planétaires : diamètre : 10 700 km; masse : 0,9... etc.

» Remarques générales : Olliphane est la plus dense de toutes les planètes de Rigel et décrit son orbite à proximité de la limite de la Zone Habitable. On a émis l'hypothèse qu'au moment de la désintégration de la proto-planète du Troisième Groupe, Olliphane reçut une partie anormalement importante des matériaux provenant du noyau. Quoi qu'il en soit, jusqu'à une époque astronomique récente, Olliphane était sujette à une activité volcanique intense, et même à l'heure actuelle, elle possède encore quatre-vingt-douze volcans en activité.

» Olliphane comporte une proportion imposante de minéraux. Un relief majestueux lui vaut un vaste potentiel hydroélectrique, qui lui fournit l'énergie à plus bas prix que si l'on faisait appel aux sources traditionnelles. Une population active, disciplinée, a fait d'Olliphane le monde le plus hautement industrialisé de la Constellation. Ses seules rivales sont Tantamount, avec ses chantiers de construction, et Lyonnesse, avec ses aciéries géantes.

» Olliphane jouit d'un climat relativement frais et humide et sa population se concentre dans la zone équatoriale, surtout aux alentours du lac Clare. C'est là que le visiteur découvrira les sept plus grandes cités de la planète, en tête desquelles se placent Kindune, Sansontiana et New Ossining.

» La production alimentaire suffit à la consommation. Celle-ci est assurée, à quelques exceptions près, par des produits naturels, dont la consommation par tête d'habitant est la plus élevée de la Constellation et prend le troisième rang dans l'Œcumène. Les vallées alpestres entourant le lac sont consacrées aux produits laitiers et aux cultures maraîchères.

» Les Olphs constituent une population mêlée, qui descendait à l'origine d'une colonie de Skakers hyperboréens. Ils sont d'un type blond ou châtain, solidement charpenté, souvent enclin à la corpulence, avec un teint clair qu'aucune teinture ne vient altérer. Ils sont respectueux des traditions, mènent une vie sédentaire, mais déploient un grand enthousiasme au cours des fêtes et réjouissances publiques qui servent de dérivatif à une population habituellement réservée et conservatrice.

» Un système de caste, sans aucun statut légal, constitue la charpente de toute la structure sociale. Les prérogatives sont nettement définies, et jalousement observées; le langage s'est développé et assoupli au point de permettre au moins une douzaine de styles de discours. »

Extrait de *Une étude sur les rapports entre classes,* par Frerb Hankbert, dans le *Journal de l'Anthropicène,* vol. MCXIII :

« C'est un remarquable spectacle, pour un visiteur, que d'assister à une première rencontre entre Olphs étrangers l'un à l'autre et de voir la façon dont ils apprécient leurs castes réciproques.

» L'opération ne demande qu'un instant et semble surtout basée sur l'intuition, car les personnes concernées peuvent fort bien être vêtues de la façon la plus banale.

» J'ai interrogé bien des Olphs à ce sujet et je ne peux toujours pas établir de règle bien définie. En premier lieu, les Olphs nient purement et simplement l'existence d'une structure par castes et considèrent leur société comme totalement égalitaire. En second lieu, les Olphs eux-mêmes ne sont rien moins que certains de la façon dont ils devinent la caste d'un étranger, lequel possède à un plus ou moins grand degré, par rapport à eux, cette qualité que l'on dénomme *haute.*

» J'ai édifié une théorie selon laquelle ce sont des mouvements rapides et quasi indiscernables des yeux qui constituent la clé de cette qualification appelée *haute,* ainsi que des changements de posture caractéristiques de chaque caste. Les mains et leurs mouvements peuvent jouer un rôle similaire.

» Comme on pourrait s'y attendre, les hauts fonctionnaires de la bureaucratie sont issus de la caste la plus élevée, particulièrement les Tutélaires Civiques, qui est l'appellation que les Olphs donnent à leur police. »

Gersen se posa sur le port spatial de Kindune et, tenant à la main une valise où se trouvait enfermé le moniteur de Teehalt, monta dans un chemin de fer souterrain en direction de Sansontiana. Autant qu'il avait pu s'en rendre compte, nul n'avait remarqué son arrivée et personne ne l'avait suivi.

Mais le délai se rétrécissait de plus en plus. D'un moment à l'autre, Attel Malagate s'apercevrait qu'il avait été joué et chercherait à renouer le contact. Pour le moment, Gersen se sentait en sécurité; néanmoins, il se livra à quelques manœuvres qui lui permettraient de fausser compagnie aux Fileurs [1].

Ne voyant rien de nature à l'inquiéter, il déposa le moniteur dans un coffre à la disposition du public, à la station centrale, sous l'hôtel Rapunzel, et ne garda que la plaque de série. Puis, montant à bord d'une voiture express, il parvint quinze minutes plus tard à Sansontiana, à quelque cent kilomètres vers le sud. Il consulta un annuaire, prit un train d'intérêt local vers le district de Ferristoun, et débarqua enfin dans une gare, à quelques centaines de mètres de la Compagnie d'Instruments de Précision Feritse.

1. Fileurs : ils se divisent en cinq variétés au moins que l'on emploie selon les circonstances :

Le servo-optique : cellule photo-sensible portée par des ailes tournantes, téléguidée par un opérateur.

L'automatique : cellule semblable à la première, qui suit à la trace une empreinte radio-active ou monochromatique préalablement disposée sur l'homme ou le véhicule intéressé.

Le Culp maître-espion: créature volante semi-intelligente, entraînée à suivre tout sujet présentant un intérêt; habile, diligente, digne de foi, mais de dimensions relativement importantes et par conséquent peu discrète.

L'oiseau-espion Manx: créature de plus petite taille que la précédente qui a bénéficié du même entraînement; moins docile, moins intelligente, plus agressive.

L'oiseau-espion Manx modifié : le même que le précédent, mais équipé d'appareillages de contrôle.

Ferristoun était un district plutôt sinistre, composé de bâtiments industriels, de dépôts et de quelques tavernes : ces dernières étaient de joyeuses petites oasis, ornées à profusion de verres colorés et de bois sculpté, à l'instar des grandes arcades de luxe disposées sur les berges du lac.

La matinée était déjà bien avancée. La pluie avait assombri la chaussée de pavés noirs. Des véhicules à six roues se traînaient au long des rues. Le district tout entier résonnait du ronflement des machines. Un bref coup de sifflet donna soudain le signal d'un changement d'équipes et, aussitôt après, les trottoirs furent envahis par une foule d'ouvriers.

Ils avaient des visages pâles, inexpressifs, sans gaieté, et portaient des salopettes chaudes et fort bien taillées en trois couleurs différentes : gris, bleu foncé ou jaune moutarde; ils portaient une ceinture blanche ou noire; leurs têtes étaient couvertes de chapeaux ronds à coiffe noire. Tous ces vêtements sortaient des usines de confection d'État, le gouvernement étant un syndicalisme évolué aussi scrupuleux, aussi appliqué et sans humour que la constitution dont il était issu.

Deux autres coups de sifflets retentirent. Comme par magie, les rues se vidèrent, les travailleurs s'étant réfugiés dans les bâtiments comme des cancrelats surpris par une lumière trop vive.

Quelques instants plus tard, Gersen parvint devant une façade de ciment tachée qui portait le nom de FERITSE en grandes lettres de bronze et, au-dessous, en vieille écriture Olph contournée : *Instruments de précision.* Une unique petite porte donnait accès au bâtiment. Gersen y pénétra pour se trouver dans la pénombre d'un hall, sorte de tunnel en ciment, qui, au bout d'une trentaine de mètres, le mena aux bureaux de l'administration.

Il s'approcha d'un guichet disposé sur un comptoir et s'adressa à une femme d'âge mûr, aussi agréable de manières que de physique. Selon la coutume locale, elle portait des vêtements masculins sur les lieux de travail : un costume bleu foncé avec une ceinture noire. Reconnaissant en Gersen un étranger, de caste indéfinissable, elle s'inclina avec une courtoisie onctueuse, et demanda d'une voix basse et respectueuse :

— En quoi puis-je vous être utile, monsieur?

Gersen lui tendit la plaque de bronze.

— J'ai perdu la clé de mon moniteur et je voudrais en commander un double.

La femme cilla. Ses manières se modifièrent instantanément, à son insu, probablement. Elle tendit une main hésitante vers la plaque, la tint entre le pouce et l'index comme si elle était souillée, jeta un regard par-dessus son épaule.

— Eh bien, demanda Gersen d'une voix que la tension d'esprit avait soudain rendu coupante, voyez-vous quelque difficulté?

— De nouveaux règlements sont intervenus, murmura la femme, j'ai reçu des instructions pour... Je dois consulter le directeur-contrôleur Masensen. Excusez-moi, monsieur...

Elle se dirigea en hâte vers une porte latérale et disparut. Gersen attendait, les récepteurs subconscients de son cerveau soudain entrés en activité. Il était beaucoup plus nerveux qu'il ne l'aurait souhaité. La nervosité obscurcit le jugement, affecte la précision des observations.

La femme revint lentement vers le comptoir, tournant les yeux de droite et de gauche, fuyant le regard de Gersen.

— Une seconde, je vous prie, monsieur. Si vous voulez bien attendre... Nous devons procéder à des vérifications, cela se passe toujours ainsi, n'est-ce pas. Si l'on est pressé...

— Où est passée la plaque portant le numéro de série? s'inquiéta Gersen.

— Le directeur-contrôleur Masensen l'a prise en charge.

— Dans ce cas, je veux parler immédiatement au directeur-contrôleur Masensen.

— Je vais m'informer, dit-elle.

— Je vous en prie, ne prenez pas cette peine, dit Gersen.

Sans tenir compte de son cri de protestation, il franchit une porte et passa devant elle dans une pièce intérieure. Un homme corpulent au visage épais, vêtu d'un costume de coupe recherchée en tissu spécial bleu et gris-colombe, était assis devant un bureau et conversait au téléphone. En parlant, il regardait la plaque portant le numéro de série.

A la vue de Gersen, il haussa les sourcils et ouvrit la bouche avec irritation et contrariété. Il reposa rapidement le récepteur. Ses yeux parcoururent un instant les vêtements de Gersen puis il cria :

— Qui êtes-vous, monsieur? Qui vous a permis d'entrer dans mon bureau?

Gersen tendit la main, reprit possession de la plaque de série.

— Vous téléphoniez au sujet de ma demande. A qui?

Masensen le toisa avec une arrogance hautaine.

— Et que vous importe! Vous avez l'audace de me poser une pareille question, dans mon propre bureau!

Gersen prit la parole d'une voix égale.

— Les Tutélaires seront mis au courant de votre initiative illégale. Je suis surpris que vous ayez choisi d'enfreindre la loi.

Masensen se renversa sur son fauteuil, ses joues bouffies contractées dans une grimace d'inquiétude. Les Tutélaires, ces fonctionnaires d'une caste à ce point élevée qu'auprès d'eux la distinction entre Masensen et son garçon de bureau eût semblé insignifiante, n'étaient pas des gens avec lesquels on pouvait se permettre de plaisanter. Ils n'avaient aucun égard pour la personne humaine et éprouvaient une tendance irrésistible à croire l'accusation plutôt que d'ajouter foi aux protestations d'innocence.

Ils portaient des uniformes coupés dans des tissus d'une richesse somptueuse, dont la couleur variait selon la lumière : prune, vert foncé, or. Moins arrogants que surnaturellement sérieux, ils modelaient leur conduite sur les règles intransigeantes de leur caste. Sur Olliphane, la torture pénale était administrée de préférence aux amendes et à l'emprisonnement, pour des raisons d'économie plutôt que d'efficacité; la menace de la police était donc capable de susciter la consternation dans l'âme la plus innocente.

— Je n'ai jamais défié la loi! protesta le directeur-contrôleur Masensen. Ai-je refusé d'accéder à votre requête? Pas le moins du monde!

— Alors, fournissez-moi la clé que je demande sans retard ni délai, comme l'exige la loi.

— Doucement, dit Masensen. Nous ne pouvons aller aussi vite. Il nous faut examiner les fichiers. N'oubliez pas que nous avons autre chose à faire que nous plier aux caprices d'un vagabond déguenillé d'explorateur, qui se permet de venir nous insulter dans nos propres bureaux.

Gersen fixa l'homme qui le dévisageait avec hostilité et défi.

— Très bien, dit-il, puisque vous le prenez ainsi, je vais de ce pas déposer une plainte devant le Conseil des Tutélaires.

— Voyons, soyez raisonnable, bafouilla Masensen avec une lourde affabilité. On ne peut pas tout faire à la fois.

— Où est ma clé? Avez-vous toujours l'intention de braver la loi?

— C'est impossible, bien sûr. Je vais m'occuper de vous. Un peu de patience. Prenez une chaise et tâchez d'être calme quelques minutes.

— Je ne veux pas attendre.

— Allez au diable! tonna Masensen. Je me suis strictement conformé à la loi!

Il rentrait et sortait convulsivement les lèvres; son visage était rouge de fureur; il martelait le bureau de ses poings. La secrétaire, qui se tenait debout sur le seuil de la porte, laissa échapper un cri sourd de terreur.

— Faites venir les Tutélaires! rageait Masensen. Je vous accuserai de voies de fait et de menaces! Je vous ferai fouetter!

Gersen tourna le dos et quitta la pièce. Il franchit le bureau extérieur et se retrouva dans la tunnel de ciment. Il fit halte, jeta un rapide coup d'œil derrière lui. La secrétaire-réceptionniste, surexcitée, ne lui prêtait aucune attention, Gersen remonta le hall en tournant le dos à la porte d'entrée et se trouva bientôt devant une entrée voûté, donnant sur les ateliers de construction.

Posté dans un côté de la salle, invisible à l'ombre d'un pilier, il dressa un plan mental des lieux, en notant les différentes chaînes de montage. Certaines phases dépendaient de contrôles biomécaniques, d'autres étaient accomplies par des débiteurs impécunieux, des délinquants moraux, des vagabonds ou des ivrognes ramassés par douzaines dans la cité. Ils étaient enchaînés à leurs bancs, sous la surveillance d'un vieux gardien, et travaillaient avec apathie. Le surveillant d'atelier était installé sur une plate-forme élevée, qui se déplaçait sur un rail et pouvait se rendre dans toutes les parties de l'atelier.

Gersen repéra l'endroit où les moniteurs étaient construits et identifia celui où étaient disposées les serrures : un renfoncement d'une cinquantaine de mètres, le long du mur, près d'une chambre vitrée où un employé de bureau, peut-être un chronométreur, était assis sur une chaise haute.

Il procéda à un dernier examen d'ensemble de l'atelier. Nul n'avait témoigné du moindre intérêt pour sa personne. L'attention du surveillant se portait d'un autre côté.

Il se dirigea rapidement le long du mur, vers le réduit vitré où se tenait le chronométreur présumé. Celui-ci était un homme au visage usé et harassé, aux joues creuses, avec des sourcils noirs qui lui donnaient une expression sardonique, une peau verdâtre et ridée, un nez crochu et une bouche cynique : cet homme n'était pas obligatoirement un pessimiste, mais l'optimisme n'était certainement pas son fort. Gersen se plaça derrière le réduit où se jouaient des ombres. L'employé se retourna, étonné.

— Eh bien, monsieur? Que désirez-vous? Vous n'avez pas le droit...

— Voulez-vous gagner cent UVS en moins de temps qu'il n'en faut pour le dire?

L'employé grimaça tristement.

— Bien entendu! Qui dois-je tuer?

— Je ne vous en demande pas tant, dit Gersen. Il lui

montra la plaque de bronze. Procurez-moi la clé de cet instrument et cinquante UVS sont à vous. Il plaça les billets pourpre sur la table. Dites-moi au nom de qui le numéro de série est enregistré, et je vous donne cinquante UVS de plus.

Il compta les billets.

L'employé considéra l'argent, jeta un regard de doute par-dessus son épaule, à travers l'atelier.

— Pourquoi ne vous adressez-vous pas au bureau d'entrée? C'est le directeur-contrôleur qui s'en charge habituellement.

— J'ai irrité le directeur-contrôleur Masensen, dit Gersen. Il fait des difficultés, et je suis pressé.

— En d'autres termes, le directeur-contrôleur Masensen serait très mécontent si je vous apportais cette aide.

— C'est la raison pour laquelle je vous offre les cent UVS pour une opération absolument légale.

— Je risque mon emploi.

— Si je m'esquive par une porte dérobée, nul n'en saura rien. Et Masensen n'en sera ni plus ni moins avancé.

L'employé réfléchit.

— Très bien, dit-il, j'accepte. Mais il me faudra cinquante UVS de plus pour celui qui fabrique les clés.

Gersen haussa les épaules et tira de sa poche un billet de cinquante UVS orange.

— Je vous demande de faire le plus vite possible.

L'employé se mit à rire.

— Pour moi, plus tôt vous serez parti, mieux cela vaudra. Je dois consulter deux séries de fiches. La productivité n'est pas très élevée dans cet atelier. Dans l'intervalle, ne vous montrez pas. Il prit note du numéro de série, disparut derrière une cloison.

Le temps passait. Gersen remarqua que l'arrière de la cloison était garni de vitres peintes. Il se pencha pour mettre son œil à la hauteur d'une éraflure et obtint une vue brouillée de la pièce qui se trouvait derrière.

L'employé se penchait sur un classeur de type démodé et compulsait des fiches. Il en sélectionna une et prit une série de notes. A ce moment, Masensen pénétra dans l'atelier par une porte latérale. L'employé referma le classeur, sortit de la pièce. Masensen s'arrêta court, posa une question à l'employé qui répondit par quelques mots anodins. Gersen rendit un hommage silencieux à son sang-froid. Masensen le suivit avec des yeux furibonds, pivota sur place et se dirigea à son tour vers les classeurs.

Un œil fixé sur le dos grassouillet de Masensen, l'employé se pencha sur l'épaule du préposé aux clés, lui souffla quelques mots à l'oreille et s'en fut. Masensen jeta un regard soupçonneux autour de lui, mais l'employé avait déjà quitté la pièce.

Le machiniste déposa une clé vierge dans la machine, consulta un papier, pressa une série de boutons, afin de déterminer les crans, les conductivités et les nœuds magnétiques de la clé.

Masensen fouilla le classeur, en extirpa une fiche et sortit de la pièce. Immédiatement, l'employé rentra. Le machiniste lui glissa la clé et l'autre revint à son réduit. Il tendit la clé à Gersen, prit cinq billets pourpre qui se trouvaient sur la table.

— Et l'enregistrement? demanda Gersen.

— Je ne peux rien pour vous. Masensen est arrivé aux classeurs avant moi et a enlevé la fiche.

Gersen contempla la clé avec dépit. Son objectif principal avait été d'obtenir le nom du propriétaire du moniteur. La clé valait évidemment mieux que rien. Le filament enregistreur était plus facile à cacher que le moniteur lui-même. Mais le temps pressait. Il n'osait tarder plus longtemps.

— Gardez les cinquante autres UVS, dit-il. Après tout, l'argent lui venait d'Attel Malagate. Vous achèterez un cadeau à vos enfants.

L'employé secoua la tête.

— Je ne veux d'argent qu'en échange d'un travail. Je ne veux pas de présents.

— Comme vous voudrez, dit Gersen en replaçant les billets. Comment faut-il faire pour sortir d'ici?

— Il vaut mieux que vous retourniez par où vous êtes venu, dit l'employé. Si vous tentiez de sortir par-derrière, vous seriez arrêté par une patrouille.

— Merci, dit Gersen. Vous n'êtes pas Olph?

— Non, mais je vis ici depuis si longtemps que j'ai oublié s'il existait quelque chose de mieux.

Gersen jeta un coup d'œil précautionneux. La situation n'avait pas changé. Il se glissa au-dehors, marcha rapidement le long du mur jusqu'à l'entrée voûtée, pénétra dans le tunnel de ciment. En passant devant la porte qui menait aux bureaux administratifs, il aperçut Masensen qui faisait les cent pas. Il était évidemment d'une humeur massacrante. Gersen continua son chemin, se hâtant dans le hall vers la porte de sortie.

A ce moment précis, celle-ci s'ouvrit. Un homme fit son apparition en contre-jour. Gersen continuait d'avancer d'un pas vif et assuré, comme si son affaire était la plus légitime du monde.

L'homme se rapprochait. Leurs yeux se rencontrèrent. Le nouveau venu s'arrêta court. C'était Tristano le Terrien.

— Une chance! dit Tristano, d'une voix vibrante de plaisir contenu. Une chance, vraiment!

Gersen ne répliqua pas. Lentement, prudemment, il voulut s'écarter. Tristano fit un pas de côté, lui barrant le passage. Gersen fit front, jaugea son adversaire. Tristano était moins grand que lui d'un ou deux centimètres, avec les épaules et le cou épais, le buste plat mais large de hanches : trait qui révélait de l'agilité et une bonne assise musculaire.

Il avait la tête petite, presque chauve; ses traits nettement coupés. Les oreilles avaient été retaillées par les soins du chirurgien; le nez était plat, la région entourant la bouche gonflée de muscles. Son expression était calme, avec un demi-sourire serein relevant les coins de sa bouche. Il paraissait plus téméraire que méchant : un homme incapable aussi bien de haine que de pitié, un homme que poussait le seul besoin de tirer le maximum de ses capacités.

Un homme hautement dangereux, pensa Gersen.

— Écartez-vous, dit-il d'une voix calme.

Tristano étendit la main gauche en un geste presque affable.

— Qui que vous soyez, ne cherchez pas à jouer au plus fin. Suivez-moi.

Sans cesser d'agiter et d'onduler sa main tendue, il se pencha en avant. Gersen surveillait les yeux de Tristano sans tenir compte de la main qui s'efforçait de détourner son attention. Lorsque le poing droit partit, il le dévia d'un revers, et enfonça le sien dans la figure de Tristano.

L'autre recula, comme sous le coup d'une souffrance insupportable, et Gersen affecta d'être dupe. Il fonça en avant, dans l'intention apparente d'administrer un autre coup à son adversaire, puis s'arrêta en plein élan, tandis que Tristano lançait sa jambe avec une agilité incroyable. C'était un coup de pied destiné à mutiler ou à tuer. Gersen saisit au passage l'orteil et la cheville et tordit de toutes ses forces.

Tristano céda instantanément, virevolta en plein air, se ramassa en boule et se servit de l'inertie de son mouvement pour arracher son pied, sans dommage, à l'étreinte de Gersen. Il se reçut, comme un chat, sur le pieds et les mains et s'apprêtait à rebondir, lorsque Gersen l'agrippa par le cou et lui cogna le visage contre son genou. Des cartilages éclatèrent, des dents se rompirent.

Cette fois, Tristano recula, surpris. L'espace d'un instant, il demeura affalé sur le sol. Gersen lui saisit la cheville et la jambe en une clé, y jeta tout son poids et sentit l'os se briser. Tristano aspira bruyamment une goulée d'air. Portant la main à son couteau, il commit l'imprudence de découvrir sa gorge : en coup de hache, Gersen abattit le tranchant de sa main sur le larynx.

Le cou de Tristano était très musclé, si bien qu'il ne perdit pas conscience et se renversa en arrière, en agitant faiblement sa lame. Gersen la fit sauter d'un coup de pied et s'avança avec prudence, car son adversaire recélait peut-être encore des armes secrètes.

— Laissez-moi, croassa Tristano. Laissez-moi et filez. Il se traîna jusqu'au mur.

Gersen s'avança prudemment pour laisser un choix à Tristano qui le refusa. Il posa les mains sur les épaules massives, serra. Les deux hommes se regardaient dans le blanc des yeux. Brusquement, Tristano tenta une clé au bras, en ramenant simultanément sa jambe valide. Gersen esquiva la clé, saisit la jambe, tout prêt à rompre la seconde cheville.

Derrière lui, s'élevèrent des cris confus, un tumulte désordonné. Le directeur-contrôleur Masensen, le visage convulsé, accourait du fond du hall. Deux ou trois sous-ordres trottaient sur ses talons.

— Arrêtez! cria Masensen. Que faites-vous dans ce bâtiment? Il postillonnait positivement dans la figure de Gersen. Vous êtes un criminel de la pire espèce! Vous m'insultez dans mon propre bureau, vous rossez mon client! Je vais demander aux Tutélaires de s'occuper de vous.

— Ne vous gênez pas, je vous en prie. Allez-y, appelez les Tutélaires.

Mansensen haussa les sourcils.

Comment! Vous auriez cette audace?

— Il ne s'agit pas d'audace, dit Gersen. Un bon citoyen se doit de prêter main forte à la police pour appréhender un criminel.

— Qu'entendez-vous par là?

— Il me suffirait de prononcer un nom une seule fois en présence des Tutélaires. Il me suffirait de laisser entendre que vous êtes en collusion avec cet individu. La preuve? Cet homme... (il abaissa les yeux vers Tristano, qui tournait vers lui un visage mi-souriant, mi-étourdi) ... le connaissez-vous?

— Jamais de la vie, je ne l'ai jamais vu.

— Il n'y a pas une seconde, vous le disiez votre client!

— Je l'avais pris pour tel.

— C'est un assassin notoire.

— Erreur, mon ami, je ne suis pas un assassin,moi!

— Lugo Teehalt n'est plus là pour vous contredire!

Tristano voulut jouer l'innocence outragée.

— Vous et moi étions en conversation pendant que le type passait de vie à trépas.

— Dans ce cas, ni Dasce ni le Sarkoy n'ont tué Teehalt. Qui est venu avec vous sur la Planète Smade?

— Nous étions seuls.

— Vous me ferez difficilement avaler cette couleuvre. Hildemar Dasce est venu dire à Teehalt qu'Attel Malagate l'attendait au-dehors.

Tristano ne répondit que par un haussement d'épaules.

Gersen se pencha sur lui.

— Je respecte les Tutélaires. Je n'ose pas vous tuer. Mais je puis encore vous rompre quelques os, après quoi vous marcherez de travers, comme un crabe. Je puis vous désarticuler les nerfs optiques et vous faire loucher pour le reste de votre vie.

Les plis qui entouraient la bouche de Tristano prirent une expression mélancolique et désabusée. Il se laissa retomber lourdement contre le mur, semblant se désintéresser de la situation, vaincu par la souffrance. Il marmonna :

— Et depuis quand ne peut-on plus tuer dans l'Au-Delà, sans se faire traiter d'assassin?

— Qui a tué Teehalt?

— Je n'ai rien vu. J'étais auprès de vous, devant la porte.

— Mais vous êtes venus, tous les trois, ensemble à la taverne de Smade.

Tristano ne répondit pas. Gersen se pencha et fit un geste rapide. Masensen laissa échapper un cri inarticulé et s'éloigna, puis sa tête se retourna invinciblement vers la scène. Tristano regardait d'un œil atone sa main désarticulée.

— Qui a tué Teehalt?

Tristano secoua la tête.

— Je ne dirai plus rien. J'aime mieux loucher et boiter toute ma vie que de périr du cluthe des Sarkoys.

— Je puis vous injecter du cluthe.

— Je ne dirai plus rien.

Gersen se pencha de nouveau, mais Masensen poussa un bref cri d'horreur.

— C'est intolérable! Je ne le permettrai pas! Voulez-vous me donner des cauchemars? Je souffre suffisamment d'insomnies.

Gersen l'examina sans aménité.

— Vous feriez bien de ne pas vous interposer!

— Je vais appeler les Tutélaires! Votre conduite est d'une illégalité barbare, vous foulez aux pieds les lois de l'État!

— Appelez les Tutélaires. Nous verrons à ce moment qui a foulé aux pieds les lois de l'État et qui subira les rigueurs de la justice!

Masensen frictionna ses joues livides.

— Eh bien, partez. Ne remettez jamais plus les pieds ici et nous nous en tiendrons là!

— Pas si vite! dit Gersen. Votre situation n'est pas tellement brillante. Je suis venu ici accomplir une démarche des plus légales; là-dessus, vous faites venir par téléphone un assassin à gages qui me prend à partie. C'est une conduite que nul ne doit ignorer.

Masensen se passa la langue sur les lèvres.

— Vous proférez des accusations mensongères. J'ajouterai cela à ma plainte.

Lamentable manœuvre. Gersen éclata de rire. Il s'approcha de Tristano, le tourna face contre terre, fit glisser sa veste derrière ses épaules pour immobiliser ses bras et assujettit le tout au moyen de la ceinture du personnage. Avec sa cheville brisée, l'homme ne pouvait plus faire un mouvement.

Gersen remonta dans le hall, fit un geste à l'adresse de Masensen.

— Allons à votre bureau.

Il marchait le premier. Masensen clopinait sans enthousiasme sur ses talons : parvenu dans la pièce, le directeur-contrôleur se laissa tomber sur son fauteuil.

— Maintenant, appelez les Tutélaires, dit Gersen.

Masensen secoua la tête.

— Il... vaut mieux éviter les complications. Les Tutélaires ne se montrent pas toujours très compréhensifs.

— Dans ce cas, il faut que vous me disiez ce que je veux savoir.

Masensen inclina le chef.

— Parlez.

— A qui téléphoniez-vous lorsque je suis arrivé?

Masensen montra les signes d'une agitation extrême.

— Je ne puis vous le dire, répondit-il d'une voix enrouée. Tenez-vous essentiellement à me faire abattre?

— Les Tutélaires vous poseront la même question, entre beaucoup d'autres.

Masensen porta anxieusement ses regards à droite, à gauche, puis au plafond.

— A un homme, dit-il, au Grand Hôtel Pomador. Il s'appelle Spock.

— Pas d'histoires, dit Gersen. Vous mentez. Je vous donne encore une chance. Avec qui parliez-vous?

Masensen secoua désespérément la tête.

— Je ne mens pas.

— Avez-vous vu cet homme?

— Oui. Il est grand. Il a des cheveux rouges coupés court, une grande tête en longueur et pas de cou. Son visage est d'une couleur rouge très particulière, il porte des lunettes noires et un protège-nez. Un personnage peu ordinaire. Il n'a pas plus de sensibilité qu'un poisson mort.

Gersen hocha la tête. Masensen disait la vérité. La description correspondait au signalement de Hildemar Dasce.

— Voici ce qui m'intéresse. C'est très important. Je veux savoir au nom de qui le moniteur a été enregistré.

Masensen fit mine de secouer la tête, puis haussa les épaules avec fatalisme et se leva.

— Je vais chercher le dossier.

— Non, dit Gersen, nous irons ensemble. Et si le dossier demeure introuvable, j'accumulerai contre vous les plus lourdes charges possibles, je vous en donne ma parole!

Masensen se frotta le front avec lassitude.

— Je me souviens maintenant. Les fiches sont ici. Il saisit une carte dans un classeur. Université de la Province Océanique, Avente, Alphanor. Donation 291.

— Pas de nom?

— Aucun. Et la clé ne présente pour vous aucune valeur. L'Université utilise un code dans chacun de ses moniteurs. Nous lui en avons vendu plusieurs.

— Je vois!

L'usage d'un code destiné à déjouer les manœuvres d'un explorateur peu scrupuleux était assez répandu.

La voix de Masensen se chargea d'une lourde ironie.

— L'Université vous a évidemment vendu un moniteur codé sans la grille de décryptage. A votre place, je me plaindrais aux autorités d'Avente.

Gersen réfléchit aux implications contenues dans le renseignement. Leur portée était considérable, si certaine condition se trouvait remplie.

— Pourquoi téléphoniez-vous à ce Spock? Vous a-t-il offert de l'argent?

Masensen acquiesça d'un air misérable.

— De l'argent. Il a également proféré des menaces — des insinuations concernant mon passé...

Il fit un geste vague.

— Dites-moi, Spock savait-il que le moniteur était codé?

— Certainement. Je le lui ai fait remarquer, mais il en était déjà averti.

Gersen inclina la tête. La condition voulue avait été remplie. Attel Malagate devait nécessairement avoir accès au service de décryptage de l'Université de la Province Océanique.

Il refléchit un moment. Les indices venaient s'ajouter les uns aux autres. C'était Attel Malagate en personne qui avait tué Teehalt, à en croire Hildemar Dasce. Tristano avait indirectement confirmé le fait. Il avait laissé échapper plus de renseignements qu'il n'aurait voulu. Mais il avait aussi compliqué la situation.

Si Dasce, l'empoisonneur sarkoy et Tristano étaient venus ensemble, à l'exclusion d'un quatrième complice, comment expliquer la présence d'Attel Malagate? S'était-il posé simultanément sur la Planète Smade à bord d'un autre appareil? Possible mais peu probable...

Masensen le regardait avec anxiété et abattement.

— Maintenant, je vais partir, dit Gersen. Avez-vous l'intention d'avertir Spock de ma visite?

Masensen acquiesça humblement. Toute velléité de fanfaronnade l'avait abandonné.

— Je ne puis l'éviter!

— Vous me donnerez un délai d'une heure.

Masensen n'émit pas de protestation. Peut-être se conformerait-il aux désirs de Gersen. Probablement pas. Mais Gersen n'y pouvait rien. Il tourna les talons en laissant dans son bureau un Masensen dégonflé comme une baudruche.

En revenant dans le hall, Gersen rejoignit Tristano qui était parvenu à se relever. Maintenant, il sautait à cloche-pied sur les dalles, traînant derrière lui une jambe bizarrement contournée. Il jeta par-dessus son épaule un coup d'œil dans la direction de Gersen, avec sur les lèvres le même sourire placide, bien que les muscles entourant sa bouche fussent contractés par l'effort.

Gersen fit halte et contempla le personnage. Sans la possibilité d'une intervention de la police, il eût été sage et avisé de le tuer. Mais il ne pouvait se le permettre. Se contentant d'un signe de tête poli, il dépassa Tristano et s'en fut.

VI

Préface à *Les hommes de l'Œcumène,* par Jan Holberk Vaenz LXII :

« Il existe à l'ère présente des éléments rétrogrades, observés par maints anthropologistes : curieux paradoxe, car jamais ne se sont offerts à l'homme autant de débouchés dans des voies variées.

» L'élément capital de la vie humaine réside dans l'infinité de l'espace mis à sa disposition : les limites que l'on ne pourra jamais atteindre, les mondes innombrables qui demeureront toujours hors de portée. La conscience de ces effarantes possibilités a fini par se cristalliser en quelque sorte dans l'humanité, avec pour résultat de freiner l'esprit d'entreprise.

» En général, l'ambition reste de nos jours introspective et néglige les buts extérieurs qui devraient s'imposer. Pourquoi cela? Est-ce que l'infini, devenu objet d'expérience et non plus abstraction mathématique, intimide l'esprit humain? La conscience que les richesses de la galaxie sont à portée de notre main nous donne-t-elle un sentiment de complaisance et de sécurité? La vie contemporaine est-elle rassasiée par un régime trop riche en nouveautés? Est-ce l'Institut qui exerce un contrôle plus étroit qu'on ne le pense sur la mentalité humaine? Souffrons-nous d'un sentiment d'apathie et de frustration, né de la conviction que toute gloire a été conquise, que tout objectif valable a été atteint?

» Inconstestablement, il n'existe pas de réponse simple à cette question. Cependant, plusieurs points sont à noter. En premier lieu (fait que nous mentionnerons sans commentaires), nous remarquerons que ce sont les associations privées, ou, au mieux, semi-publiques, qui constituent les systèmes les plus influents et les plus efficaces : tels, la CCPI, l'Institut et la Corporation Jarnell.

» Le second point est le déclin du niveau général de l'éducation. La distance qui sépare les extrêmes est de plus en plus grande : les savants de l'Institut d'une part et, disons, les serfs d'un État Tertullien d'autre part. Si nous considérons la condition des hommes établis au-delà du Pale, la dissemblance est encore plus accusée. Les raisons de ce déclin sont évidentes. Les pionniers établissant des colonies dans un environnement étranger et souvent hostile n'ont qu'une préoccupation : assurer leur survie.

» Plus démoralisante encore est l'étendue du champ des connaissances. La tendance à la spécialisation est née dans les époques modernes, mais après que l'homme eut débouché dans l'espace, et avec l'amplitude accrue des informations qui en découla, la spécialisation a vu ses limites se restreindre encore.

» Il serait intéressant d'examiner le genre d'homme qu'est devenu le nouveau spécialiste. Il vit dans une ère où le matérialisme est roi; c'est un homme qui brille par le charme, l'esprit, le raffinement, mais qui manque de profondeur. Ses idéaux ne sont pas abstraits. Son champ d'action, s'il est éduqué, peut être constitué par les mathématiques ou l'une des sciences physiques; mais il y a cent chances contre une pour qu'il se consacre à l'une des branches de ce que l'on appelle, avec une regrettable imprécision, l'humanisme : c'est-à-dire l'histoire, la sociologie, la symbologie, l'esthétique, l'anthropologie, toutes les variétés de l'expérience humaine, sans parler du marécage de la psychologie, déjà foulé par des générations de gloseurs incompétents.

» Il y a également ceux qui, comme l'auteur, se juchent sur un rocher tonitruant d'omniscience et, avec force protestations d'humilité peu convaincantes, assument le rôle de louangeurs, de conseilleurs ou de dénonceurs de leurs contemporains. C'est d'ailleurs, et de loin, une tâche plus facile que de creuser une tranchée. »

Extrait de *Dix explorateurs : Etude d'un type*, par Oscar Anderson :

« Chaque monde possède son arôme psychique distinct : c'est là un témoignage que confirme chacun des dix explorateurs étudiés. Isack Canaday propose qu'on le conduise les yeux bandés dans n'importe quelle planète de l'Œcumène ou du proche Au-Delà, et parie de l'identifier correctement sitôt qu'on lui aura retiré son bandeau. Comment pourrait-il accomplir un pareil exploit? A première vue, la chose semble incompréhensible. Canaday lui-même déclare ignorer l'origine de cette faculté. « Il me suffit de lever le nez, de jeter un coup d'œil sur le ciel, d'exécuter deux ou trois sauts — et ça y est. »

» Naturellement, la réponse de Canaday est ambiguë et volontairement simpliste. Nos sens sont assurément plus développés qu'il n'y paraît. La composition de l'air, la couleur de la lumière et du ciel, la courbure et la lumière et du ciel, la courbure et la proximité de l'horizon, l'importance de l'attraction gravitationnelle : ces éléments se combinent probablement dans le cerveau pour former une individualité, exactement comme la forme des yeux, du nez, de la bouche, des oreilles et la couleur des cheveux donnent une personnalité au visage.

» Et nous n'avons pas mentionné la flore et la faune, les constructions autochtones ou humaines, l'apparence différente du ou des soleils... »

Extrait de *La vie,* volume III, par Unspiek, Baron Bodissey :

« A mesure qu'une société mûrit, la lutte pour la vie se transforme imperceptiblement, change d'objectif et devient ce qu'il faut bien désigner sous l'appellation « recherche du plaisir ». C'est là une constatation générale, ne constituant pas une nouveauté très surprenante. Néanmoins, de ce point de vue, elle implique des résonances d'une très grande richesse. L'auteur se permet de suggérer un sujet de dissertations passionnant : en l'espèce, l'examen des conditions variées dans lesquelles se situe la lutte pour la vie et les catégories spéciales d'objectifs de plaisir qui en découlent. Il semble probable, après réflexion, que toute situation caractérisée par la rareté de tel ou tel élément, la présence de telle ou telle obligation ou danger, crée une tension psychique correspondante, exigeant une satisfaction particulière. »

Gersen revint à la station terminus du métro à Sansontiana. Il rentra en possession du moniteur et essaya immédiatement sa clé. A sa grande satisfaction, la serrure fonctionna avec souplesse. Le boîtier s'ouvrit. Pas d'explosif ni d'acide. Il en extirpa le petit cylindre contenant le filament et le soupesa dans sa main. Puis il pénétra dans un bureau de poste et se l'adressa à lui-même, à l'hôtel Credenza, Avente, Alphanor. Il reprit le métro jusqu'à Kindune, pénéta sur le port spatial et, sans autre incident, il reprit son vol.

Le croissant bleu d'Alphanor grossit bientôt dans le ciel, avec Rigel en arrière-plan, éblouissant. Lorsque les sept continents émergèrent de l'obscurité, il enclencha le pilote automatique dans le programme d'atterrissage et vint se poser sur le port spatial. La grue souleva l'appareil et le transporta jusqu'à un quai de garage. A ce moment, il descendit de l'appareil pour effectuer une reconnaissance prudente.

Ne voyant aucune trace de ses ennemis, il longea les rangées d'astronefs jusqu'aux bâtiments de l'astrogare. Il se fit servir son petit déjeuner et passa ses plans en revue. Ils étaient, pensa-t-il, d'une logique inattaquable et se déroulaient selon une progression méthodique dont la rigueur était sans faille :

a) Le moniteur de Lugo Teehalt avait été enregistré dans l'Université de la Province Océanique.

b) Les renseignements contenus dans le filament du moniteur étaient codés et n'étaient accessibles qu'au moyen d'une grille de décryptage.

c) La grille en question se trouvait en la possession de l'Université de la Province Océanique à Avente.

d)

1. Selon Lugo Teehalt, Attel Malagate était son commanditaire originel. (Chose qu'il n'avait apparemment comprise qu'à Brinktown. A la suite d'indiscrétions commises par Hildemar Dasce. Tout bien considéré, Attel Malagate ne devait probablement rien craindre pour l'inviolabilité de son incognito.)

2. Attel Malagate procédait avec vigueur à la recherche du moniteur et de son filament, et devait donc avoir accès à la grille de décryptage.

e) Gersen devrait donc :

1. Identifier les personnes ayant accès à la grille de décryptage.

2. Découvrir laquelle d'entre elles remplissait un certain nombre de conditions, correspondant à l'identité et aux activités d'Attel Malagate. Laquelle, par exemple, s'était absentée pendant un laps de temps suffisant pour se rendre sur la Planète Smade?

Un système d'attaque logique et percutant. Mais l'application de cette logique pourrait s'avérer moins facile. Il fallait éviter de donner l'éveil à Attel Malagate. Dans une certaine mesure, la possession du filament de Teehalt lui procurait la sécurité. Cependant, à la première alerte, Attel Malagate ne se ferait aucun scrupule d'avoir recours à l'assassinat. Jusqu'à présent, Attel Malagate n'avait eu aucune raison de se croire découvert, et ce serait agir en téméraire que de lui démontrer le contraire. Pour l'instant, l'initiative lui appartenait; inutile de risquer la catastrophe en faisant preuve d'une hâte irraisonnée.

Son attention fut soudain attirée par une paire de jolies filles, assises quelques pas plus loin, et apparemment venues à l'astrogare pour accueillir un ami ou l'y conduire. Gersen les contemplait d'un œil mélancolique, conscient pour la première fois d'un certain vide dans son existence.

Les deux jeunes filles n'avaient évidemment que frivolités en tête. L'une avait les cheveux teints en vert forêt et la peau en un vert salade des plus délicats. L'autre portait une perruque faite de copeaux métalliques couleur lavande. Pour sa peau, elle avait adopté une teinte d'un blanc cadavérique; et unc cloche au dessin recherché, faite de feuilles d'argent et de lianes, venait encadrer son front et ses joues.

Gersen respira profondément. Il avait jusqu'à présent mené une existence farouche et sans joie. En remontant les années, des images s'amassaient en foule dans son cerveau, dont toutes n'étaient que des variations sur un même thème : d'autres enfants absorbés dans les plaisirs de leur âge, tandis que lui-même, garçonnet au mince et grave visage, les regardait à distance. Cette gaieté insouciante n'avait éveillé en lui que de l'intérêt et de l'étonnement — si du moins il devait en croire ses souvenirs — et il ne lui était jamais venu à l'idée qu'il pût y participer. Son grand-père y avait veillé.

Une des jeunes voisines avait remarqué son intérêt; elle chuchota à l'oreille de sa compagne. Toutes deux lui accordèrent un bref regard, puis l'ignorèrent avec ostentation. Gersen sourit tristement. Il n'éprouvait aucune confiance en soi dans ses rapports avec les femmes : il en avait connu si peu d'une manière intime. Il se rembrunit et jeta sur les deux péronnelles un regard méfiant. Il ne serait pas impossible qu'Attel Malagate les eût envoyées pour l'attirer dans leurs rêts... Ridicule. Pourquoi deux filles?

Elle se levèrent et quittèrent le restaurant, en lui jetant un dernier regard à la dérobée.

Gersen les regarda partir, résistant à l'impulsion subite qui le portait à courir à leurs trousses, à se présenter à elles, à s'en faire des amies... Ridicule encore une fois, doublement ridicule. Que leur dirait-il? Il s'imaginait les deux jolis minois, d'abord perplexes, puis embarrassés, tandis qu'il ferait des efforts maladroits pour conquérir leurs bonnes grâces... Mais les deux coquettes avaient déjà disparu.

Bon débarras, pensa Gersen, mi-amusé, mi-dépité. Et pourtant pourquoi s'abuser? Vivre une moitié de vie d'homme n'était pas chose facile et constituait une source de mécontentement. Les circonstances de sa vie lui avaient donné peu d'occasions de participer aux raffinements de la vie sociale. Et après? Il savait quelle était sa mission et il s'était magnifiquement préparé pour l'accomplir. Il ne restait en lui aucune place au doute, à l'incertitude; ses buts étaient exactement définis.

Une idée soudaine jeta le trouble dans le flot rassurant de ses justifications personnelles : où serait-il sans cet objectif clairement délimité? Poussé par des mobiles moins artificiels, ferait-il aussi bonne figure parmi ces gens aux manières aisées, à la politesse nonchalante, au verbe facile?

Gersen tournait et retournait cette pensée dans tous les sens et se sentait de plus en plus démuni. Aucune des phases de sa vie n'avait résulté d'un libre choix de sa part. Il n'en éprouvait ni regret ni amertume. Mais un homme ne devrait pas se voir imposer des objectifs avant de connaître suffisamment le monde pour prendre ses propres décisions en toute liberté, en pleine connaissance de cause.

Cette possibilité lui avait été refusée. La décision avait été prise pour lui, il avait accepté la mission. Que ferait-il lorsqu'il aurait atteint ses objectifs, s'il y parvenait jamais?

Les chances de réussite étaient faibles, bien sûr. Mais — une fois la mort de ces cinq hommes acquise — que ferait-il de sa propre vie? Une ou deux fois auparavant, il avait déjà atteint ce point de ses réflexions. Averti par quelque signal subconscient, il n'avait jamais voulu poursuivre ses spéculations au-delà. Il s'arrêta cette fois aussi au même point.

Il avait terminé son petit déjeuner; les jeunes filles qui avaient débridé son imagination avaient disparu. De toute évidence, elles n'étaient pas des agents de Malagate le Monstre.

Gersen s'attarda quelques minutes à l'examen de la meilleure façon d'attaquer le problème; il opta, une fois de plus, pour le chemin le plus direct.

Il se dirigea vers une cabine téléphonique et fut mis en communication avec le Bureau de Renseignements de l'Université de la Province Océanique, dans la banlieue de Remo, à une quinzaine de kilomètres vers le sud.

Sur l'écran, parut d'abord le sceau de l'Université, puis un texte de présentation conventionnel se terminant par les mots : *Veuillez parler distinctement.* Simultanément, une voix enregistrée demanda :

— Que puis-je faire pour votre service?

Gersen s'adressa à la téléphoniste toujours invisible.

— Je voudrais des renseignements sur le programme d'exploration de l'Université. A quel département dois-je m'adresser?

Encadré d'un panneau décoratif, apparut le visage doré d'une jeune fille dont les cheveux blonds tombaient en boucles flamboyantes sur les oreilles.

— Cela dépend du type d'exploration.

— Il s'agit précisément de l'expédition commanditée par la donation 291.

— Un moment, s'il vous plaît, je vais m'informer.

La téléphoniste se retira de l'encadrement. Elle reparut bientôt.

— Je vais vous mettre en communication avec le Département de Morphologie Galactique, monsieur.

Gersen se trouva confronté avec le pâle visage d'une autre jeune fille. La nouvelle venue avait un visage piquant et espiègle teinté d'argent nacré, encadré par une sombre auréole de cheveux ébouriffés en dix mille épines vernies. « Morphologie Galactique ».

— Je voudrais quelques renseignements sur la donation 291, dit Gersen.

Son interlocutrice réfléchit un instant.

— Que voulez-vous savoir?

— Comment elle fonctionne, qui l'administre.

Le jeune visage espiègle fit une moue dubitative.

— Je ne pourrai pas vous dire grand-chose, monsieur. C'est la caisse qui finance notre programme d'exploration.

— Je m'intéresse particulièrement à un explorateur appelé Lugo Teehalt, qui travaillait aux frais de cette donation.

Elle secoua la tête.

— Je ne sais rien de lui. Mr. Detteras pourrait vous renseigner, mais il ne reçoit pas aujourd'hui.

— Est-ce Mr. Detteras qui engage les explorateurs?

La jeune fille fronça les sourcils, plissa les paupières; elle avait des traits mobiles, une bouche large avec un pli de gaieté à chaque coin. Gersen la contemplait fasciné.

— Je ne suis guère renseignée à ce sujet, monsieur. Nous avons naturellement notre part dans le Maître Programme d'Exploration. Mais elle ne s'étend pas à la donation 291. Mr. Detteras est le Directeur de l'Exploration; il pourrait vous dire tout ce que vous voulez savoir.

— Y a-t-il quelqu'un d'autre dans le service qui pourrait commanditer un explorateur sur les fonds de la donation 291?

La jeune fille jeta un regard de biais à son interlocuteur, se demandant quelle pouvait être la nature de l'intérêt qu'il portait à la question.

— Etes-vous un fonctionnaire de la police? s'enquit-elle timidement.

Gersen se mit à rire.

— Non, je suis simplement un ami de Mr. Teehalt, et je voudrais terminer une affaire pour lui.

— Oh! je vois. Il y a Mr. Kelle, qui est le Président du Comité d'Établissement des Recherches. Et Mr. Warwaeve, le Prévôt Honoraire, qui a effectué la donation 291. Mr. Kelle est absent pour la matinée: sa fille se marie demain et il est très occupé.

— Et me serait-il possible de voir Mr. Warwaeve?

— Eh bien...

La jeune fille fit la moue, se pencha sur un panneau de rendez-vous.

— ... il est retenu jusqu'à trois heures, ensuite il donne audience pendant une heure aux étudiants et aux personnes qui n'ont pas de rendrez-vous.

— Cela me conviendrait parfaitement.

— Si vous voulez bien me laisser votre nom, dit gravement la jeune fille, je le placerai en tête de liste, et vous n'aurez pas à attendre si les visiteurs sont nombreux.

Gersen fut surpris par sa sollicitude. Il scruta son visage et fut tout surpris de la voir sourire à son adresse.

— C'est très aimable à vous, dit-il. Je m'appelle Kirth Gersen.

Il la regarda écrire. Elle ne semblait guère pressée de terminer la conversation.

— Quel est le rôle d'un Prévôt Honoraire?

Elle haussa les épaules.

— À la vérité, je n'en sais trop rien. Il va, il vient. Je crois qu'il fait tout ce qui lui passe par la tête. C'est le privilège des gens fortunés. Attendez seulement que je sois riche!

— Une chose encore, dit Gersen. La routine du service vous est-elle familière?

— J'en ai l'impression, dit la jeune fille en riant, dans la mesure où cette routine existe, du moins.

— Le filament enregistreur qui se trouve à l'intérieur

du moniteur, à bord d'un astronef d'exploration est codé. Vous le savez?

— C'est ce que je me suis laissé dire. Cette fois, la jeune personne s'adressait nettement à Gersen en tant qu'individu, et non plus à une image sur un écran. Gersen la trouvait délicieusement jolie, en dépit de sa coiffure plutôt extravagante. Décidément, il avait passé trop de temps dans l'espace.

D'un effort de volonté, il réussit à garder une voix naturelle.

— Qui est chargé de décrypter les filaments? Qui a la responsabilité du code?

De nouveau, la jeune fille manifesta son embarras.

— Mr. Detteras, je pense. Peut-être aussi Mr. Kelle.

La jeune fille hésitait visiblement. Il est toujours sage d'éviter de répondre aux questions dont on ignore les mobiles. Et pourtant... Où était le mal? L'homme qui l'interrogeait semblait intéressant. Triste, mélancolique, quelque peu mystérieux... et non sans charme à sa manière fruste et rude.

— Je vais poser la question à la secrétaire de Mr. Detteras, dit-elle avec entrain. Voulez-vous attendre?

L'écran s'obscurcit, pour s'éclairer de nouveau une minute plus tard.

— J'avais raison, dit la jeune fille en souriant. Il s'agit bien de MM. Detteras, Kelle et Warweave — ce sont les seuls à pouvoir accéder à la grille de décryptage.

— Je vois. Mr. Detteras est le Directeur de l'Exploration, Mr. Kelle est le Président du Comité des Plans de Recherche, et Mr. Warweave est... quoi donc déjà?

— Prévôt Honoraire. Ce titre lui a été décerné lorsqu'il a effectué la donation 291. C'est un homme très riche, qui s'intéresse énormément à l'exploration spatiale. Il se rend fréquemment dans l'Au-Delà. Vous-même, êtes-vous allé dans l'Au-Delà?

— J'en reviens à l'instant.

Elle se pencha, le visage animé d'une ardeur nouvelle.

— Est-ce vraiment aussi sauvage et dangereux qu'on le dit?

Gersen jeta la prudence aux orties, avec une audace qui le surprit lui-même.

— Partons ensemble et vous pourrez vous en rendre compte *de visu.*

La jeune fille ne sembla pas spécialement troublée par la proposition.

— Je ne me sentirais pas tranquille. On m'a toujours recommandé de ne pas me fier aux étrangers qui viennent de l'Au-Delà. Vous pourriez être un trafiquant d'esclaves et me vendre.

— Ce sont des choses qui arrivent, dit Gersen. Vous êtes bien plus tranquille là où vous êtes.

— Et pourtant, dit-elle d'un air mutin, croyez-vous qu'on tienne tellement à la sécurité?

Gersen hésita. La jeune fille le considérait avec une expression candide. Après tout, pourquoi pas? se demanda-t-il. Son grand-père était bien un vieillard au visage parcheminé...

— Dans ce cas, si vous n'avez pas peur du risque à courir, peut-être accepterez-vous de passer la soirée en ma compagnie.

— Dans quel dessein? La jeune fille affecta un air réservé. Pour me réduire en esclavage?

— Non. Le programme habituel pour une sortie. Vous choisirez vous-même.

— Vous me prenez de court. Après tout, je ne vous ai pas encore vu en chair et en os.

— Oui, vous avez raison, dit Gersen, démonté. Je ne suis guère galant.

— Pourtant je ne vois pas où serait le mal! Je suis moi-même impulsive, c'est du moins ce qu'on me dit.

— Cela dépend des circonstances, je suppose.

— Vous débarquez de l'Au-Delà, dit la jeune fille magnanime, je pense qu'on peut vous pardonner.

— Alors, vous acceptez?

Elle fit mine de réfléchir.

— Très bien. Je cours le risque. Où devrai-je vous retrouver?

— Je viendrai voir Mr. Warweave à trois heures. Après l'entrevue, nous pourrons nous fixer rendez-vous.

— Je suis libre à quatre heures. Vous êtes bien certain de ne pas être un trafiquant d'esclaves?

— Pas même un pirate.

— Vous n'êtes pas du genre entreprenant, je dois dire. Mais je n'en suis pas moins ravie, en attendant de mieux vous connaître.

Une vaste plage de sable s'étendait à cent cinquante kilomètres au sud d'Avente, autour du relief concave d'Ard Hook. Jusqu'à Remo et même à quelques kilomètres au-delà, des villas d'une blancheur éblouissante garnissaient les crêtes des dunes qui bordaient l'océan.

Gersen loua un petit glisseur terrestre et s'élança vers le sud, en soulevant derrière lui des nuages de poussière. Pendant un certain temps, la route longeait la côte. Le sable réfléchissait avec un éclat insoutenable les lumineux rayons de Rigel; une eau bleue, enguirlandée d'écume blanche, roulait et étincelait paisiblement sur le sable de la plage, produisant ce bruit familier que l'on retrouve, invariablement pareil, sur tous les mondes, où l'élément liquide vient en contact avec un rivage.

La route faisait maintenant l'ascension des falaises sablonneuses. Sur la gauche s'étendaient les dunes recouvertes des plantes marines noires et pourpres, ponctuées par de grosses fleurs-ballons blanches, dont la gousse remplie d'air flottait à l'extrémité d'une longue tige. D'autres villas blanches apparaissaient entre les frondaisons fraîches des arbres à plumes indigènes et des palmiers hybrides.

Devant lui, le sol s'élevait, les falaises sablonneuses devinrent une chaîne de collines basses, présentant des flancs abrupts à l'océan. Remo occupait une plaine au pied de l'une de ces collines. Une double jetée, se terminant par des casinos aux dômes élevés, s'avançait dans la mer, formant un port encombré de petites embarcations. L'Université occupait le sommet d'une colline et se composait d'une série de bâtiments à toits plats, réunis par des arcades.

Gersen parvint au garage de l'établissement, arrêta le glisseur et mit pied à terre. Un trottoir roulant l'emmena, par une voûte commémorative, vers un large mail, où il s'adressa à un étudiant.

— Le Collège de Morphologie Galactique? C'est le bâtiment voisin, monsieur, à l'angle.

Gersen se dirigea vers l'extrémité du mail, croisant une multitude d'étudiants aux costumes divers. Il traversa le quadrilatère et s'approcha de l'angle du bâtiment. Devant le portail, il fit halte, pris d'une émotion qui ressemblait à de la méfiance ou à de la timidité, et n'avait cessé de s'accentuer au cours de son voyage vers l'Université. Il se moqua de lui-même. Etait-il donc un petit garçon pour se laisser troubler à ce point par la perspective d'une soirée en tête-à-tête avec une jeune fille inconnue? Ce qu'il y avait de plus remarquable, c'est que cette émotion semblait prendre la préséance sur les buts fondamentaux de son existence! Il haussa les épaules, à la fois amusé et irrité, puis pénétra dans le foyer.

Une jeune fille assise devant un bureau leva les yeux sur lui, avec une incertitude égale à la sienne. Elle était plus petite et plus mince qu'il n'aurait pensé, mais en aucune façon moins séduisante.

— Mr. Gersen?

Gersen arbora ce qu'il pensait être un sourire rassurant.

— Il m'apparaît que je ne connais même pas votre nom.

Elle se détendit quelque peu.

— Pallis Atwrode.

— Voilà les présentations terminées, dit Gersen. J'espère que notre arrangement tient toujours?

Elle inclina la tête.

— A moins que vous n'ayez changé d'avis.

— Non.

— J'agis avec beaucoup plus d'audace que ne le veut mon caractère, dit Pallis Atwrode. J'ai simplement décidé de faire table rase de mon éducation. Ma mère est un bas-bleu. Il serait peut-être temps que je prenne le contre-pied.

— Vous commencez à me faire peur, dit Gersen. Si je dois affronter une personne qui se défoule...

— Oh! c'est un défoulement qui n'a rien de redoutable. Je n'ai pas l'intention de m'enivrer ni de me battre ni de...

Elle fit une pause.

— Ni de...?

— Rien!

Gersen consulta sa montre.

— Il faut que j'aille voir Mr. Warweave.

— Ses bureaux sont au bout du couloir. Et, Mr. Gersen...

— Oui?

— Je vous ai révélé quelque chose dont je n'aurais pas dû vous parler. Il s'agit du code. C'est un secret. Voudriez-vous avoir l'obligeance de n'en rien dire à Mr. Warweave? Cela pourrait me valoir des ennuis.

— Je serai muet comme la tombe.

— Merci.

Il suivit le couloir indiqué. Le sol de mosaïque noire et grise brillait; murs et plafond de plâtre blanc ne présentaient ni décoration ni relief à l'exception des portes et des identificateurs de couleurs variées : marron, mauve, vert foncé, indigo...

Trois portes plus loin, il parvint en face d'un identificateur flottant, portant en lettres lumineuses bleues le nom : GYLE WARWEAVE et au-dessous : PRÉVOT.

Il fit une pause, frappé par l'incongruité de découvrir Malagate le Monstre dans ces lieux. Y avait-il un anneau défaillant dans la chaîne de son raisonnement? Le moniteur était codé, enregistré au nom de l'Université. Hildemar Dasce, le lieutenant d'Attel Malagate, avait cherché à s'approprier le filament, qui était inutilisable en l'absence du décrypteur. Gyle Warweave, Detteras et Kelle étaient les trois hommes ayant accès au décrypteur; l'un des trois devait donc obligatoirement être Attel Malagate. Restait à savoir lequel : Warweave, Detteras ou Kelle?

Faire des suppositions était inutile; il devrait tirer parti des événements à mesure qu'ils se produiraient. Il s'avança. La porte s'effaça latéralement, rapide comme un obturateur d'appareil photographique; sur l'identificateur, les lettres se livrèrent à une danse échevelée, telle une troupe de poissons effrayés, et ne reprirent leur place initiale qu'après le passage du visiteur.

Dans le premier bureau, une femme d'âge mûr, grande, mince, aux yeux gris et froids, écoutait un jeune homme exposer sa requête, tout en hochant la tête lentement.

— Je regrette, dit-elle d'un ton définitif. Ces audiences ont pour but de compléter la formation de base des étudiants. Je ne puis vous permettre de déranger le prévôt avec vos réclamations.

— Alors quel rôle joue-t-il dans l'Université? s'écria le jeune homme. Puisqu'il donne des audiences libres, il pourrait aussi bien prêter l'oreille à ma version de l'histoire.

La femme secoua la tête.

— Je suis désolée.

Elle se détourna.

— Seriez-vous Mr. Gersen par hasard?

Gersen opina.

— Mr. Warweave vous attend; veuillez entrer par cette porte.

Gyle Warweave, assis devant son bureau, se leva à l'entrée de Gersen. C'était un grand et bel homme, robuste et d'un âge indéterminé — peut-être dix ou quinze ans de plus que Gersen. Une masse de cheveux bouclés noirs moulait étroitement son crâne, sa peau était teintée en sépia pâle. Il avait les traits fortement accusés, les yeux étroits, le nez et le menton taillés à coups de hache. Il salua Gersen avec une courtoisie nuancée.

— Veuillez vous asseoir, Mr. Gersen. Heureux de faire votre connaissance.

— Merci.

Gersen regarda autour de lui. La pièce était vaste. Le bureau occupait une place insolite à la gauche de la porte, avec la plus grande partie du volume disponible au-delà. De grandes fenêtres, sur la droite, donnaient sur le quadrilatère. Le mur opposé était tapissé de centaines de cartes en projection Mercator, représentant des mondes différents. Le centre de la pièce était vide, ce qui lui donnait l'aspect d'une salle de conférence dont on aurait retiré la table.

A l'autre bout, sur un piédestal de bois poli, se dressait une structure faite de spires de pierres et de métal, dont Gersen ignorait la provenance. Il s'assit et reporta son attention vers l'homme derrière le bureau.

Gyle Warweave correspondait peu à l'idée que se faisait Gersen d'un administrateur d'Université. Ce qui s'expliquait fort bien s'il n'était autre qu'Attel Malagate. Par opposition à son teint, d'un style nettement conservateur, Warweave arborait un riche costume bleu avec une ceinture blanche, des jambières de cuir blanc et des sandales bleu pâle; accoutrement qu'on se serait plutôt attendu à trouver sur un jeune dandy du district de Sailmaker Beach, au nord d'Avente... Gersen s'efforçait d'identifier un fugitif air de famille, un soupçon d'image tapi au tréfonds de sa mémoire, mais en vain.

De son côté, Warweave examinait Gersen avec une curiosité teintée d'un soupçon de condescendance. Gersen n'avait absolument rien du dandy. Il portait les vêtements neutres de l'individu qui ne s'intéresse pas à la mode ou n'y prête pas attention. Sa peau n'avait été soumise à aucune teinture (en se promenant dans les rues d'Avente, il avait eu l'impression d'être nu); son épaisse toison foncée était coiffée sans la moindre recherche.

Warweave attendait avec une politesse attentive.

— Je me trouve ici, Mr. Warweave, au sujet d'une question assez complexe. Les raisons qui ont déterminé ma démarche sont étrangères à l'affaire, aussi vous demanderai-je de m'écouter sans vous inquiéter de les découvrir.

Warweave inclina la tête.

— C'est difficile, mais je ferai mon possible.

— Avant tout, êtes-vous en relations avec Mr. Lugo Teehalt?

— Non, pas le moins du monde.

La réponse fut immédiate et sans détours.

— Puis-je vous demander qui assume la responsabilité du programme d'exploration de l'espace pour le compte de l'Université?

Warweave réfléchit.

— Faites-vous allusion aux expéditions importantes, aux incursions rapides ou quoi?

— A tous les programmes supposant l'emploi d'explorateurs à bord de vaisseaux loués à bail.

— Hum, dit Warweave. Il tourna vers Gersen un visage railleur. Seriez-vous par hasard un explorateur en quête d'emploi? En ce cas...

Gersen sourit poliment.

— Non, pas le moins du monde.

Ce fut au tour de Warweave de sourire, une grimace rapide et sans gaieté.

— Non, bien entendu. J'ai un jugement inepte. Par exemple, votre voix me révèle fort peu de chose sur vous. Vous n'êtes pas né dans la Constellation. Si votre physionomie était différente, je vous croirais originaire de Mizar Trois.

— J'ai vécu sur la Terre la plus grande partie de ma jeunesse.

— Vraiment?

Warweave leva les sourcils avec un étonnement simulé.

— Voyez-vous, ici nous considérons les Terriens en termes de stéréotypes; mystiques, cultistes, épicuriens hyper-civilisés, vieilles gens sinistres tout de noir vêtues, aristocrates décadents...

— Je ne me réclame d'aucune catégorie particulière, dit Gersen. Cela mis à part, vous m'intriguez autant que je vous intrigue.

Warweave arbora une expression mélancolique.

— Très bien, Mr. Gersen, vous voulez savoir quelle est la politique que nous suivons à l'égard de nos explorateurs. Avant tout, nous coopérons avec un certain nombre d'institutions dans le cadre du Maître Programme d'Exploration Spatiale. En second lieu, il existe un fonds secondaire dans lequel on peut puiser, lorsqu'il ne s'agit que d'un projet d'importance accessoire.

— Il s'agit peut-être de la donation 291?

Warweave inclina brièvement la tête.

— Vraiment curieux, dit Gersen.

— Curieux? Comment cela?

— Lugo Teehalt était explorateur. Le moniteur qui se trouvait à bord de son vaisseau était enregistré au nom de l'Université de la Province Océanique, sous la donation 291.

Warweave fit la moue.

— Il est tout à fait possible que Mr. Teehalt accomplisse une mission spéciale pour le compte du chef de l'un des départements.

— Le moniteur était codé. Cela doit restreindre le champ des possibilités.

Warweave transperça Gersen du regard dur de ses yeux noirs.

— Si je savais ce que vous voulez apprendre, je pourrais vous répondre avec davantage de précision.

Il n'y avait rien à perdre en dévoilant une partie de la vérité, pensa Gersen. Si Warweave était Attel Malagate, il était parfaitement au courant de ce qui s'était passé. Dans le cas contraire, il n'y avait pas de conséquences fâcheuses à redouter.

— Le nom d'Attel Malagate vous est-il familier?

— Attel Malagate le Monstre? L'un des soi-disant Princes-Démons?

— Lugo Teehalt avait repéré un monde où régnaient des conditions apparemment idylliques — un monde d'une valeur littéralement incommensurable. Plus terrestre que la Terre elle-même. Attel Malagate a eu vent de la découverte. Comment? Je ne saurais le dire. Quoi qu'il en soit, au moins quatre de ses sbires ont traqué Teehalt dans la taverne de Smade.

» Teehalt est arrivé peu de temps après moi. Il a dissimulé son astronef dans une vallée et s'est rendu à pied à la taverne. Les spadassins d'Attel Malagate ont fait leur apparition dans la soirée. Teehalt a tenté de s'enfuir, mais ils l'ont rejoint dans l'obscurité et l'ont tué. Puis ils sont partis à bord de mon propre vaisseau, qu'ils avaient apparemment pris pour celui de Teehalt. Ils étaient tous deux du vieux modèle 9B.» Gersen se mit à rire. « Ils ont dû être désagréablement surpris en vérifiant mon moniteur.

» Le lendemain, je pris le départ à mon tour dans le vaisseau de Teehalt. Naturellement, je pris possession de son moniteur. Il est dans mon intention de vendre le filament au plus offrant. »

Warweave hocha la tête vivement et déplaça de deux centimètres un papier. Gersen l'observait, étudiant les mains immaculées, les ongles luisants. En relevant la tête, il surprit le regard de Warweave, infiniment moins affable que le ton de sa voix.

— Et à qui avez-vous l'intention de le vendre?

Gersen haussa les épaules.

— Je donnerai la priorité au commanditaire de Teehalt. Comme je l'ai déjà dit, le filament est codé et sans valeur pour quiconque ne possède pas la grille de décryptage.

Warweave se renversa sur son fauteuil.

— A première vue, je ne sais qui pourrait avoir engagé les services de Teehalt. Mais je suppose que l'intéressé ne serait pas disposé à faire l'achat les yeux fermés.

— Évidemment.

Gersen déposa une photographie sur le bureau. Warweave y jeta un regard, le glissa dans un appareil de projection. Un écran, disposé sur le mur opposé, s'éclaboussa de couleurs.

Teehalt avait pris la photo à partir d'un petit tertre, situé au flanc de la vallée. De chaque côté, des collines ondulaient jusqu'à l'horizon. Leurs mamelons se rétrécissaient dans les lointains. Des bouquets de grands arbres d'un vert sombre s'élevaient sur les bords de la vallée; une rivière déroulait ses méandres parmi les prairies et, presque à l'ombre de la forêt, on distinguait une tache qui devait être un parterre de fleurs. Le soleil était d'un blanc doré, chaud, languide, et il devait être évidemment près de midi.

Warweave étudia l'image à loisir, puis poussa une onomatopée bourrue, qui n'avait rien de compromettant. Gersen lui présenta une seconde épreuve. Sur l'écran, apparut une vue prise à l'intérieur de la vallée : cette fois, la rivière, poursuivant ses méandres, disparaissait au loin. Les arbres qui se dressaient de part et d'autre formaient une sorte de voûte qui allait s'amenuisant, jusqu'à se dissoudre dans la brume.

Warweave poussa un soupir.

— Pas de doute! C'est un monde magnifique, un monde hospitalier! Et l'atmosphère, les conditions biologiques?

— Tout à fait favorables, selon Teehalt.

— S'il est, comme vous le prétendez, non découvert, un explorateur indépendant pourrait en demander le prix qu'il voudrait. Mais comme je ne suis pas né de la dernière pluie, je me pose une question. Ces photographies ne pourraient-elles avoir été prises ailleurs? Voire sur la Terre, où la végétation est pratiquement identique?

En guise de réponse, Gersen produisit une troisième photographie. Warweave la glissa dans le projecteur. L'écran montrait en plan rapproché l'un des objets qui, dans les premières épreuves, aurait pu passer pour un parterre de fleurs. On s'apercevait alors qu'il s'agissait d'un être capable de se déplacer sur le sol, un semi-humanoïde gracieux. De minces jambes grises soutenaient un torse gris, argent et bleu. Des yeux d'un vert pourpré étaient disposés sur un visage d'un ovale parfait, dont ils constituaient les seuls traits. Des membres semblables à des bras, prenant naissance aux épaules, se dressaient à un mètre dans les airs, se ramifiant pour supporter une frondaison de feuilles en forme de plumes de paon.

— Cette créature que je ne saurais classer...

— Teehalt l'appelait une dryade.

— ... est certainement unique dans son genre. Je n'ai encore jamais rien vu de pareil. Si l'épreuve n'est pas truquée — et je ne pense pas qu'elle le soit — alors la planète est bien telle que vous le prétendez.

— Je ne prétends rien. C'était l'affaire de Teehalt. C'est un monde d'une telle beauté — je cite ses propres paroles — qu'il ne pouvait ni supporter d'y vivre ni se résoudre à le quitter.

— Et le filament de Teehalt se trouve en votre possession?

— Oui, je voudrais le vendre. Le marché est probablement limité aux personnes qui ont accès à la grille de décryptage. Parmi ces derniers, le commanditaire de Teehalt jouirait, comme je vous l'ai dit, de la priorité.

Warweave soumit Gersen à un examen approfondi.

— Vous adoptez là une attitude don quichottesque qui m'intrigue. Vous ne me faites pas l'effet d'un Don Quichotte.

— Pourquoi ne pas juger sur des faits plutôt que sur des impressions?

Warweave haussa les sourcils avec dédain.

— Il n'est pas impossible que je vous fasse une offre pour ce filament : disons, deux mille UVS immédiatement et dix mille après reconnaissance du monde en question. Peut-être un peu plus.

— Naturellement, je vendrai au plus offrant, dit Gersen. Mais je voudrais d'abord avoir une entrevue avec MM. Kelle et Detteras. L'un d'eux pourrait être le commanditaire de Teehalt. Si aucun des deux ne s'intéresse au filament, alors...

Warweave l'interrompit sèchement.

— Pour quelle raison prononcez-vous le nom de ces deux hommes?

— Outre vous-même, ce sont les seules personnes qui aient accès à la grille de décryptage.

— Puis-je vous demander comment vous avez appris ce détail?

Se souvenant de la recommandation de Pallis Atwrode, Gersen se sentit étreint par le remords.

— J'ai interrogé un jeune homme dans le quadrilatère. Apparemment, le fait est de notoriété publique.

— Décidément, il y a des gens qui ont la langue beaucoup trop longue, dit Warweave en serrant les lèvres avec colère.

Gersen aurait voulu savoir l'emploi du temps de Warweave le mois précédent, mais le moment était visiblement mal choisi. Ce serait peut-être une maladresse que de lui poser la question à brûle-pourpoint : si Warweave et Attel Malagate ne formaient qu'une seule et même personne, rien ne serait plus apte à renforcer immédiatement ses soupçons.

Warweave tambourina des doigts sur son bureau et se leva.

— Si vous m'accordez une demi-heure, je demanderai à MM. Kelle et Detteras de venir à mon bureau, et vous pourrez leur poser la question. Cela vous convient-il?

— Non.

— Non? rugit Warweave. Et pourquoi donc, s'il vous plaît?

Gersen se leva à son tour.

— Puisque cette affaire ne vous concerne pas, je préférerais m'entretenir en privé avec MM. Kelle et Detteras, de la façon qui me conviendra.

— Comme il vous plaira, dit froidement Warweave. Il réfléchit un instant. Je n'arrive pas à comprendre votre objectif. Je me fie peu à votre candeur. Mais je suis prêt à vous proposer un marché.

Gersen attendit.

— Kelle et Detteras sont des personnes fort occupées, dit Warweave. Elles sont infiniment moins accessibles que moi. Je suis prêt à vous ménager une entrevue à l'instant — aujourd'hui, si vous le désirez. Il est possible que l'un ou l'autre soit disposé à conclure un arrangement avec Lugo Teehalt. Quoi qu'il en soit, après votre entrevue avec Kelle et Detteras, vous voudrez bien me communiquer l'importance de l'offre qu'ils vous ont faite, afin de me permettre de vous proposer une enchère identique ou supérieure.

— En d'autres termes, dit Gersen, vous avez l'intention de réserver ce monde à votre usage personnel?

— Pourquoi pas? Le filament n'appartient plus à l'Université. Vous en avez pris possession. Et si la vérité vient à transpirer, c'est mon argent qui de toute façon a alimenté la donation 291.

— Cela me paraît assez raisonnable.

— Vous êtes donc d'accord sur les termes du marché que je vous propose?

— Parfaitement, dans la mesure où il est entendu que la première offre doit être faite au commanditaire de Teehalt.

Warweave baissa les paupières.

— Je me demande pourquoi vous insistez tellement sur ce point.

— C'est peut-être que je suis, après tout, un nouveau Don Quichotte, Mr. Warweave.

Warweave pivota sur ses talons, prononça quelques mots dans l'appareil d'intercommunication et se retourna vers Gersen.

— Très bien, Mr. Kelle vous verra le premier et, ensuite, Mr. Detteras. Après quoi vous viendrez me voir.

— D'accord.

— Bien. Vous trouverez le bureau de Kelle à l'autre bout du bâtiment.

Gersen sortit dans le couloir, revint au foyer. Pallis Atwrode l'accueillit avec un regard avidement interrogateur, que Gersen trouva extrêmement séduisant.

— Avez-vous appris ce que vous vouliez savoir?

— Non. Il vient de me ménager une entrevue avec Kelle et Detteras.

— C'est pour aujourd'hui?

— Je vais les voir immédiatement.

Elle le regarda avec un intérêt renouvelé.

— Vous seriez surpris si vous connaissiez le nom des personnes que MM. Kelle et Detteras ont éconduites aujourd'hui.

Gersen sourit.

— Je ne sais combien de temps dureront les entrevues. Si vous êtes libre à quatre heures...

— J'attendrai, dit Pallis Atwrode, puis elle éclata de rire. J'entends que vous ne serez pas retenu longtemps au-delà de quatre heures, et plutôt que de rentrer à pied à la maison et de vous indiquer le chemin pour parvenir chez moi, je préfère encore attendre.

— Je ferai aussi vite que possible, dit Gersen.

VII

« Estimant qu'un dogme dépourvu de substance, issu d'un culte religieux étroitement localisé, constituait une base indigne de servir de point de départ à l'établissement d'une chronologie de l'homme galactique, les membres du présent congrès déclarent que le temps sera dorénavant calculé à partir de l'an 2000 de l'ancien calendrier, qui devient l'année zéro. Le temps de révolution de la Terre autour du soleil demeure l'étalon de base qui servira à l'établissement de l'année, considérée comme mesure officielle de temps. »

(Déclaration du Congrès Œcuménique pour la normalisation des unités de mesure.)

« Tout ce dont nous sommes conscients... présente pour nous une signification encore plus profonde, une signification définitive. Et la seule et unique façon de rendre compréhensible cette chose incompréhensible réside en une sorte de théorie métaphysique qui considère que *tout ce qui existe dans l'univers entier* possède la signification d'un symbole. »

(Oswald Spengler)

« Qui sont nos ennemis fondamentaux? C'est là un secret qu'ignorent nos ennemis fondamentaux eux-mêmes. »

(Xavier Skolcamp, membre centi-phase de l'Institut, en réponse à la question trop indiscrète d'un journaliste.)

Kage Kelle était un petit homme compact avec une grande tête solide et bien proportionnée. Sa peau n'était que légèrement teintée et présentait une pâleur cireuse; il portait un costume sévère, brun foncé et pourpre. Ses yeux étaient clairs et lointains, son nez court et camus; sa bouche bien dessinée et charnue était corrigée par une expression de fermeté.

Kelle donnait l'impression de s'être fait une vertu de l'impassibilité. Il accueillit Gersen avec une austère courtoisie, écouta son histoire sans commentaires, examina les photographies sans faire montre du moindre intérêt apparent. Choisissant ses mots avec soin, il répondit en ces termes :

— Je regrette de ne pouvoir vous aider. Je n'ai pas commandité l'expédition de Mr. Teehalt; j'ignore tout de cet homme.

— Dans ce cas, me permettrez-vous de faire usage de la grille de décryptage?

Kelle demeura un moment immobile, puis il répondit d'une voix sans inflexions :

— Malheureusement, c'est contraire aux règles du Département. Je serais en butte aux critiques les plus sévères. Cependant...

Il saisit les photographies et les examina une nouvelle fois.

— ... Il s'agit là, sans aucun doute, d'un monde qui présente des caractéristiques intéressantes. Quel est son nom?

— Je l'ignore, Mr. Kelle.

— Je n'arrive pas à comprendre pour quelles raisons vous recherchez le commanditaire de Teehalt. Êtes-vous un représentant de la CCPI?

— Je suis un simple particulier, mais il m'est impossible d'en faire la preuve, naturellement.

Kelle demeurait sceptique.

— Chacun travaille pour son intérêt. Si je connaissais vos objectifs, il me serait sans doute possible de faire montre de plus de compréhension.

— C'est à peu près ce que m'a déclaré Mr. Warweave, dit Gersen.

Kelle jeta sur lui un regard scrutateur.

— Ni Warweave ni moi ne sommes ce qu'on pourrait appeler des innocents.

Il réfléchit un moment puis dit à contrecœur :

— Au nom du Département, je puis prendre la responsabilité de vous faire une offre pour le filament — quoique à vrai dire, si j'en crois votre récit, il soit en fait la propriété du Département.

Gersen acquiesça.

— C'est exactement ce que je voudrais établir. Le filament appartient-il réellement à l'Université ou ai-je le droit d'en disposer? Si j'arrivais à découvrir le commanditaire de Lugo Teehalt — ou à déterminer si ce commanditaire existe réellement — un nouveau champ de possibilités s'ouvrirait devrant moi.

Kelle n'était pas homme à se laisser émouvoir par l'apparente candeur de Gersen.

— C'est une situation extraordinaire... Comme je vous l'ai déjà dit, je peux vous faire une offre intéressante pour le filament — éventuellement en mon propre nom, si cela pouvait hâter les choses. Bien entendu, j'insisterais pour qu'on procède à une reconnaissance préalable de la planète.

— Vous connaissez mes scrupules en la matière, Mr. Kelle.

Kelle eut un sourire incrédule. Une fois de plus, il étudia les photographies.

— Ces... euh... dryades sont, je l'avoue, des créatures particulièrement intéressantes. Dans tous les cas, je puis vous venir en aide : je vais consulter les archives de l'Université pour me procurer les renseignements concernant Lugo Teehalt. En échange, j'aimerais que vous m'offriez l'occasion d'examiner l'achat de ce monde, au cas où vous ne trouveriez pas le commanditaire.

Gersen ne put retenir une légère raillerie.

— Vous m'avez laissé entendre que l'affaire ne vous intéressait pas.

— Votre opinion ne m'importe guère, répliqua Kelle placidement. Ceci ne devrait pas vous heurter, car il est clair que vous ne vous préoccupez pas de l'opinion que j'ai de vous. Vous me traitez comme si j'étais un déficient mental, en me racontant des histoires qui n'impressionneraient pas un enfant.

Gersen haussa les épaules.

— Mes histoires sont rigoureusement exactes. Naturellement, je ne vous ai pas tout dit.

Kelle sourit de nouveau.

— Eh bien, voyons ce que racontent les archives.

Il prononça quelques paroles dans le microphone.

La voix inhumaine de la banque de renseignements répondit :

— Renseignements confidentiels. Prêt.

— Le dossier Lugo Teehalt. Il épela le nom.

Il y eut une série de chuchotements, un sifflement d'outre-tombe. La voix reprit, énumérant les renseignements qu'elle avait rassemblés :

— Lugo Teehalt : dossier. Contenu : demande d'emploi, vérification et commentaire joints, 3 avril 1480.

— Passez, dit Kelle.

— Candidature à l'admission au régime préférentiel, vérification et commentaire joints, 2 juillet 1485.

— Passez.

— Thèse pour examen d'admission au Collège de Symbologie. Titre : *Les éléments significatifs des mouvements oculaires des Tunkers de Mizar Six,* 20 décembre 1489.

— Passez.

— Candidature au poste d'instructeur associé, vérification et commentaire, 15 mars 1490.

— Passez.

— Renvoi de Lugo Teehalt, instructeur associé, pour conduite préjudiciable à la moralité du corps estudiantin, 19 octobre 1492.

— Passez.

— Contrat entre Lugo Teehalt et le Département de Morphologie Galactique, 6 janvier 1521.

Gersen exhala un léger soupir de soulagement. Il venait d'être délivré d'une angoisse dont il n'avait même pas eu conscience.

Cette fois, la chose était claire et nette. Lugo Teehalt avait bien été employé comme explorateur par une personne appartenant au Département.

— Aperçu succinct du contrat, ordonna Kelle.

— Lugo Teehalt et le Département de Morphologie Galactique déclarent par la présente souscrire un contrat selon les termes suivants. Le Département fournira à Teehalt un astronef convenable, approvisionné, équipé, en bon état de marche, afin de permettre audit Teehalt, en qualité d'agent du Département, de se livrer à l'exploration de certaines régions de la galaxie. Le Département avance à Teehalt la somme de cinq mille UVS et lui garantit un bonus calculé sur la valeur des explorations fructueuses. Teehalt s'engage à consacrer ses efforts à la poursuite de ses explorations et à en garder le secret vis-à-vis de toutes personnes, groupes, agences autres que celles autorisées par le Département. Signé : Lugo Teehalt. Ominah Bazerman pour le Département.

» Pas d'autre renseignement.

— Hum, dit Kagge Kelle. Il s'adressa à l'écran. Ominah Bazerman.

Un déclic, puis une voix.

— Ici Ominah Bazerman, Secrétaire Général.

— Ici Kelle. Il y a deux ans, un certain Lugo Teehalt a été engagé comme explorateur. Vous avez signé son contrat. Vous souvenez-vous des circonstances de cette affaire?

Il y eut un moment de silence.

— Non, Mr. Kelle, je ne m'en souviens pas. Ce contrat a probablement été soumis à ma signature en même temps que d'autres papiers.

— Vous ne vous rappelez pas qui a pris l'initiative de ce contrat, qui a commandité cette exploration?

— Non. Il s'agit probablement de vous ou de Mr. Detteras. Ou peut-être de Mr. Warweave. Nul autre ne se permettrait de lancer une telle entreprise.

— Je vois. Je vous remercie.

Kelle tourna vers Gersen un regard doux, presque bovin.

— Et voilà. Si ce n'est pas Warweave, ce doit être Detteras. En fait, Detteras est l'ancien doyen du Collège de Symbologie. Teehalt faisait peut-être partie de ses relations...

Rundle Detteras, Directeur de l'Exploration, semblait un homme parfaitement à l'aise — en paix avec lui-même, avec son travail et le monde en général. Lorsque Gersen pénétra dans son bureau, il lui tendit la main avec le plus grand naturel.

Detteras était un personnage de vastes proportions, extraordinairement laid en ce siècle où l'on pouvait corriger un nez mal fait en quelques heures. Il ne cherchait en aucune façon à dissimuler sa laideur. Au contraire, on avait l'impression que la teinte bleu verdâtre de sa peau, presque vert-de-gris, avait été choisie pour accentuer la rudesse de ses traits, la gaucherie brutale de ses mouvements. Sa tête affectait la forme d'une gourde. Le menton lourd appuyait sur sa poitrine sans qu'on pût discerner la présence du cou; les cheveux hirsutes avaient la couleur de la mousse humide. Des genoux aux épaules, son corps ne variait pas d'épaisseur et son torse ressemblait à un tronc d'arbre. Il portait l'uniforme semi-militaire de Baron de l'Ordre des Archanges : chaussures noires, culotte bouffante écarlate, blouse splendide rayée de vert, de bleu et d'écarlate, avec épaulettes d'or, fourragère et aiguillettes.

Rundle Detteras possédait suffisamment de prestance pour justifier un tel uniforme et faire passer sa bizarre physionomie. Un homme doué d'une moins grande assurance aurait fait immédiatement l'effet d'un excentrique.

— Eh bien, Mr. Gersen, il n'est pas trop tôt pour goûter mon arrack, je suppose?

— Je sors du lit.

Après un bref regard surpris, Detteras éclata de rire.

— Excellent. C'est le moment où je hisse habituellement le pavillon de l'hospitalité. Rouge, rosé ou blanc?

— Blanc, s'il vous plaît.

Detteras remplit les verres du liquide contenu dans une carafe élancée.

Il leva son verre.

— Detteras au pouvoir! lança-t-il d'une voix sonore, et il le vida cul sec.

Il se versa une seconde rasade, se renversa dans son fauteuil et tourna vers Gersen un regard à la fois scrutateur et bienveillant.

Lequel des trois? se demandait Gersen. Warweave? Kelle? Detteras? L'une de ces apparences recelait l'âme féroce d'Attel Malagate le Monstre. Warweave? Kelle? Detteras? Gersen inclinait pour Warweave et maintenant le doute se glissait une fois de plus en lui. Detteras avait une force indéniable, une énergie à la texture rude qui donnait l'impression d'être palpable.

Celui-ci n'éprouvait apparemment pas de hâte à entrer dans le vif du sujet, en dépit de sa réputation d'homme occupé. Il n'était pas invraisemblable qu'il eût communiqué avec Warweave et peut-être avec Kelle.

— Comme les hommes sont différents! Ce sera toujours pour moi un mystère! dit pompeusement Detteras.

Si Detteras n'était pas pressé, pensa Gersen, lui ne l'était pas davantage.

— Vous avez certainement raison, dit-il, bien que je ne voie pas le rapport avec la situation présente.

Detteras émit un gros rire retentissant.

— C'est normal. Eussiez-vous pensé autrement que j'en aurais été surpris! Il tendit la main pour prévenir la réponse de Gersen. Vous êtes un homme grave, pragmatique. Vous portez une lourde charge de secrets et de sombres résolutions.

Gersen buvait son arrack d'un air soupçonneux. Cette pyrotechnie verbale était peut-être destinée à distraire son attention, à endormir sa vigilance. Il se concentra sur l'arrack, les sens en éveil, à l'affût d'une saveur suspecte. Detteras avait rempli les deux verres à la même carafe, il lui avait donné le choix entre deux qualités, avait distribué les verres sans calcul apparent. Un champ immense n'en demeurait pas moins ouvert à la ruse, qu'aucune vigilance normale ne pouvait démasquer... mais le breuvage était inoffensif, c'est du moins ce que le palais et la langue de Gersen, entraînés à la dure école de Sarkovy, lui apprirent.

Il concentra son attention sur Detteras et sa remarque précédente.

— Les opinions que vous avez de moi sont fort exagérées.

Detteras sourit, ce qui était chez lui une grimace.

— Mais exactes dans l'essentiel?

— C'est possible.

Detteras hocha la tête complaisamment, comme si Gersen lui avait donné la plus emphatique des approbations.

— C'est un don d'observation qui résulte de nombreuses années d'étude. Je m'étais précédemment spécialisé dans la Symbologie et j'avais tondu le pré aussi ras que me le permettaient mes dents. Si bien que je me trouve aujourd'hui dans la Morphologie Galactique. C'est un champ d'études moins complexe, plus descriptif qu'analytique. Néanmoins il m'arrive fréquemment de trouver un champ d'application pour ma précédente spécialité. Tel est le cas à présent. Vous entrez dans mon bureau, vous m'êtes totalement inconnu. Je fais le bilan de votre symbolisation apparente : couleur de peau, structure corporelle, condition physique, couleur de cheveux, traits, vêtements, allure générale. Vous me direz qu'il s'agit là d'un processus banal. C'est vrai, mais si chacun doit manger, rares sont les véritables gourmets. Je déchiffre ces symboles avec une exactitude minutieuse et ils me fournissent des renseignements sur votre personnalité. Moi, au contraire, je vous dénie toute possibilité de parvenir à des conclusions similaires. Je m'affuble en effet de symboles contradictoires, je suis en état de camouflage permanent, et derrière ce camouflage le véritable Detteras observe, froid et calme comme l'impresario qui assiste pour la centième fois aux extravagances tapageuses d'un défilé carnavalesque.

Gersen sourit.

— Ma nature pourrait fort bien être aussi flamboyante que vos symboles et je pourrais la dissimuler pour des raisons analogues aux vôtres — quelles qu'elles puissent être. Second point : votre présentation, s'il est possible d'y croire, vous dévoile aussi clairement que l'ensemble de vos symboles naturels. Troisième point : à quoi bon s'en soucier?

Detteras paraissait s'amuser énormément.

— Ah! vous démasquez le charlatan que je suis! Et pourtant, je demeure convaincu que vos symboles sont plus révélateurs de votre personnalité que les miens.

Gersen se renversa sur son siège.

— Mais le résultat pratique est insignifiant.

— Pas si vite! s'exclama Detteras. Envisagez un instant l'aspect négatif de la question. Certains ne peuvent souffrir un tel maniérisme cryptique. Vous prétendez que les symboles ne vous apprennent rien d'important. D'autres s'inquiètent de ne pouvoir assimiler une multitude d'informations.

Gersen ouvrit la bouche pour répondre. Detteras leva la main.

— Considérez les Tunkers de Mizar Six. C'est une secte religieuse.

— J'en ai entendu parler il y a quelques minutes.

— Ils constituent un groupe religieux ascétique, austère, dévôt à un point incroyable. Les hommes et les femmes portent des vêtements identiques, se rasent la tête, font usage d'une langue comprenant huit cent douze mots, consomment des repas identiques à des heures identiques — tout cela pour éviter de se casser la tête à propos des agissements d'autrui. C'est vrai. Telle est la raison fondamentale des mœurs tunker. Pas très loin de Mizar, on trouve Sirène, où pour des raisons similaires, les hommes portent des masques extrêmement stylisés de leur naissance à leur mort. Le visage est pour eux le secret le plus farouchement gardé.

Il tendit la carafe d'arrack et remplit le verre de Gersen. Puis il continua :

— Les mœurs d'Alphanor sont plus complexes. Pour des raisons d'attaque et de défense, ou simplement en manière de plaisanterie, nous nous attiffons de mille symboles ambigus. Vivre est devenu une chose prodigieusement compliquée. On suscite des tensions artificielles. L'incertitude et la suspicion sont devenues le climat normal.

— Et en même temps, suggéra Gersen, la sensibilité s'est accrue d'une manière inconnue des Tunker ou des Siréniens.

Detteras leva la main.

— Vous allez trop vite, une fois encore. Je connais ces deux peuples; ils n'ignorent ni l'un ni l'autre la sensibilité. Si un homme affiche des prétentions supérieures à son véritable rang social, les Siréniens détecteront chez lui la plus petite trace de malaise. Quant aux Tunkers, bien qu'ils me soient moins familiers, je crois qu'il existe entre eux des différences aussi fines et aussi variées qu'entre les Terriens, sinon plus. Pour vous faire comprendre mon idée, j'emprunterais une analogie au domaine de l'esthétique : plus les règles d'un art sont rigides, plus les critères du goût deviennent subjectifs. Je vais me montrer plus didactique même : prenez les Princes des Étoiles. Leur âme a conduit ces êtres non-humains à posséder des qualités surhumaines au sens littéral. Pourtant, ils étaient condamnés à nous affronter vierges de toute humanité, et même de l'inconscient collectif, matrice de notre pensée symbolique. Quand vous retournerez sur Alphanor, n'oubliez pas que les peuples échangent les uns avec les autres autant d'informations valables que d'informations sujettes à confusion.

— De quoi s'y perdre en cas d'inattention, commenta sèchement Gersen.

Visiblement satisfait de son discours, Detteras eut un rire béat.

— Mr. Gersen, nous n'avons pas mené la même existence. Sur Alphanor, les habitants ont une pensée assez recherchée pour ne pas considérer la vie et la mort comme les deux seuls termes possibles de toute réflexion. Ils savent qu'il est souvent dangereux de ne pas juger les gens à leur juste valeur.

Il jeta un regard de biais vers Gersen.

— Qu'est-ce qui vous fait sourire?

— J'ai l'impression que le dossier Kirth Gersen, demandé à la CCPI, met du temps à venir. Dans l'intervalle, vous répugnez à me juger selon mes propres critères, voire les vôtres.

Detteras se mit à rire à son tour.

— Vous n'êtes juste ni pour moi ni pour la CCPI. Le dossier nous est parvenu sans retard, quelques minutes avant votre arrivée. Il indiqua une photocopie sur son bureau. J'ai demandé le dossier en tant que fonctionnaire responsable de l'institution. Je crois que la précaution n'était pas inutile.

— Qu'avez-vous appris? demanda Gersen. Je n'ai pas vu mon dossier récemment.

— Il est merveilleusement vide. Detteras saisit le papier. Vous êtes né en 1490. Où? Pas sur l'une des planètes majeures. A l'âge de dix ans, vous vous êtes inscrit dans le Port Spatial de Galilée, sur la Terre, en compagnie de votre grand-père, dont nous ferions peut-être bien de vérifier les antécédents. Vous avez fréquenté les écoles habituelles, vous avez ensuite été agréé par l'Institut en qualité de catéchumène, vous êtes parvenu à la onzième phase à l'âge de vingt-quatre ans. Progression tout à fait normale. Ensuite, vous vous êtes retiré. A partir de ce moment, on perd votre trace, on ignore si vous êtes resté sur Terre de façon permanente ou si vous l'avez quittée illégalement sans vous faire enregistrer. Puisque je vous trouve assis devant moi, je suppose que la seconde éventualité est la bonne. Il est tout de même remarquable, continua Detteras, que l'on puisse vivre jusqu'à votre âge, dans une société aussi complexe que l'Œcumène, avec un dossier aussi maigre! A quoi vous occupiez-vous pendant toutes ces interminables années de silence? Quels étaient vos objectifs, vos mobiles?

Il tourna vers Gersen un regard interrogateur.

— Si cela ne figure pas dans mon dossier, c'est tant mieux, dit Gersen.

— Bien entendu... il y a fort peu de chose. Detteras rejeta la photocopie. Maintenant je suppose que vous êtes anxieux d'obtenir les renseignements que vous cherchez. Je répondrai d'avance à vos questions. Je connaissais Lugo Teehalt depuis longtemps. Ensemble nous avons usé nos fonds de culottes sur les bancs de l'école. Il s'est compromis dans je ne sais quelle histoire louche et je l'ai perdu de vue. Il y a environ un an, il est venu me demander de lui donner un contrat d'explorateur.

Gersen le regarda, fasciné. C'était donc Attel Malagate qu'il avait devant lui?

— Et vous avez fait droit à sa requête?

— J'ai préféré m'abstenir. Je ne voulais pas qu'il dépendît de moi pour le restant de ses jours. J'étais disposé à l'aider, mais pas sur une base personnelle. Je lui ai conseillé de présenter une requête soit au Prévôt Honoraire, Gyle Warweave, soit au Président du Comité des Plans de Recherche, Kegge Kelle; en se présentant de ma part, ils consentiraient probablement à l'aider. Depuis, je n'ai plus entendu parler de lui.

Gersen respira profondément. Detteras s'exprimait avec l'accent de la vérité. Mais lequel d'entre eux n'avait pas respiré la sincérité? Detteras avait du moins confirmé que l'un des trois personnages mentait.

Lequel?

Aujourd'hui, il avait vu Attel Malagate, il l'avait regardé dans le blanc des yeux, il avait entendu sa voix.

Il eut soudain une impression de malaise. Pour quelle raison Detteras paraissait-il aussi détendu? S'il était un homme très occupé, comment se faisait-il qu'il perdait tellement de temps? Gersen se redressa brusquement dans sa chaise.

— Je vais préciser les motifs de ma visite.

Il lui répéta ce qu'il avait déjà dit à Warweave et à Kelle et Detteras l'écoutait, un léger sourire se jouant sur ses lèvres rudes. Gersen exhiba les photographies et l'autre jeta sur elles un regard négligent.

— C'est un monde splendide, dit-il. Si j'avais été riche, je vous aurais demandé de me le vendre pour y établir ma résidence personnelle. Malheureusement, ce n'est pas le cas. Bien au contraire. Mais vous paraissez moins anxieux de vendre vos droits de propriété sur cette planète que de retrouver le commanditaire du pauvre Teehalt.

Gersen fut quelque peu interdit.

— Je la céderai au commanditaire pour un prix raisonnable.

Detteras eut un sourire sceptique.

— Désolé, je ne puis admettre une fausse allégation. Warweave ou Kelle : l'un des deux est l'homme que vous cherchez.

— Ils le nient.

— C'est curieux. Et après?

— Dans l'état actuel des choses, le filament ne m'est d'aucune utilité. Pourriez-vous me fournir la grille de décryptage?

— Je crains que ce soit tout à fait hors de question.

— Je l'avais deviné. Je dois donc conclure un marché

avec l'un ou l'autre d'entre vous, ou l'Université. Ou bien encore détruire le filament.

— Hum. Detteras hocha la tête d'un air songeur. Cela demande qu'on y réfléchisse mûrement. Si vos exigences n'étaient pas excessives... je me laisserais peut-être tenter. Nous pourrions aussi nous arranger, à nous trois, pour parvenir à un accord avec vous. Laissez-moi parler à Warweave et à Kelle. Et si vous pouviez revenir demain vers les dix heures, je pourrais peut-être vous faire une proposition ferme.

— Très bien. A demain dix heures.

VIII

« Oui, nous formons une organisation réactionnaire, secrète, maléfique. Nous possédons des agents partout. Nous connaissons mille procédés pour décourager la recherche, saboter les expériences, fausser les renseignements. Et même à l'intérieur des laboratoires de l'Institut, nous procédons avec délibération et discrétion.

» Cependant, permettez-moi de répondre maintenant à quelques questions et accusations qui nous viennent souvent aux oreilles. Les membres de l'Institut jouissent-ils de la richesse, des privilèges, de la puissance, sont-ils dispensés d'obéir aux lois? L'honnêteté nous oblige à répondre : oui, à des degrés divers qui dépendent des circonstances et des contingences.

» Dans ce cas, l'Institut serait un groupe fermé, limité? En aucune sorte. Nous nous considérons, évidemment, comme une élite intellectuelle. Mais nos portes sont ouvertes à tous, bien que peu de nos catéchumènes franchissent la cinquième phase.

» Notre politique? Plutôt simple. L'ère spatiale a mis une arme terrible entre les mains des mégalomanes qui se trouvent dans notre sein. Il existe d'autres connaissances qui, si elles étaient mises à leur disposition, pourraient leur assurer un pouvoir tyrannique. C'est pourquoi nous contrôlons la dissémination de la connaissance.

» On nous stigmatise du nom de « divinités autosacralisées »; on nous accuse de pédantisme, de conspiration, de condescendance, d'arrogance, d'être obstinément persuadés de notre bon droit. Ce sont là les moindres critiques qu'on nous adresse. On nous traite d'insupportables paternalistes et, dans le même temps, on nous reproche de nous désintéresser des affaires humaines. Pourquoi n'utilisons-nous pas notre influence à soulager la peine des hommes, à prolonger leur vie? Pourquoi affectons-nous de nous retirer sur un plan supérieur? Pourquoi ne transformons-nous pas l'habitat humain en un royaume d'Utopie, alors que nous possédons les moyens d'y parvenir?

» La réponse est simple — et peut-être décevante. Nous pensons que ce sont là de faux biens; que la paix et la satiété sont synonymes de mort. Malgré sa brutalité et ses excès de cruauté, nous envions à l'humanité archaïque ses expériences ardentes. Nous prétendons que la récompense après l'effort, le triomphe après l'adversité, l'accomplissement d'un projet longuement poursuivi, procurent plus de satisfaction qu'une prébende nutritive puisée à la mamelle d'un gouvernement bonasse. »

(Extrait d'une allocution prononcée à la télévision par Madian Carbuke, Membre centi-phase de l'Institut, 2 décembre 1502.)

Conversation tenue entre deux centi-phases à propos d'une tierce personne.

— Je viendrais volontiers bavarder chez vous si je ne craignais d'y rencontrer Ramus.

— Que lui reprochez-vous? Moi, il m'amuse souvent.

— Et moi, il m'irrite au plus haut point. C'est un parasite, un fat, une vieille grenouille bouffie d'orgueil.

Question posée à l'occasion aux membres de l'Institut : Les Princes des Étoiles sont-ils inclus dans la Confrérie? *Réponse habituelle :* Nous espérons bien que non.

Devise de l'Institut : Un petit peu de science est une chose dangereuse, une vaste science est un désastre. *Ce que les détracteurs de l'Intitut paraphrasent dédaigneusement ainsi :* L'ignorance du voisin est une bénédiction.

Pallis Atwrode vivait en compagnie de deux autres jeunes filles dans un appartement au bord de la mer, au sud de Remo. Gersen attendit dans le hall pendant qu'elle montait aux étages pour changer de vêtements et se reteindre le visage.

Il sortit sur la promenade qui longeait l'océan et

s'accouda sur la rambarde. Le grand Rigel étincelant s'abaissait à l'horizon, traçant une ligne de feu depuis le rivage. A portée de la main, dans l'intervalle de la double jetée, une centaine de bateaux étaient amarrés : des yachts à moteur, des catamarans à voiles, des sous-marins à coque de verre, un essaim d'aquaplanes à réactions que l'on menait à folle allure dans les vagues.

L'humeur de Gersen était complexe et l'intriguait lui-même. Il y avait l'attente délicieuse d'une soirée en compagnie d'une jolie fille, sensation qu'il n'avait pas connue depuis des années. Il y avait la mélancolie qu'engendre normalement un coucher de soleil, et ce dernier était une splendeur; le ciel déployait ses mauves et ses gris-bleus, autour d'une vaste banquise de nuages rouges striés de rose. Ce n'était pas la beauté du paysage qui suscitait sa mélancolie, mais plutôt cette lumière tranquille qui s'évanouissait peu à peu.

Une autre forme de mélancolie — à la fois différente et identique — lui étreignait le cœur à la vue de la population débonnaire qui l'entourait. Les promeneurs étaient tous gracieux, leurs mouvements étaient aisés et leurs corps ignoraient le labeur, la souffrance et la crainte qui étaient le pain quotidien sur d'autres mondes. Gersen enviait leur détachement, leur raffinement social.

Était-il pour cela disposé à échanger sa place contre la leur? Pas le moins du monde.

Pallis Atwrode vint le rejoindre près de la rambarde. Elle avait passé sur sa peau une belle teinte vert olive, avec une subtile patine d'or; elle s'était coiffée à présent en casque bouclé et sombre. Elle rit de l'approbation flatteuse de Gersen.

— J'ai l'impression d'être un rat d'égout, dit-il. J'aurais dû changer de vêtements.

— Ne vous inquiétez pas de cela, je vous en prie, dit-elle, cela n'a pas la moindre importance. Maintenant, qu'allons-nous faire?

— C'est à vous de faire des suggestions.

— Très bien. Allons à Avente et asseyons-nous sur l'esplanade. Je ne me fatigue jamais de regarder les gens aller et venir. Ensuite, nous verrons.

Gersen accepta; ils se rendirent juqu'au glisseur et prirent la direction du nord tandis que Pallis bavardait avec une candeur ingénue, parlant de son travail, de ses opinions, de ses projets et de ses espoirs.

Elle était née, apprit-elle à Gersen, dans l'île de Singhal, sur la planète Ys. Ses parents étaient prospères, étant les propriétaires de l'unique entrepôt frigorifique de la Péninsule de Lantango. Lorsqu'ils se retirèrent dans les îles de Palmetto, son frère aîné prit la direction de l'entrepôt et possession de la maison familiale. Le frère cadet aurait bien voulu l'épouser, cette union incestueuse étant admise sur Ys, qui avait été colonisée au début par un groupe de Rationalistes Réformés. Mais le frère en question était gros, avec un visage rouge, ne savait rien faire d'autre que de conduire le camion de l'entrepôt, et cette perspective n'avait pas eu l'heur de séduire Pallis.

A ce moment précis, Pallis hésita et changea de conversation. Gersen devina les confrontations dramatiques, les reproches fielleux, les ripostes blessantes qui s'étaient succédé dans la maison. Pallis vivait maintenant à Avente depuis deux ans, et bien qu'elle souffrît de nostalgie pour sa planète natale, elle se sentait, dans l'ensemble, heureuse et contente. Gersen était charmé par son babil. Il n'avait jamais connu de fille aussi dénuée d'artifices.

Ils garèrent le glisseur, déambulèrent le long de l'esplanade, choisirent une table à la terrasse de l'un des nombreux cafés et regardèrent passer les promeneurs. Au-delà s'étendait le noir océan, surmonté d'un ciel prune, gris et indigo, avec une faible trace citronnée indiquant le passage de Rigel.

La nuit était tiède et des gens en provenance de toutes les parties de l'Œcumène défilaient devant leurs yeux. La garçon apporta des gobelets de punch. Gersen se détendit peu à peu. Ils demeurèrent silencieux pendant un moment; puis Pallis se tourna vers lui.

— Vous êtes tellement silencieux, tellement renfermé. Est-ce parce que vous venez de l'Au-Delà?

Faute d'une réponse toute prête, Gersen eut un rire triste.

— J'espérais que vous me trouveriez détendu et suave, comme tout le monde...

— Allons, voyons, dit Pallis d'un ton taquin. Personne n'est pareil à personne.

— Je n'en suis pas tellement sûr, c'est une question de relativité : cela dépend de quel point de vue on se place. Même les bactéries possèdent leur individualité.

— Vous me prenez pour une bactérie? dit Pallis.

— J'en suis une autre et je vous ennuie.

— Pas du tout. Je m'amuse énormément.

— Moi aussi. Trop, d'ailleurs.

— Que voulez-vous dire?

— Je ne puis me permettre le luxe de me laisser aller aux émotions sentimentales — même si je le désirais.

— Vous êtes beaucoup trop sérieux pour un jeune homme.

— Je ne suis plus jeune.

Elle fit un geste enjoué :

— Mais vous avouez que vous êtes sérieux!

— Peut-être. Mais ne me poussez pas trop loin.

— Toute femme adore se prendre pour une tentatrice.

Gersen ne sut que répondre. Il étudia Pallis, assise en face de lui. Comme elle était gaie, chaleureusement, sans la moindre trace de méchanceté ou d'humeur!

À ce moment, Pallis reporta son attention sur lui.

— Vous êtes un homme tellement tranquille, lui dit-elle. Tous les gens que je connais se croient obligés de parler sans cesse et il faut que j'écoute leurs niaiseries. Je suis certaine que vous connaissez des centaines de choses intéressantes, et pourtant vous refusez d'en parler.

Gersen sourit.

— Elles sont sans doute moins intéressantes que vous ne pensez.

— Je voudrais m'en assurer. Alors parlez-moi de l'Au-delà. La vie y est-elle à ce point dangereuse?

— Parfois oui, parfois non. Cela dépend des gens que l'on rencontre.

— Mais quelle est votre profession? Vous n'êtes ni pirate ni trafiquant d'esclaves, je suppose?

— Ai-je l'air d'un pirate ou d'un marchand d'esclaves?

— Vous savez fort bien que j'ignore à quoi ils ressemblent! Mais je suis curieuse. Seriez-vous... euh... un criminel? Ce n'est pas obligatoirement une tare, se hâta-t-elle d'ajouter. Des affaires parfaitement normales sur une planète peuvent devenir répréhensibles sur une autre. Par exemple, lorsque j'ai dit à mes amis que j'aurais dû épouser mon frère, je leur ai fait dresser les cheveux sur la tête!

— Je suis désolé de vous décevoir, répondit Gersen, mais je ne suis pas un criminel. Il pensa qu'il ne commettrait pas d'indiscrétion en lui révélant ce qu'il avait déjà dit à Warweave, Kelle et Detteras. Je suis venu à Avente dans un dessein particulier...

— Allons dîner, dit Pallis. Vous me raconterez cela en mangeant.

— Où irons-nous?

— Je connais un restaurant très amusant qui vient justement de s'ouvrir. Elle se leva d'un bond, saisit sa main avec une aisance naturelle, le contraignit à se lever à son tour. Il l'enlaça, mais son audace s'évanouit et il la relâcha en riant.

— Vous êtes plus impulsif qu'on ne pourrait le croire, dit-elle malicieusement.

Gersen sourit, à demi honteux.

— Où se trouve ce fameux restaurant?

— Pas loin. Nous irons à pied. Les prix sont élevés, mais j'ai l'intention de payer la moitié de l'addition.

— Inutile, l'argent ne pose pas de problèmes à un pirate. Lorsque je me trouve à court de numéraire, il me suffit de puiser dans la poche du voisin. La vôtre, par exemple...

— Pour ce que vous y trouveriez... Allons, venez! Elle lui prit la main et ils se dirigèrent vers le nord en longeant l'esplanade, se mêlant aux milliers d'autres couples qui respiraient l'air de cette soirée sur Alphanor.

Elle le conduisit à un kiosque entouré de grandes lettres lumineuses de couleur verte : NAUTILUS. Un escalier roulant les descendit à soixante mètres de profondeur, dans un vaste hall octogonal garni de panneaux de rotin. Un majordome les conduisit au long d'un tunnel aux voûtes de verre, disposé sur le fond de la mer. Des salles de restaurant de tailles diverses aboutissaient à l'extrémité du tunnel et ils furent conduits dans l'une d'elles. Ils prirent une table à proximité de la paroi transparente du dôme. La mer se trouvait de l'autre côté, illuminée par des projecteurs qui faisaient apparaître un paysage de sable, de rochers, de plantes marines, de coraux et d'animaux aquatiques.

— Maintenant, dit Pallis en penchant le buste, parlez-moi de l'Au-Delà. Et ne craignez pas de m'impressionner, car j'adore avoir peur, de temps en temps.

— La taverne de Smade sur la Planète Smade constitue un bon point de départ, dit Gersen. Y avez-vous été?

— Bien sûr que non. Mais j'en ai entendu parler.

— C'est une petite planète, à peine habitable, située en plein milieu de nulle part. Toute en montagnes. Du vent, des orages, un océan noir comme de l'encre. La taverne est le seul bâtiment qui existe sur la planète. Parfois, elle est pleine à craquer; d'autres fois, il n'y a personne pendant des semaines entières, à part Smade et sa famille. Lorsque je suis arrivé, il n'y avait qu'un Prince des Étoiles pour tout pensionnaire.

— Un Prince des Etoiles? Je m'étais imaginé qu'ils se déguisaient toujours en hommes.

— Ce n'est pas une question de déguisement, dit Gersen. Ce sont des hommes, à bien peu de chose près.

— Je n'ai jamais rien compris aux Princes des Étoiles. Dites-moi exactement ce qu'ils sont.

Gersen haussa les épaules.

— Chacun vous fera là-dessus une réponse différente. Voici l'hypothèse généralement admise. Il y a un million d'années, environ, la planète Lambda Grus III, ou Ghnarumen — il faut éternuer pour obtenir une prononciation à peu près correcte — était habitée par un effroyable assortiment de créatures. Parmi ces dernières, se trouvait un petit bipède amphibie, assez mal armé pour la lutte pour la vie, mis à part une vigilance exceptionnelle et une aptitude particulière à se dissimuler dans la boue. Il devait probablement ressembler à un lézard ou à un phoque sans pelage... L'espèce a frôlé l'extinction une demi-douzaine de fois, mais quelques individus réussirent toujours à survivre et à trouver péniblement leur subsistance parmi des créatures plus sauvages, plus rusées, plus agiles, meilleures nageuses, meilleures grimpeuses, meilleures charognardes qu'eux-mêmes. Ce prototype du Prince des Étoiles n'avait que des avantages d'ordre psychique. La conscience de soi-même. L'esprit de compétition. Un désir de survivre par tous les moyens.

— Ils me paraissent assez semblables aux proto-humains de la Terre des premiers âges, dit Pallis.

— Nul ne connaît l'exacte vérité. Du moins parmi les hommes. Impossible de deviner ce que savent les Princes des Étoiles. Ces bipèdes différaient de l'homme primitif de plusieurs manières. Ils étaient biologiquement plus adaptables, plus aptes à transmettre les caractères acquis. Second point, il n'existe chez eux qu'un sexe unique. La reproduction de l'espèce se fait par le moyen de spores fertilisantes émises au cours du processus de la respiration. Chaque individu est à la fois mâle et femelle, et les jeunes naissent à partir de gousses comparables aux haricots, qui se développent sous les aisselles. Cette absence de différenciation sexuelle est peut-être la raison de l'absence de toute vanité physique chez les Princes des Étoiles. L'élément moteur fondamental de l'espèce est la tendance à dépasser, à dominer, à survivre à tout prix. Cette souplesse biologique, doublée d'une intelligence rudimentaire, leur procura les moyens d'assouvir leurs ambitions; ils se mirent consciemment à évoluer pour aboutir à une créature capable de dominer un aussi grand nombre que possible de leurs concurrents moins avantagés.

» Tout cela n'est qu'hypothèses, bien entendu, et ce qui va suivre n'est rien d'autre que de la spéculation fondée sur des bases encore plus fragiles. Supposons qu'une race capable de franchir l'espace se soit abattue un jour sur la Terre. Il pourrait se faire que ce fussent précisément les gens qui ont laissé des ruines sur les planètes de Fomalhaut, ou sur les Hexadelts, ou sculpté les montagnes de Xi Puppis IX.

» On suppose que ces gens venus de l'espace ont pris pied sur la Terre, il y a une centaine de milliers d'années, qu'ils ont capturé une tribu de Néanderthals du Moustérien et les ont emmenés sur Ghnarumen, le monde des proto-Princes des Étoiles. Cette fois, la situation est sérieuse pour les deux parties. Les hommes sont des concurrents autrement dangereux pour les Princes des Étoiles que leurs ennemis naturels déjà vaincus. Les hommes sont intelligents, patients, ingénieux, implacables, agressifs. Sous la pression de l'environnement, les hommes eux-mêmes évoluent pour aboutir à un type nouveau, plus agile, plus rapide de corps et d'esprit que leur prédécesseur Néanderthal.

» Les proto-Princes des Étoiles subissent des revers, mais ils possèdent leur patience héréditaire en même temps que des armes redoutables : l'instinct de compétition, l'adaptabilité biologique. Les hommes se sont montrés supérieurs. Pour les combattre sur leur propre terrain, ils ont pris leur apparence physique.

» Les deux races se livrent une guerre incessante... et les Princes des Étoiles avouent, à contrecœur d'ailleurs, que certains de leurs mythes ne sont autres qu'une commémoration de ces combats.

» Une autre hypothèse s'avère nécessaire maintenant. Il y a cinquante mille ans, environ, les voyageurs de l'espace reviennent et déposent les Terriens évolués sur leur planète ancestrale. En même temps, peut-être, qu'une poignée de Princes des Étoiles. Qui sait? Et c'est ainsi que les Cro-Magnons apparaissent en Europe.

» Sur leur propre planète, les Princes des Etoiles sont enfin plus hominiformes que les hommes eux-mêmes. Ils possèdent la suprématie. Les hommes véritables sont exterminés. Les Princes des Étoiles exercent une domination absolue jusqu'à une époque remontant à cinq cents ans. C'est alors que les hommes découvrent la route de l'Au-Delà. Lorsque le hasard les fait débarquer sur Ghnarumen, ils ont la surprise de découvrir des êtres qui leur ressemblent en tous points : les Princes des Étoiles.

— Cette théorie me semble tirée par les cheveux, dit Pallis d'un air de doute.

— Pas plus que la thèse de l'évolution convergente. Le fait est que les Princes des Étoiles existent : c'est une race qui ne manifeste pas à notre égard d'antagonisme particulier, mais qui n'est pas davantage animée de dispositions amicales à notre endroit. Les hommes n'ont pas le droit de visiter Ghnarumen. Ils ne vous disent sur eux que ce qu'ils veulent et ils envoient des observateurs — ou des espions, si vous préférez — dans toutes les régions de l'Œcumène. Il y a probablement des douzaines de Princes des Étoiles dans la ville d'Avente.

Pallis fit la grimace.

— Comment peut-on les distinguer des hommes?

— Parfois un médecin lui-même avoue son impuissance, lorsqu'ils ont fini de se travestir et de se déguiser. Il existe des différences, bien sûr. Ils ne possèdent pas d'organes génitaux. Leur région pubienne est déserte. Leur protoplasme, leur sang, leurs hormones sont d'une composition différente. Leur haleine présente une odeur particulière. Mais les espions ou observateurs sont modifiés de telle sorte que les rayons X ne montrent aucune différence avec les hommes.

— Comment avez-vous su que la créature de la taverne de Smade était un Prince des Étoiles?

— Smade me l'a dit.

— Et Smade, de quelle façon l'a-t-il appris?

Gersen secoua la tête.

— Je n'ai pas eu l'idée de lui poser la question.

Il demeurait silencieux, préoccupé par une nouvelle pensée.

Il y avait eu trois pensionnaires dans la taverne de Smade : lui-même, Teehalt et le Prince des Étoiles. S'il fallait en croire Tristano — et pourquoi pas? — celui-ci était venu en compagnie des seuls Dasce et Suthiro. A condition d'ajouter foi à la déclaration faite par Dasce à Teehalt, Attel Malagate devait être considéré comme le meurtrier de Teehalt. Gersen avait certainement entendu le cri de la victime cependant que le trio — Suthiro, Dasce et Tristano — demeurait dans son champ de vision.

A moins que Smade ne fût Attel Malagate, ou qu'un nouvel astronef ne se fût subrepticement posé sur le terrain — ce qui était improbable — alors Attel Malagate et le Prince des Étoiles devaient n'être qu'une seule et même personne.

En y repensant, Gersen se souvenait que le Prince des

Étoiles avait quitté la salle de la taverne assez tôt pour lui donner largement le temps de conférer à l'extérieur avec Dasce.

Pallis Atwrode lui toucha légèrement la joue.

—Vous me parliez de la taverne de Smade.

Gersen la regardait pensivement. Elle était certainement très documentée sur les allées et venues de Warweave, Kelle et Detteras. Se méprenant sur la signification de son regard, elle rougit joliment sous sa teinture vert pâle. Gersen eut un rire gêné.

— Revenons à la taverne de Smade.

Et il lui raconta les événements de la soirée.

Pallis écoutait, captivée au point d'en oublier de manger.

— Si bien que le filament se trouve maintenant en votre possession, tandis que le décrypteur est à l'Université?

— C'est cela, et aucun n'a de valeur sans l'autre.

Ils finirent de dîner. Gersen, qui ne possédait pas de compte en banque sur Alphanor, paya l'addition en espèces et ils remontèrent à la surface.

— Et maintenant, que faisons-nous?

— Peu m'importe, dit Pallis. Retournons pendant un moment à notre table sur l'esplanade.

La nuit était maintenant complètement tombée : la nuit de velours noir, sans lune, d'Alphanor. Les façades des bâtiments de l'esplanade brillaient faiblement, chacune d'une couleur différente. De la chaussée montait un reflet argenté; la balustrade émettait une phosphorescence agréable, d'un beige ambré à peine perceptible; partout, apparaissaient de douces lumières, riches en couleurs fantomatiques. Là-haut, dans le ciel d'encre, flottaient les étoiles grandes et pâles.

Un garçon apporta du café et des liqueurs et ils s'installèrent pour regarder la foule.

— Vous ne m'avez pas tout dit, murmura Pallis d'une voix songeuse.

— Naturellement, dit Gersen. En fait...

Il s'arrêta, aux prises avec une pensée troublante. Attel Malagate pourrait se méprendre sur la nature des sentiments qui le portaient vers Pallis — en particulier s'il n'était autre qu'un Prince des Étoiles asexué, incapable de comprendre quoi que ce soit aux relations entre mâle et femelle.

— En fait, reprit Gersen, je n'ai pas le droit de vous mêler à mes ennuis.

— Je n'ai pas l'impression d'y être mêlée, dit Pallis en s'étirant paresseusement, et quand cela serait?. Nous sommes ici dans la ville d'Avente, sur Alphanor; c'est une planète civilisée.

Gersen laissa échapper un gloussement sardonique.

— Je vous ai dit que d'autres s'intéressaient à cette planète. Ce sont des pirates et des marchands d'esclaves aussi dépravés que vous pouvez le désirer. Avez-vous jamais entendu parler d'Attel Malagate?

— Attel Malagate? le Monstre? Oui.

Gersen résista à la tentation de lui apprendre qu'elle prenait des messages et des rendez-vous pour Attel Malagate.

— Il est presque certain que nous sommes épiés, que des dispositifs d'espionnage nous surveillent. Maintenant, à cette même minute. Et, à l'autre bout du circuit, se trouve probablement Attel Malagate en personne.

Pallis donna des signes d'inquiétude.

— Vous prétendez qu'Attel Malagate me surveille? Vous me donnez des frissons.

Gersen regarda à droite et à gauche. A deux tables de là, était assis Suthiro, le Vénéfice sarkoy.

Rencontrant les yeux de Gersen, Suthiro inclina poliment la tête et sourit. Il se leva et s'approcha de la table.

— Bonsoir, Mr. Gersen.

— Bonsoir.

— Puis-je me joindre à vous?

— Je préfère que vous vous absteniez.

Suthiro se mit à rire doucement, s'assit et inclina sa tête de renard vers Pallis.

— Et cette jeune demoiselle, avez-vous l'intention de me la présenter?

— Vous la connaissez déjà.

— Mais elle ne me connaît pas.

Gersen se tourna vers Pallis.

— Je vous présente Scop Suthiro, Maître Vénéfice de Sarkovy. Vous m'avez fait part de votre intérêt pour les hommes méchants. Vous avez en face de vous un personnage aussi totalement mauvais qu'il soit possible d'en rencontrer.

Suthiro se mit à rire, parfaitement à l'aise.

— Mr. Gersen me flatte. Certains de mes amis me surpassent. J'espère que vous ne les trouverez pas sur votre route. Hildemar Dasce, par exemple, qui se fait fort de paralyser un chien d'un seul regard.

La voix de Pallis laissait percer son trouble.

— Je préfère en effet l'éviter.

Elle regarda Suthiro avec des yeux fascinés.

— Vous admettez en toute franchise que vous êtes mauvais?

Suthiro laissa échapper un nouveau rire subtil et étouffé.

— Je suis un homme. Je suis un Sarkoy.

— Je venais tout juste de décrire notre rencontre, à la taverne de Smade, à Miss Atwrode. Dites-moi, qui a tué Lugo Teehalt?

Suthiro parut surpris.

— Qui d'autre qu'Attel Malagate? Nous étions tous trois attablés à l'intérieur. Mais ce détail n'a aucune importance. J'aurais pu m'en charger, ou Dasce, ou Tristano... A propos, Tristano est très malade. Il a été victime d'un terrible accident mais il espère vous voir lorsqu'il sera rétabli.

— Il peut s'estimer heureux, dit Gersen.

— Il est honteux, dit Suthiro. Il s'imagine être adroit. Je lui ai dit qu'il est moins adroit que moi.

— En parlant d'adresse, êtes-vous capable d'exécuter le coup du papier?

Suthiro inclina la tête sur le côté.

— Naturellement. Où vous a-t-on parlé de cela?

— A Kalvaing.

— Et qu'est-ce qui vous amenait à Kalvaing?

— J'étais venu rendre visite à Coudirou, le Vénéfice.

Suthiro fit la moue. Il s'était teint la peau en jaune et sa tignasse brune luisait d'huile capillaire.

— Coudirou est aussi fort que quiconque. Quant au coup du papier...

Gersen lui tendit une nappe. Suthiro la saisit entre le pouce et l'index, la laissant pendre verticalement, et l'effleura de sa main droite. Elle tomba sur la table en cinq rubans.

— Parfaitement exécuté, dit Gersen et, s'adressant à Pallis : Il a les ongles durcis et tranchants comme des rasoirs. Naturellement, il ne gâcherait pas du poison sur du papier, mais chacun de ses doigts est une tête de serpent venimeux.

Suthiro acquiesça complaisamment.

Gersen se retourna vers lui.

— Où se trouve le Beau Dasce?

— Pas bien loin.

— Avec son visage rouge et le reste?

Suthiro secoua tristement la tête à l'évocation du mauvais goût dont témoignait Dasce dans le choix de ses teintures faciales.

— C'est un homme très habile et très étrange. Vous êtes-vous jamais posé des questions au sujet de son visage?

— Chaque fois que j'ai pu me résoudre à y poser mes regards.

— Vous n'êtes pas de mes amis. Vous m'avez élégamment joué. Et pourtant je vais vous donner un conseil : ne vous mettez jamais sur le chemin de Dasce. Il y a quelque vingt ans, il s'est trouvé lésé dans je ne sais quelle petite opération. Il s'agissait d'obtenir de l'argent d'un personnage entêté. Par suite de circonstances malheureuses, il se trouva en position d'infériorité. Il fut assommé et ficelé comme un saucisson. Le vainqueur eut le mauvais goût de lui couper le nez et les paupières... Hildemar parvint à s'échapper et, depuis, on l'appelle le Beau Dasce.

— C'est affreux! murmura Pallis.

— Vous avez raison.

La voix de Suthiro se fit dédaigneuse.

— Un an plus tard, Hildemar se paya le luxe de capturer cet homme. Il l'a séquestré dans l'un de ses domaines, où l'autre a vécu jusqu'à ce jour. De temps en temps, se souvenant de l'outrage qui lui a valu de perdre les traits les plus caractéristiques de son visage, Hildemar retourne à son domaine pour se livrer à des représailles sur le coupable.

Pallis posa des yeux vitreux sur Gersen.

— Et ces gens sont vos amis?

— Non. Nous ne sommes entrés en relations qu'à propos de Lugo Teehalt.

Suthiro parcourait des yeux l'esplanade. Gersen lui demanda nonchalamment :

— Vous travaillez en équipe avec Dasce et Tristano?

— Souvent, en effet, mais je préfère opérer pour mon propre compte.

— Et Lugo Teehalt a eu la malchance de venir se jeter dans vos jambes à Brinktown?

— Il est mort rapidement. Godogma prend tous les hommes un jour ou l'autre. Est-ce là de la malchance?

— On n'aime guère hâter la venue de Godogma!

— C'est vrai.

Suthiro examina ses mains agiles et puissantes, puis se tourna vers Pallis.

— Sur Sarkovy, mille dictons populaires expriment la même idée.

— Qui est Godogma?

— Le Grand Dieu de la Destinée; il porte une fleur et un fléau, et se déplace sur roues.

Gersen affecta une expression concentrée.

— Je vais vous poser une question. Vous n'êtes pas obligé de répondre. Peut-être ne le pourrez-vous pas; mais je suis intrigué. Pourquoi Attel Malagate, un Prince des Étoiles, désire-t-il avec autant de véhémence la possession de ce monde particulier?

Suthiro haussa les épaules.

— C'est une question dont je ne me suis jamais préoccupé. Selon toute apparence, ce monde possède de la valeur. On me paie. Je ne tue que lorsque la chose me rapporte, voilà tout.

Il s'adressa à Pallis :

— En réalité, je ne suis pas tellement mauvais, qu'en pensez-vous? Bientôt je rentrerai sur Sarkovy et je terminerai mes jours en parcourant les steppes de Gorobundur. Ah! parlez-moi de cette vie! Lorsque j'envisage l'avenir, je me demande pourquoi je croupis ici dans cette odieuse humidité!

Il fit une grimace à l'adresse de la mer et se leva.

— Il est peut-être présomptueux de ma part de vous donner des conseils, mais pourquoi ne pas être raisonnable? Vous ne viendrez jamais à bout d'Attel Malagate. Abandonnez donc ce filament!

Gersen réfléchit un moment, puis :

— Pour reconnaître la générosité qui vous anime, je répondrai à votre conseil par un autre : tuez Hildemar Dasce à la première occasion, et même avant, si possible.

Suthiro fronça ses sourcils broussailleux avec stupéfaction et leva les yeux l'espace d'un éclair.

Gersen poursuivit :

— Nous sommes surveillés par un détecteur mobile, je le sais, bien que je ne l'aie pas repéré. Son microphone aura probablement enregistré notre conversation. Avant de l'avoir entendu de votre bouche, je ne m'imaginais pas que le Prince des Étoiles, à la taverne de Smade, était Attel Malagate. Cela présente pour moi un grand intérêt et constitue probablement un secret.

— Taisez-vous! siffla Suthiro dont les yeux luirent soudain d'une colère noire.

Gersen baissa la voix.

— Hildemar Dasce recevra vraisemblablement mission de vous punir. Si vous tenez à esquiver le fléau de Godogma, si vous désirez conduire un jour votre chariot dans les steppes de Gorobundur, tuez Dasce et partez aussitôt.

Suthiro siffla quelque chose entre ses dents, leva la main comme pour lancer un projectile, puis, tournant les talons, se perdit dans la foule.

Pallis se détendit et s'enfonça dans son fauteuil. D'une voix incertaine, elle dit :

— Je ne suis pas aussi aventureuse que je me l'imaginais.

— Je suis navré, dit Gersen, je n'aurais jamais dû vous proposer de sortir.

— Non, non. C'est simplement que je ne puis me faire à ce genre de conversation, ici, dans cette paisible cité. Mais au fond, je crois que j'en suis ravie. Si vous n'êtes pas un criminel, qu'êtes-vous donc?

— Kirth Gersen.

— Vous travaillez pour la CCPI?

— Non.

— Alors vous faites partie du Comité Spécial de l'Institut.

— Je suis simplement Kirth Gersen. Il se leva. Marchons un peu.

Ils se dirigèrent vers le nord en longeant l'esplanade. A leur gauche, s'étendait la mer sombre; sur la droite, Avente se découpait sur l'horizon : clochers lumineux sur la sombre nuit d'Alphanor.

Pallis prit bientôt le bras de Gersen.

— Et si Attel Malagate est bien un Prince des Étoiles? Qu'est-ce que cela signifie?

— Je me le demandais moi-même.

En fait, Gersen s'efforçait de se remémorer les traits du Prince des Étoiles. S'agissait-il de Warweave, de Kelle, de Detteras? Le noir dont sa peau était enduite avait brouillé ses traits; le bonnet rayé dissimulait ses cheveux. Gersen avait l'impression que le Prince des Étoiles était plus grand que Kelle, mais de taille inférieure à Warweave. Par contre, la teinture noire aurait-elle suffi à camoufler les traits rudes et grossiers de Detteras?

Pallis venait de prendre le parole :

— Vont-ils réellement tuer cet homme?

Gersen leva les yeux dans l'espoir de découvrir l'espion mobile, mais en vain.

— Je ne sais pas. Il est utile. Incidemment...

Gersen hésita, se demandant de nouveau s'il était juste de mêler Pallis à ces affaires sordides.

— Incidemment... quoi?

— Rien.

La crainte de l'espion mobile l'empêchait de s'enquérir des mouvements du trio. Pour l'instant, Attel Malagate n'avait aucune raison de soupçonner l'intérêt qu'il portait à sa personne.

D'une voix blessée, Pallis reprit :

— Je ne comprends toujours pas dans quelle mesure tout cela vous affecte.

Une fois de plus, Gersen choisit d'être discret. L'espion mobile pouvait être aux écoutes; Pallis Atwrode elle-même pouvait être un agent d'Attel Malagate, bien que ce fût hautement improbable. C'est pourquoi il répondit :

— Cela ne m'affecte pas le moins du monde — sauf dans l'abstrait.

— Mais n'importe lequel de ces gens... (elle indiquait les passants) pourrait être un Prince des Etoiles. Comment le distinguer des hommes normaux?

— C'est très difficile. Sur leur propre planète — je n'essaierai plus de prononcer son nom — ils obtiennent maintes approximations de l'homme. Ceux qui voyagent dans le monde connu, comme observateurs — ou espions, si vous préférez, et ce qu'ils espèrent apprendre je n'arrive pas à l'imaginer — sont pratiquement des *fac-similés* parfaits d'hommes véritables.

Pallis parut soudain se désintéresser de toute l'affaire. Elle ouvrit la bouche pour parler, la referma et fit enfin un geste désinvolte de la main.

— Oublions-les. Il y a de quoi vous donner des cauchemars. Vous allez bientôt me faire voir des Princes des Étoiles partout. Même à l'Université...

Gersen plongea ses yeux dans le visage qui se levait vers lui.

— Savez-vous ce que j'aimerais faire?

Elle eut un sourire provocant.

— Non.

— D'abord dépister ce maudit espion mobile, ce qui n'est pas un bien grand problème. Et puis...

— Et puis...?

— Aller dans un endroit tranquille où nous pourrions être seuls.

Elle détourna les yeux.

— Je veux bien. Il y a un coin sur la côte. On l'appelle *Les Sirènes*. Je n'y suis jamais allée.

Elle eut un rire embarrassé.

— Mais j'en ai entendu parler.

Gersen la prit par le bras.

— Il faut d'abord dépister l'espion...

Pallis entra dans la manœuvre avec un abandon enfantin. Considérant le gai petit visage, Gersen se demandait ce que valait sa résolution de ne pas se laisser entraîner dans une une intrigue sentimentale.

S'ils se rendaient aux *Sirènes*, si la nuit les amenait à se plonger dans une intimité encore plus étroite, qu'adviendrait-il? Gersen écarta ses alarmes. Il s'attaquerait aux problèmes à mesure qu'ils se présenteraient.

L'espion, s'il exista jamais, se trouva bientôt déjoué et perdu; ils retournèrent au garage. Il y régnait une lumière parcimonieuse; les formes fuselées rangées côte à côte luisaient faiblement.

Ils parvinrent près du glisseur. Gersen hésita puis, entourant de ses bras la jeune fille vacillante, il posa ses lèvres sur le visage qui se tendait vers lui.

Derrière lui, il y eut un mouvement furtif; devant, un déplacement rapide. Gersen se retourna juste à temps pour voir une horrible face rouge sang avec des joues d'un bleu empoisonné. Le bras de Hildemar Dasce s'abattit.

Un poids immense fit fléchir la tête de Gersen. Il trébucha et s'affaisa sur les genoux. Dasce se pencha sur lui. Gersen tenta d'esquiver le coup. Le monde vacilla autour de lui et s'écroula : il vit Suthiro qui souriait comme une hyène malade, en entourant de ses mains le cou de la jeune fille. Dasce frappa de nouveau et le monde s'évanouit.

Gersen eut le temps de s'adresser d'amers reproches avant qu'un nouveau coup d'assommoir fît sombrer sa conscience.

IX

Extraits de *Quand l'homme n'est pas un Homme,* par Pod Hachinsky, article paru dans *Cosmopolis,* juin 1500.

« ... A mesure que les hommes ont voyagé d'étoile en étoile, ils ont rencontré la vie sous bien des formes, intelligente et non intelligente (à juger selon un point de vue arbitraire et anthropocentrique). Guère plus d'une demi-douzaine de ces formes de vie méritent le qualificatif d' « humanoïde ». Et à l'intérieur de cette demi-douzaine, une seule espèce ressemble très étroitement à l'homme : les Princes des Étoiles de Ghnarumen.

» Dès le premier contact stupéfiant avec cette race, la question s'est posée et reposée sans cesse : font-ils partie de la famille de l'homme — ce « polygame monocéphale bi-brachial bifurqué », comme le désigne plaisamment Tallier Chantron — ou non? La réponse dépend évidemment des définitions.

» Un premier point peut être immédiatement élucidé. Les Princes des Étoiles ne peuvent être classés sous l'étiquette homo sapiens. Mais si l'on désigne par là une créature parlant un langage humain, susceptible de pénétrer dans une mercerie et de se vêtir en choisissant les éléments de son habillement sur des étagères, de faire une partie de tennis, de disputer un tournoi d'échecs, d'assister aux cérémonies royales de Stockholm ou aux fêtes sylvestres de Strylvania, sans provoquer un haussement de sourcils supérieur — alors ce sont des hommes.

» Homme ou pas, le Prince des Étoiles-type est un individu courtois, au caractère égal, même s'il est susceptible et imperméable à l'humour. Rendez-lui un service, il vous remerciera; offensez-le, il explosera d'une fureur démoniaque et vous tuera sur-le-champ — si les circonstances le mettent à l'abri des lois humaines. Si une telle action risque d'entraîner des sanctions pénales, au contraire, il oubliera instantanément l'injure et ne vous gardera pas rancune. Il est implacable mais non cruel, et les perverses manifestations humaines désignées sous le nom de sadisme, masochisme, fanatisme religieux, flagellation, suicide, le plongent dans un abîme de perplexité. D'autre part, il témoignera de toute une série d'habitudes particulières et d'attitudes qui ne seront pas davantage explicables de notre point de vue et qui sont le résultat de ses conflits internes.

» Dire que ses origines suscitent d'âpres discussions équivaut à affirmer que Crésus était fortuné. Il existe au moins une douzaine de théories s'efforçant d'expliquer la remarquable similitude qui existe entre l'homme et le Prince des Étoiles. Aucune n'est entièrement convaincante. Si les Princes des Étoiles connaissent le secret de leur origine, ils n'en laissent rien paraître. Puisqu'ils s'opposent à toute expédition anthropologique et archéologique sur leur planète, ils ne nous est pas possible d'obtenir les éléments susceptibles de vérifier ou de réfuter ces théories.

» Sur les planètes habitées par les hommes, ils modèlent scrupuleusement leur conduite sur celle des meilleurs sujets, mais leur comportement demeure néanmoins caractéristiques de leur origine.

» En poussant la simplification à ses limites extrêmes, on peut dire que leur trait dominant est la passion d'exceller, de battre un concurrent sur son propre terrain. Du fait que l'homme est la créature dominante dans l'Œcumène, les Princes des Étoiles le considèrent comme un champion que l'on doit défier et abattre de son piédestal. C'est pourquoi ils s'efforcent de surpasser l'homme dans tous les domaines de son activité.

» Si cette ambition (fréquemment couronnée de succès) nous paraît artificielle et incompréhensible, les caprices que détermine en nous la sexualité ne leur semblent pas moins étranges; en effet, les Princes des Etoiles se reproduisent par parthénogenèse, selon un processus qui sort du cadre de cet article. Ignorant la vanité, indifférents à la beauté autant qu'à la laideur, ils ne visent à la beauté physique que pour marquer des points dans le match qu'ils livrent aux êtres humains.

» Quelles sont leurs qualités maîtresses? Ils sont d'excellents constructeurs, des ingénieurs audacieux, des techniciens éprouvés. C'est une race pragmatique, assez peu douée pour les mathématiques ou les sciences abstraites. Il est difficile de concevoir qu'ils auraient pu donner naissance à un Jarnell, qui découvrit la fragmentation de l'espace par le plus grand des hasards. Leurs cités offrent un spectacle imposant, s'élevant des terres plates comme une excroissance de cristaux métalliques.

» Chaque Prince des Étoiles, devenu adulte, se construit un clocher ou une tour personnelle. Plus grande est son ambition et plus élevé son rang social, plus splendide est sa tour (dont il ne semble apprécier la valeur que du point de vue monumental). A sa mort, la tour peut être temporairement occupée par quelque individu plus jeune, qui y demeurera le temps d'accumuler les richesses nécessaires à l'édification de sa propre tour.

» Aussi prestigieuses que paraissent ces cités, vues à une certaine distance, elles manquent des commodités municipales les plus élémentaires. C'est ainsi que les intervalles entre les tours ne comportent pas de pavés et sont encombrés de poussière et d'immondices. Les usines et les complexes industriels sont abrités par des dômes de faible hauteur, construits avec une austérité rigoureusement utilitaire, et leur fonctionnement est assuré par les individus les moins agressifs et les moins évolués — car la race n'est en aucune façon homogène.

» Pour se faire une idée approximative de leur société, il n'est que de se représenter une collectivité humaine où se trouveraient, indistinctement mêlés, Pithécanthropes, Sinanthropes, Néanderthals, Magdaléniens, Solutréens, Grimaldis, Cro-Magnons et toutes les races de l'humanité moderne. »

Vers minuit, un groupe de jeunes gens arrivèrent au garage, riant et chantant. Ils avaient festoyé avec munificence dans un restaurant, avaient visité Llanfelfair, Lost Star Inn, Haluce, le Casino Plageale. Ils étaient passablement ivres, mais autant de leur propre exubérance que de l'ingestion des vins, fumées, perfusions, chants et autres attractions fournies par les établissements visités. Le jeune homme qui trébucha sur le corps de Gersen poussa d'abord une malédiction joviale puis une exclamation apitoyée.

Ses compagnons se rassemblèrent autour de lui. L'un d'eux se précipita vers son véhicule et appuya sur le bouton police-secours; deux minutes après, un véhicule de police descendit du ciel, suivi bientôt d'une ambulance.

Gersen fut conduit à l'hôpital et soumis à un traitement consistant en irradiations diverses, massages et médications revigorantes. Il reprit bientôt connaissance et demeura plongé pendant un moment dans ses pensées.

Puis il fit un brusque mouvement et voulut sortir du lit. Les internes à son chevet lui conseillèrent de se recoucher, mais, sans tenir compte de leurs objurgations, il se mit debout péniblement et, tout chancelant, s'écria :

— Donnez-moi mes vêtements!

— Ils sont enfermés dans le placard. Couchez-vous, je vous prie. L'agent de police va recueillir votre déposition.

Gersen obéit avec agitation. L'enquêteur de police s'approcha : c'était un jeune homme aux traits aigus, vêtu de la tunique jaune-brun et des culottes noires de la police de la Province Océanique. Il s'adressa poliment à Gersen, s'assit et ouvrit le volet qui recouvrait les lentilles de l'enregistreur.

— Maintenant, dites-moi ce qui s'est passé.

— J'avais passé la soirée avec une jeune femme. Lorsque nous sommes revenus à notre voiture, j'ai été assommé et je ne sais ce qu'il est advenu d'elle. Lorsque je l'ai vue pour la dernière fois, elle se débattait entre les bras d'un homme auquel elle tentait d'échapper.

— Combien étaient vos agresseurs?

— Deux. Je les ai reconnus. L'un s'appelle Hildemar Dasce et l'autre, je ne le connais que sous le nom de Suthiro : c'est un Sarkoy. Ce sont tous deux des gens de l'Au-Delà.

— Je vois. Le nom de la jeune personne et son adresse?

— Pallis Atwrode, Appartements Merioneth, Remo.

— Nous allons immédiatement vérifier si elle n'est pas rentrée. Maintenant, si vous le voulez bien, reprenons tout par le commencement.

D'une voix sans timbre, Gersen donna un récit détaillé de l'attaque, décrit Hildemar Dasce et Suthiro. Tandis qu'il parlait, on remit à l'enquêteur un rapport du Service de Contrôle. Pallis Atwrode n'était pas rentrée à son appartement. Les routes, les voies aériennes et les ports de l'espace étaient mis sous surveillance. La CCPI avait été appelée à participer à l'enquête.

— Maintenant, dit l'enquêteur d'une voix neutre, puis-je vous demander votre profession?

— Explorateur.

— C'est en cette qualité que vous entretenez des rapports avec ces deux hommes?

— Pas le moins du monde. Je les ai vus à l'œuvre sur la Planète Smade. Ils me considèrent apparemment comme un ennemi. J'ai l'impression qu'ils font partie de l'organisation d'Attel Malagate le Monstre.

— Il est étrange qu'ils aient osé se livrer à cette agression avec autant d'impudence. En fait, pour quelle raison ne vous ont-ils pas tué?

— Je n'en sais rien.

Gersen se leva une fois de plus. L'enquêteur l'observait avec une attention professionnelle.

— Quelles sont vos intentions, Mr. Gersen?

— Je voudrais avant tout retrouver Pallis Atwrode.

— C'est compréhensible, mais il vaudrait mieux que vous n'interveniez pas. La police est plus efficace qu'un homme isolé. Nous aurons sans doute des nouvelles incessamment.

— Je crains que non, dit Gersen.

— Maintenant, ils se trouvent déjà dans l'espace.

L'enquêteur, en se levant, admit implicitement que tel était le cas.

— Bien entendu, nous vous tiendrons au courant.

Il s'inclina et prit congé.

Gersen s'habilla immédiatement, aidé à contrecœur par un interne. Il se sentait les genoux faibles. Sa main flottait comme si elle avait concentré en elle toute la souffrance de son corps endolori. Il avait les oreilles bourdonnantes de toutes les drogues ingérées.

Un ascenseur le déposa directement dans une station de métro. Debout sur le quai, Gersen s'efforçait d'établir un plan d'action cohérent. Une phrase l'obsédait comme un ver qui eût creusé des galeries dans les circonvolutions de son cerveau : pauvre Pallis, pauvre Pallis.

Faute de trouver un meilleur plan, il prit place dans une capsule et débarqua dans une station située sous l'esplanade. Il sortit mais, au lieu de se diriger vers son glisseur, il pénétra dans une brasserie et but du café. « Elle doit déjà se trouver dans l'espace », se dit-il une fois de plus. « Et c'est ma faute, ma faute. »

Il aurait dû prévoir ce qui était arrivé. Pallis Atwrode connaissait Warweave, Kelle et Detteras; elle les voyait chaque jour, entendait tous les potins. Attel Malagate le Prince des Étoiles, Attel Malagate le Monstre était l'un des trois, et Pallis Atwrode possédait des renseignements qui, ajoutés aux indiscrétions de Suthiro, rendaient fragile l'incognito d'Attel Malagate. C'est pourquoi il fallait la mettre hors circuit. L'avait-on tuée? Vendue comme esclave? Dasce l'avait-il accaparée pour son usage personnel?... Pauvre Pallis, pauvre Pallis.

Le jeune homme regarda l'océan. Une bande couleur lavande se formait à l'horizon, présageant l'aube. Les étoiles commençaient à pâlir.

« Il faut que je fasse front », se dit-il. « Je suis responsable de tout. S'ils lui ont fait le moindre mal... Mais non, je tuerai Hildemar Dasce dans tous les cas. »

Suthiro, le traître à face de renard, était déjà pratiquement mort. Il y avait ensuite Attel Malagate lui-même, l'architecte de toute cette construction diabolique. Sa condition de Prince des Étoiles le rendait un peu moins haïssable : un serpent dont on écrasait la tête sans la moindre émotion.

Accablé de haine, de chagrin et de désespoir, il se rendit au glisseur qui se trouvait seul dans le parking désert. Voici l'endroit où s'était tenu Dasce. C'était ici qu'il était demeuré évanoui — misérable imbécile insouciant qu'il était! Quelle honte pour son grand-père! Il y avait de quoi le faire se retourner dans sa tombe!

Il mit le glisseur en marche et rentra à son hôtel. Il n'y avait pas le moindre message pour lui.

L'aube s'était levée sur Avente. Rigel lançait des rayons horizontaux entre les lointaines collines de Catiline. Gersen régla son réveil-matin, absorba des pilules soporifiques qui lui assuraient deux heures de sommeil et se jeta sur son lit.

Il se réveilla avec une sensation de tristesse et d'accablement encore plus intense. Le temps avait passé : le destin de Pallis Atwrode était en train de s'accomplir. Gersen commanda du café. Il ne pouvait se résoudre à manger.

Il examina quelle conduite il convenait d'adopter. La

CCPI? Il serait contraint de révéler tout ce qu'il savait. La CCPI pourrait-elle agir avec davantage d'efficacité s'il lui fournissait tous les renseignements? Il pouvait leur confier qu'il soupçonnait l'un des administrateurs de l'Université de la Province Océanique d'être l'un des Princes-Démons. Et après? La CCPI, force de police d'élite, avec les vertus et les vices caractéristiques d'une semblable organisation, était ou n'était pas digne de confiance. Les Princes des Étoiles avaient pu noyauter l'organisation; dans ce cas, Attel Malagate serait averti. Et comment sa démarche contribuerait-elle à délivrer Pallis Atwrode? Hildemar Dasce était le ravisseur. Gersen l'avait déclaré dans sa déposition et nul renseignement ne pouvait être plus explicite.

Autre possibilité : la libération de Pallis Atwrode en échange du monde vierge.

Gersen ne serait que trop content d'accepter le marché — mais avec qui traiter? Il lui était toujours impossible d'identifier Attel Malagate. La CCPI avait certainement les moyens de le repérer. Et après? A ce moment, l'échange ne serait plus concevable. Alors se produirait peut-être une exécution discrète — bien qu'en général la CCPI n'intervînt que sur la requête formelle d'une agence gouvernementale autorisée. Et dans l'intervalle, que deviendrait Pallis Atwrode? Elle serait perdue, cette délicieuse petite étincelle de vie, oubliée.

Mais si Gersen connaissait l'identité d'Attel Malagate, son pouvoir en serait considérablement accru. Il pourrait lui faire des offres avec assurance. La logique de la situation semblait pousser Gersen à persévérer dans sa conduite précédente. Mais avec quelle lenteur!

Quoi qu'il en soit, Hildemar Dasce s'était enfui dans l'Au-Delà, et tous les efforts de Gersen ou de la CCPI ne pouvaient rien contre ce fait brutal. Seul Attel Malagate avait le pouvoir d'ordonner son retour. Si Pallis vivait encore...

La situation n'avait pas changé. Comme auparavant, le soin le plus urgent était d'identifier Attel Malagate. Puis conclure un marché — ou faire appel à la force.

Ayant ainsi dégagé la voie à suivre, Gersen se sentit

quelque peu rasséréné. Sa volonté et sa résolution retrouvaient une ardeur nouvelle. La haine lui conférait une sensation enivrante d'omnipotence. Nul ni rien ne pourrait s'opposer à une exaltation aussi intense!

L'heure de son rendez-vous avec Warweave, Kelle et Detteras approchait. Gersen s'habilla, descendit au garage, en sortit son véhicule et se dirigea vers le sud.

Parvenu à l'Université, il gara son glisseur, traversa le quadrilatère pour se rendre au collège de Morphologie Galactique. Espérant contre tout espoir, avec un soudain coup au cœur, il tourna ses yeux vers le bureau de réception. Une autre secrétaire avait pris la place de Pallis. Il s'informa :

— Savez-vous où se trouve Miss Atwrode ce matin?

— Non, monsieur. Elle ne s'est pas présentée au bureau. Peut-être ne se sent-elle pas bien.

Peut-être, en effet, pensa Gersen. Il mentionna son rendez-vous et se dirigea vers le bureau de Rundle Detteras.

Warweave et Kelle s'y trouvaient déjà. Décidément, le trio avait dû parvenir à un accord sur la ligne de conduite commune. Gersen les dévisagea tour à tour. L'une de ses créatures n'avait d'humain que l'apparence. Il avait entrevu celui qu'il cherchait à la taverne de Smade. Il essaya de se rafraîchir la mémoire. Aucune image ne répondit à ses efforts. La peau teinte en noir et le costume exotique constituaient un déguisement qu'il se trouvait incapable de percer. Il observait furtivement les trois personnages. Lequel? Warweave : visage aquilin, yeux froids, arrogant? Kelle : précis, austère, sans humour? Ou Detteras, dont la jovialité semblait factice, contrefaite?

Impossible de fixer son choix. Il se contraignit à prendre une attitude de courtoisie et formula sa première proposition.

— Simplifions les choses, dit-il. Je suis prêt à acheter la grille de décryptage. J'imagine que le collège trouverait bien à employer un millier d'UVS. C'est en tout cas la proposition que je désire vous faire.

Ses adversaires, chacun à sa manière, parurent surpris. Warweave haussa les sourcils, Kelle ouvrit des yeux ronds, Detteras arbora un sourire à demi intrigué.

— Mais, dit Warweave, nous avions compris que vous vouliez vendre ce que vous considérez comme vos droits dans cette affaire.

— Je veux bien vendre, dit Gersen, si vous me faites une proposition intéressante.

— Et qu'appelez-vous une proposition intéressante?

— Un million d'UVS, peut-être deux, peut-être trois, si vous êtes disposés à payer ce prix.

Kelle renâcla. Detteras secoua la tête.

— On ne verse pas des indemnités aussi importantes à des explorateurs, dit Warweave.

— A-t-on établi lequel d'entre vous avait commandité Teehalt? demanda Gersen.

— En quoi cela vous intéresse-t-il? s'enquit Warweave. Il est clair que c'est l'argent qui est votre mobile. Celui qui en a pris l'initiative a, soit tout oublié, soit des raisons pour ne pas se révéler.

— A mon avis, la chose n'a pas d'importance, remarqua Detteras. Maintenant, Mr. Gersen, nous avons décidé de vous faire collectivement une offre — infiniment moins grandiose que les chiffres auxquels vous faites allusion...

— Combien proposez-vous?

— Nous irons peut-être jusqu'à cinq mille UVS.

— Ridicule. Il s'agit d'un monde exceptionnel.

— Qu'en savez-vous? intervint Warweave. Vous n'y avez jamais mis les pieds, de votre propre aveu.

— Et nous pas davantage, ce qui est encore plus important, fit Kelle sèchement.

— Vous avez vu les photographies, dit Gersen.

— C'est bien cela, dit Kelle, et rien de plus. Chacun sait qu'il est très facile de truquer des photographies. Je n'ai pas la moindre intention de vous verser un capital important sur le vu de trois simples photos.

— C'est compréhensible, dit Gersen, mais pour ma part, je n'entends pas bouger le petit doigt si l'on ne me fournit pas de garanties.

— Montrez-vous raisonnable, intervint Detteras avec rudesse. En l'absence du décrypteur, le filament n'est que le plus banal rouleau de fil.

— Ce n'est pas entièrement exact. L'analyse de Fourier pourrait éventuellement percer le code.

— En théorie. C'est un procédé long et onéreux.

— Moins onéreux que d'abandonner le filament pour trois fois rien.

La discussion se poursuivit pendant une heure. On finit par prendre la décision de déposer une caution de 100.000 UVS, la vente ne devenant définitive qu'après vérification d'un certain nombre de caractéristiques physiques du monde en question.

Les parties en présence étant tombées d'accord, on se mit en relation par télévision avec le Bureau des Actes et Contrats d'Avente. Les quatre hommes déclinèrent leur identité de façon officielle et le contrat fut enregistré en bonne et due forme.

Un second appel à la Banque d'Alphanor permit de déposer la caution prévue.

Les trois administrateurs tournèrent ensuite leurs regards vers Gersen qui, à son tour les dévisagea l'un après l'autre.

— Voilà une question réglée. Lequel d'entre vous m'accompagnera pour jeter un coup d'œil sur ce monde?

Les trois personnages échangèrent un regard.

— Personnellement, la chose me conviendrait assez, dit Warweave.

— J'allais justement proposer ma candidature, dit Detteras.

— Dans ce cas, j'aimerais autant vous accompagner, dit Kelle. Il y a un moment que j'ai besoin de changer d'air.

Gersen bouillait de dépit. Il avait espéré qu'Attel Malagate aurait offert ses services — les aurait même imposés — et, dans ce cas, Gersen aurait pu refuser et proposer un autre marché : le filament en échange de Pallis Atwrode. Après tout, quel intérêt présentait pour lui cette nouvelle planète? Il n'avait qu'un but : percer l'identité d'Attel Malagate pour le tuer ensuite.

Mais ce plan était déjoué. Si les trois administrateurs se rendaient à la planète de Teehalt, l'identification d'Attel Malagate naîtrait obligatoirement de circonstances nouvelles. Et, pendant ce temps, le destin de Pallis Atwrode serait de plus en plus compromis.

Gersen souleva une ultime objection.

— Mon vaisseau est bien petit pour loger quatre passagers. Il serait préférable qu'un seul d'entre vous m'accompagnât.

— Pas de problème, affirma Detteras. Nous prendrons un vaisseau du Département. On y est tout à fait à l'aise.

— Autre chose, reprit Gersen brutalement. Un travail des plus urgents m'attend. Je suis navré pour le dérangement, mais nous devons partir aujourd'hui même.

Ses trois interlocuteurs protestèrent en termes vigoureux : chacun d'eux avait des rendez-vous, des affaires et des engagements qui l'immobilisaient pour une semaine au moins.

Gersen se força à la colère.

— Messieurs, vous m'avez fait perdre assez de temps. Ou nous partons aujourd'hui ou je propose le filament ailleurs ou bien même je le détruis. Il observa le visage des trois hommes dans l'espoir de surprendre une déception sur celui de Malagate. Warweave dardait un regard haineux en sa direction, Kelle le toisait comme un gamin désobéissant, Detteras hochait tristement la tête. Un silence s'établit. Qui, en dépit de ses réticences, céderait le premier à son ultimatum?

— Je trouve, dit Warweave d'une voix sans timbre, que vous adoptez une position tyrannique insupportable.

— Bon sang, grommela Detteras. Je ne peux tout remettre en cinq minutes.

— L'un d'entre vous au moins devrait pouvoir se rendre libre, proposa Gersen qui sentait son espoir renaître. Nous ferions une inspection préliminaire suffisante pour que je puisse empocher l'argent et retourner vaquer à mes occupations.

— Homph, grogna Detteras.

— Je pourrais peut-être me libérer, avança Kelle lentement.

— Et moi repousser mes rendez-vous, intervint Warweave, mais non sans une grande gêne.

Detteras leva les bras au ciel, se tourna vers l'écran, appela sa secrétaire.

— Annulez tous mes rendez-vous. Une affaire importante exige ma présence ailleurs.

— Pendant combien de temps, monsieur?

— Je l'ignore, répondit Detteras en foudroyant Gersen du regard. Indéfiniment.

Gersen n'avait cessé d'épier ses trois interlocuteurs. Detteras, seul, avait trahi de l'irritation. Kelle, en apparence, considérait le voyage comme une distraction inattendue et Warweave affichait un détachement total.

Voilà un autre de mes pièges déjoué, songea Gersen en gagnant la porte.

— Nous nous retrouverons à l'astroport. D'accord? Disons : à sept heures. J'apporterai le filament et l'un de vous trois devra se munir de la bande de décryptage.

Les trois hommes acquiescèrent. Gersen sortit.

En revenant à Avente, Gersen réfléchissait à l'avenir. Quel péril devrait-il affronter en face de ces trois personnages, dont l'un était Attel Malagate? Il serait téméraire de ne pas prendre des mesures de sécurité.

Tel était le résultat de l'entraînement procuré par son grand-père qui s'était appliqué, avec méthode, à discipliner les tendances innées de son petit-fils à l'improvisation.

Revenu à l'hôtel, il examina ses effets personnels, opéra un tri, puis fit ses valises et sortit. Après de laborieuses manœuvres destinées à déjouer les espions humains ou électroniques, il se rendit à une succursale du Service de Distribution Incorporé, une de ces nombreuses sociétés qui possédaient des agences sur toutes les parties de l'Œcumène. Dans une cabine spécialement prévue à cet effet, il consulta des catalogues qui lui offraient le choix parmi un million de produits fabriqués par des milliers d'industriels. Ce choix fait, il appuya sur quelques boutons et se rendit aux comptoirs de livraison.

Il attendit trois minutes tandis que la machinerie automatique explorait les étagères du gigantesque entrepôt souterrain, puis le mécanisme que Gersen avait commandé apparut sur un convoyeur. Il l'examina, paya le vendeur, sortit du magasin et prit le métro en direction du port spatial. Il s'enquit de l'emplacement de l'astronef universitaire auprès d'un préposé qui le conduisit sur une terrasse, d'où il lui indiqua une longue rangée de vaisseaux de l'espace.

— Voyez-vous cet appareil rouge et jaune avec sa plate-forme latérale? C'est celui-là. Il prend le départ aujourd'hui, n'est-ce pas?

— En effet. Vers sept heures. Comment le savez-vous?

— L'un des passagers a déjà pris place à bord. J'ai dû l'y conduire.

— Je vois.

Gersen descendit sur le terrain, suivit la piste qui longeait la rangée de vaisseaux. A l'ombre de l'appareil voisin, il examina le vaisseau de l'Université. Il possédait un profil particulier, comme d'ailleurs l'emblème compliqué qui ornait la proue. Cette vue éveilla un souvenir dans sa mémoire. Il avait sûrement vu cet appareil quelque part. Où? Sur la Planète Smade, sur le terrain d'atterrissage entre les montagnes de l'océan noir. C'était le vaisseau dont s'était servi le Prince des Étoiles.

La silhouette d'un homme passa devant l'un des hublots d'observation. Lorsqu'il eut disparu, Gersen franchit l'espace qui séparait les deux astronefs.

Avec prudence, il poussa le panneau d'accès. Celui-ci s'ouvrit devant lui. Il pénétra dans la chambre de transition, jeta un regard par le hublot, dans le salon principal de l'appareil. Suthiro, le Sarkoy, travaillait sur un objet qu'il avait apparemment fixé sous une étagère.

L'être de Gersen s'emplit d'un sentiment qui tenait plus de la férocité que de la joie. Il essaya la porte intérieure. Elle était fermée du dedans. Il existait, néanmoins, un déverrouillage de secours qui libérait la porte lorsque la pression s'équilibrait entre la cabine et l'atmosphère extérieure. Gersen actionna le commutateur de secours. Il y eut un déclic perceptible. Tout était silencieux à l'intérieur du vaisseau. N'osant montrer son visage dans le hublot, Gersen appuya son oreille contre le panneau. En vain. Aucun bruit ne franchissait la structure lamellaire. Il attendit une minute puis se risqua à jeter un nouveau regard discret dans la cabine.

Suthiro n'avait rien entendu. Il s'était déplacé vers l'avant et semblait occupé à lier un objet autour d'une poutrelle. Sa tête massive et aplatie était penchée, ses lèvres déformées par une moue.

Gersen fit glisser le panneau et pénétra dans la cabine, braquant un projac sur la vaste boucle carrée qui constituait le harnais de coureur de steppe de Suthiro.

— Scop Suthiro, dit-il. C'est un plaisir que je n'osais plus espérer.

Les yeux bruns de Suthiro se fermèrent et s'ouvrirent; un large sourire fendit son visage.

— J'attendais justement votre arrivée.

— Vraiment? Et pourquoi donc?

— Je voulais poursuivre notre discussion de la nuit dernière.

— Nous parlions de Godogma, le Marcheur aux Longues Jambes qui porte des Roues aux Pieds. Il est clair qu'il s'est mis en travers de votre route et que vous ne conduirez plus jamais votre chariot dans les steppes de Gorobundur.

Suthiro se figea dans une immobilité de statue, mesurant Gersen du regard.

— Qu'est-il arrivé à la jeune fille? demanda posément Gersen.

Suthiro réfléchit, puis renonça à feindre l'ignorance.

— C'est le Beau Dasce qui l'a enlevée.

— Avec votre complicité. Où est-elle en ce moment?

Suthiro haussa les épaules.

— Il avait reçu l'ordre de la tuer. Pourquoi? Je n'en sais rien. On me confie fort peu de choses. Mais Dasce ne la tuera pas avant d'avoir tiré d'elle tout le parti possible. C'est un *khet.*

Cette épithète mettait Dasce au rang d'un certain putois sarkovien à la fécondité proverbiale.

— Il a quitté Alphanor?

— Certainement.

Suthiro paraissait surpris de la naïveté de Gersen.

— Il a probablement pris la direction de sa petite planète personnelle.

Il fit un mouvement nerveux qui le rapprocha d'une dizaine de centimètres de Gersen.

— Où se trouve cette planète?

— Ah! Vous pensez peut-être qu'il m'a confié son secret... ou à quelqu'un d'autre?

— Dans ce cas... Mais je dois vous demander tout d'abord de reculer.

— Bah, dit Suthiro avec pétulance. Je peux vous empoisonner quand je voudrai.

Gersen laissa un pâle sourire errer sur ses lèvres.

— Je vous ai déjà empoisonné.

Suthiro leva les sourcils.

— Quand? Vous ne vous êtes jamais approché de moi.

— La nuit dernière. Je vous ai touché lorsque je vous ai tendu le papier. Regardez le dos de votre main droite.

Suthiro regarda avec une horreur lente la cicatrice rouge.

— Du cluthe!

Gersen hocha la tête.

— Du cluthe, en effet.

— Mais pourquoi avez-vous fait cela?

— C'est tout ce que vous méritez.

Suthiro bondit comme un léopard; le projac que Gersen tenait à la main libéra de l'énergie sous la forme d'un rayon bleuâtre. Suthiro chut sur le pont où il demeura étendu, les yeux fixés sur Gersen.

— Je préfère encore le plasma au cluthe, murmura-t-il dans un souffle rauque.

— Vous mourrez par le cluthe, dit Gersen.

Suthiro secoua la tête.

— Pas tant que je disposerai de mes propres poisons.

— Godogma vous appelle. Ressentez-vous de la haine pour Hildemar Dasce?

— Oui, je hais Dasce.

Suthiro semblait surpris, comme si l'on pouvait ne pas haïr Dasce.

— Je voudrais tuer Dasce.

— Vous n'êtes pas le seul.

— Où se trouve sa planète?

— Dans l'Au-Delà. Je n'en sais pas davantage.

— Quand deviez-vous le revoir?

— Jamais. Je meurs, et Dasce descendra plus bas que moi aux enfers.

— Mais si vous viviez?

— Jamais. Je devais rentrer à Sarkovy.

— Qui sait où se trouve cette planète?

— Attel Malagate... peut-être.

— Nul autre?... Tristano?

— Non. Dasce parle peu. Cette planète ne comporte pas d'atmosphère. Suthiro se recroquevilla. Je sens déjà la peau qui me démange.

— Écoutez, Suthiro. Vous haïssez Dasce, n'est-ce pas? Et vous me haïssez, parce que je vous ai empoisonné. Pensez-y. Vous, un Sarkoy, empoisonné par moi, et avec une telle facilité.

— Je vous hais, oui, murmura Suthiro.

— Alors dites-moi comment faire pour retrouver Dasce. L'un de nous doit tuer l'autre. Cette mort sera votre œuvre.

Suthiro agita sa tête couverte d'une épaisse toison avec une fureur désolée.

— Mais je ne peux pas vous dire ce que j'ignore.

— Que vous a-t-il dit de cette planète? En parle-t-il même?

— Il se vante. Dasce n'est qu'un misérable prétentieux. Elle est peu hospitalière, seul un homme comme lui pouvait s'en accommoder. Il vit dans le cratère d'un volcan éteint.

— Et l'astre?

Suthiro se ramassa encore sur lui-même.

— Il est pâle. Oui, il doit être rouge. On a demandé à Dasce pourquoi il se teignait le visage en rouge. Pour imiter son soleil qui est de la même couleur et guère plus grand.

— Une naine rouge, réfléchit Gersen.

— C'est possible.

— Réfléchissez! Quoi encore? Quelle direction? Quelle constellation? Quel secteur?

— Il n'a rien dit, et maintenant... je me désintéresse de tout cela. Je ne pense plus qu'à Godogma. Retirez-vous que je puisse me tuer décemment.

Gersen observait la forme accroupie sans émotion.

— Que faisiez-vous ici, dans ce vaisseau?

Suthiro regarda sa main avec curiosité, puis se frotta la poitrine.

— Je la sens qui bouge. Puis il examina Gersen. Eh bien, puisque vous voulez assister à ma mort, regardez.

Il porta les mains à son cou, serra les doigts. Les yeux bruns s'écarquillèrent.

Encore trente secondes.

— Qui peut connaître la situation de la planète de Dasce? A-t-il des amis?

— Des amis?

Dans les dernières secondes de son existence, Suthiro trouva la force de railler.

— Où loge-t-il à Avente?

— Au nord de Sailmaker Beach. Dans une vieille cabane sur les hauteurs de Melnoy.

— Qui est Attel Malagate? Quel est son nom?

Suthiro parla dans un souffle.

— Un Prince des Étoiles n'a pas besoin de nom.

— Sous quel nom est-il connu sur Alphanor?

Les lèvres épaisses s'ouvrirent et se fermèrent. Quelques mots sortirent péniblement de la gorge contractée.

— Vous m'avez tué. Si Dasce échoue, que ce soit Attel Malagate qui vous tue à votre tour.

Les paupières frissonnèrent. Suthiro se renversa en arrière, se raidit, puis ne fit plus aucun mouvement.

Gersen regarda le corps. Il en fit le tour, l'étudia. Les Sarkoys étaient bien connus pour leur traîtrise. Du bout de l'orteil, il essaya de le retourner la face contre le plancher. Rapide comme la détente du serpent, le bras jaillit, les ongles en avant. Gersen fit un bond en arrière; le projac émit un nouveau rayon. Cette fois, Suthiro était bien mort.

Gersen fouilla le corps. Dans une poche, il découvrit une somme d'argent qu'il transféra dans son propre portefeuille. Il y avait une trousse à poisons qu'il examina, mais faute d'en comprendre la subtile nomenclature, il la rejeta, de même qu'un appareil pas plus large que le pouce, destiné à lancer des aiguilles de cristal infectées de poison ou de virus par le moyen d'un jet d'air comprimé. Un homme pouvait se trouver contaminé à quinze mètres et n'en être averti que par la plus légère des démangeaisons. Suthiro portait un projac identique au sein, trois stylets et un paquet de bonbons aux fruits dont l'ingestion était probablement mortelle.

Gersen replaça les armes à l'endroit où il les avait trouvées, traîna le corps jusqu'à un réduit qui servait à l'éjection des immondices et l'y enferma à l'abri des regards. Une fois dans l'espace, il suffirait de presser un bouton pour se débarrasser à jamais de Suthiro le Sarkoy. Il se préoccupa ensuite de découvrir ce que l'empoisonneur préparait avec tant de soin, au moment où il avait pénétré dans le vaisseau.

Sous l'étagère, il découvrit un petit contacteur connecté à une série de fils qui le menèrent à un relais, lequel à son tour commandait l'ouverture de quatre réservoirs à gaz, placés à des endroits différents de la cabine où ils étaient soigneusement dissimulés. Il démonta l'un de ces réservoirs et y découvrit une étiquette imprimée en rudes caractères sarkoys. *Narcotique instantané TIRON-VIRASKO — soporifique inodore ne laissant pratiquement aucune trace.*

Il apparaissait qu'Attel Malagate avait préparé le terrain avec non moins de méthode que Gersen.

Ce dernier emporta les quatre réservoirs jusqu'à l'écoutille d'accès, les vida de leur contenu et les replaça à l'endroit exact où il les avait trouvés. Il laissa en place le contacteur posé par Suthiro, mais en changea la fonction.

Cela fait, Gersen déballa ses propres batteries: le mouvement d'horlogerie qu'il avait acheté dans le magasin et une grenade provenant de son arsenal personnel.

Après un instant de réflexion, il disposa l'appareillage dans la chambre du réacteur, à l'endroit où il produirait le maximum de dommages, et où il pourrait, en même temps, le retrouver en cas de besoin.

Il jeta un coup d'œil sur sa montre. Il était une heure. Il se demanda s'il aurait le temps de terminer tout ce qui lui restait à faire. Il quitta le vaisseau en refermant la porte à clé derrière lui. Revenu au terminus, il prit le métro jusqu'à Sailmaker Beach.

Derrière la gare, il choisit un scooter monoplace de location, à équilibrage gyroscopique, muni d'une carrosserie transparente. Deux UVS, glissés dans la fente prévue à cet effet, lui en assuraient la disposition pendant une heure. Il prit place à bord de l'engin et se dirigea vers le nord, à travers les rues bruyantes de Sailmaker Beach.

La cité possédait une atmosphère tout à fait particulière. Avente, ville cosmopolite et raffinée, se distinguait à peine de cinquante autres agglomérations de l'Œcumène. Sailmaker Beach ne ressemblait à aucune autre localité de l'univers connu. Les maisons étaient basses, munies de murs épais, construits pour la plupart de coquina pilé incorporé au ciment et recouverts d'un enduit blanc ou coloré. Dans la lumière éclatante de Rigel, même les tons pastel prenaient une valeur intense. C'est probablement pour cette raison que le ton lavande, le bleu pâle et le blanc connaissaient une telle faveur.

Le district était peuplé de gens venus de tous les horizons qui formaient des colonies possédant chacune ses propres spécialités, ses propres restaurants, ses propres magasins d'alimentation caractéristiques. En dépit de leurs origines disparates, de leurs mœurs et de leurs physionomies différentes, les habitants étaient uniformément volubiles, mi-méfiants, mi-naïfs, méprisant les étrangers et se méprisant entre eux. Ils vivaient du tourisme, exerçant les professions de gens de maison, de journaliers, de petits boutiquiers, d'artisans, d'amuseurs ou de musiciens dans les innombrables tavernes, maisons de tolérance et restaurants.

Au nord, s'élevaient les hauteurs de Melnoy. A cet endroit, l'architecture affectait un autre style. C'étaient des immeubles élevés, d'une hardiesse quasi gothique, dont chacun semblait guigner, par-dessus l'épaule de l'autre, Sailmaker Beach et ses constructions plus conventionnelles. C'est sur les hauteurs de Melnoy, avait dit Suthiro, que logeait Hildemar Dasce.

Autant que le temps et son impatience le lui permettaient, Gersen essaya méthodiquement de glaner des renseignements à son sujet.

Cependant l'annuaire de Melnoy ne faisait nulle mention de Hildemar Dasce — ce qui n'était pas pour étonner Gersen. L'homme ne cherchait pas à attirer l'attention et tenait à passer pour un citoyen moyen.

Gersen fit le tour des tavernes, décrivant l'homme de

haute taille, au nez coupé, à la peau rouge, aux joues bleues. Il rencontra bientôt des gens qui l'avaient remarqué, mais ce n'est qu'à la quatrième taverne qu'il entra en contact avec des personnes qui lui avaient effectivement adressé la parole.

— Vous voulez parler du Beau Dasce, dit le barman, personnage grassouillet à la peau orangée, aux cheveux roux finement bouclés. Gersen contemplait, fasciné, la chaîne taillée dans de la turquoise qui unissait sa narine gauche au lobe de son oreille gauche. Le Beau Dasce entre souvent pour boire un verre. Il se dit homme de l'espace, mais cela je ne saurais l'affirmer. Je me suis souvent proclamé un grand amoureux. Nous mentons tous, autant et plus qu'il n'est nécessaire. La légende veut que Ponce Pilate ait demandé : « Qu'est-ce que la vérité? » Moi, je réponds : « Un agrément aussi répandu que l'air et que nous dissimulons comme une pierre précieuse. »

Le barman paraissait enclin à se lancer dans un exposé philosophique. Gersen le ramena au sujet.

— Où loge le Beau Dasce?

— Sur les hauteurs, quelque part derrière. Il fit un geste vague. Je ne peux vous en dire plus car je n'en sais pas plus.

Gersen conduisit son véhicule par les sentiers abrupts et les méandres des hauteurs de Melnoy. Il poursuivit la série de ses fastidieuses questions dans les tavernes, les boutiques, et obtint finalement des renseignements précis sur la retraite de Dasce. Parvenu dans une petite route non pavée qui menait au quartier des grands appartements, Gersen contourna une colline rocheuse abrupte, sur laquelle des bandes d'enfants grimpaient comme des chèvres. Au bout de la route s'élevait un pavillon isolé, de construction rustique mais solide. Il commandait une vue magnifique sur la mer, Sailmaker Beach, la grande esplanade qui se perdait au lointain vers le sud et, à peine perceptibles dans la brume, les tours d'habitation de Remo.

Gersen s'approcha du pavillon avec précautions, et pourtant quelque chose d'indéfinissable dans son aspect l'avertissait qu'il était vide. Il en fit le tour, regardant par les fenêtres, sans rien voir d'intéressant. Après un bref coup d'œil jeté à droite et à gauche, il brisa la vitre d'une fenêtre en retrait et, avec précaution, au cas où Dasce eût disposé des pièges, il pénétra dans la maison.

L'odeur de Dasce régnait dans les lieux; une odeur légèrement aigre, combinée avec une atmosphère plus subtile que l'odeur, qui évoquait une puissance fastueuse, une pompe quelque peu barbare. La maison comprenait quatre pièces selon la distribution habituelle. Gersen opéra quelques rapides investigations et concentra son attention sur le salon.

Le plafond était de plâtre moulé, peint en jaune pâle. Le parquet était recouvert d'un tapis de fibre d'un jaune verdâtre; quant aux murs, ils étaient dissimulés sous un damier de carreaux bruns, en bois dur. A l'extrémité opposée, Dasce avait disposé une table et une lourde chaise. Le mur au-dessus de la table de travail était tapissé de douzaines de photographies : Dasce dans toutes les poses imaginables, dans une variété de décors. Il y avait Dasce en gros plan impressionnant, révélant chaque pore de sa peau, le cartilage sectionné de son nez, ses yeux bleus sans paupières; Dasce en costume de lanceur de flammes Bernal — cuirassé de plaques vernies noires, hérissé d'antennes, de croissants, de cornes qui le faisaient ressembler à quelque scarabée gigantesque; Dasce dans un palanquin de rotin jaune, tendu de soie saumon, porté par six jeunes filles aux cheveux noirs.

Sur le coin du mur, s'étalait une série de photos représentant un homme qui n'était pas Dasce. Apparemment, elles avaient été prises au cours d'une période qui s'échelonnait sur plusieurs années. La première montrait le visage d'un homme de trente ans; une figure de bouledogue, résolu, satisfait de lui-même, serein et confiant. La physionomie avait changé de façon alarmante dans la seconde photographie. Les joues étaient creuses, les yeux sortaient des orbites, les nerfs temporaux apparaissaient dans leur réseau compliqué. A mesure que l'on avançait dans l'ordre des épreuves, le visage devenait de plus en plus hagard... Gersen examina une rangée de livres : de la pornographie d'une nature infantile, des traités sur les armes, un catalogue des poisons sarkoys, une édition récente du *Manuel des Planètes,* une table des matières se rapportant à la micro-bibliothèque de Dasce, un *Répertoire des Etoiles.*

La table de travail, elle-même, était extrêmement belle : les panneaux latéraux en bois foncé étaient sculptés et représentaient des griffons et des serpents ailés dans une jungle; la surface supérieure était composée d'incrustations d'opales polies. Gersen examina les tiroirs et les compartiments. Ils étaient complètement vides. Gersen se redressa, sentant monter en lui une vague de désespoir. Il consulta sa montre. Dans quatre heures, il devrait rejoindre Warweave, Kelle et Detteras au port spatial. Il se plaça au centre de la pièce, étudiant chaque article du mobilier. Un indice sur la planète secrète devait bien se trouver quelque part; comment le reconnaître?

Il se dirigea vers l'étagère à livres, saisit le *Répertoire des Etoiles,* examina la reliure. Si la naine rouge de Dasce était répertoriée, il l'avait certainement trouvée dans le volume. S'il l'avait consulté à plusieurs reprises, le nom de l'étoile en question devait être marqué d'une façon quelconque, par un pli, une tache, une décoloration. Aucune marque de ce genre n'était visible. Le jeune homme saisit le volume par ses deux couvertures et le laissa pendre. Au tiers du livre, les pages se séparèrent de l'épaisseur d'un cheveu. Gersen ouvrit le volume à cet endroit, suivit la liste. Chaque étoile — la page en comportait deux cents — était décrite suivant dix caractéristiques : numéro de répertoire, situation de la constellation par rapport à la Terre, type stellaire, renseignements planétaires, masse, mouvement, diamètre, densité, coordonnées de repérage, remarques.

Les naines rouges se trouvaient au nombre de vingt-trois. Huit d'entre elles étaient doubles. Onze demeuraient solitaires dans l'espace, faibles étincelles perdues dans l'immensité. Quatre comportaient des planètes, au nombre de huit en tout. Ce furent ces quatre étoiles que Gersen étudia avec un soin particulier. A contrecœur, il dut s'avouer qu'aucune de ces planètes ne pouvait être considérée comme habitable. Cinq d'entre elles étaient trop chaudes, une autre complètement couverte de méthane liquide, deux possédaient une masse trop grande pour que l'homme pût y supporter la pesanteur. Gersen était profondément déçu. Rien. Pourtant la page avait certainement été consultée fiévreusement à une certaine époque; il devait y avoir là des renseignements dont Dasce avait eu besoin. Gersen arracha la page et la glissa dans sa poche.

La porte d'entrée s'ouvrit; Gersen fit volte-face. Sur le seuil, se tenait un homme d'âge mûr dont la taille n'excédait pas celle d'un garçon de dix ans. Il avait une tête ronde, les traits épais, de longues oreilles pointues, une bouche lippue et protubérante. C'était un Troll venu des Highlands de Krokinole, l'une des races les plus spécialisées de la Constellation. Il s'avança et demanda d'une voix où ne perçait nulle peur :

— Qui êtes-vous? Que faites-vous dans la maison de Mr. Spock? Vous fouillez dans ses affaires? Vous êtes un cambrioleur?

Gersen remit en place le livre qu'il tenait à la main et le Troll reprit :

— C'est l'un de ses volumes les plus précieux. Ça ne lui plairait sûrement pas de vous voir y mettre vos doigts sales. Je vais appeler la police.

— Venez ici, dit Gersen. Qui êtes-vous?

— Je suis le gardien, ne vous en déplaise. C'est d'ailleurs ma terre, ma maison. Mr. Spock est mon locataire.

— Mr. Spock est un criminel! dit Gersen.

— Si c'est le cas, c'est la preuve que les voleurs n'ont pas d'honneur.

— Je ne suis pas un voleur, dit Gersen doucement. La CCPI est aux trousses de votre locataire.

— Vous êtes de la CCPI? Montrez-moi votre carte.

Présumant qu'un Troll de Krokinole ne savait pas reconnaître une carte de la CCPI, Gersen exhiba une feuille transparente portant sa photographie sous une étoile d'or à sept branches. Il la leva jusqu'à son front et elle brilla d'un éclat factice qui impressionna le Troll. Instantanément, il se montra d'une cordialité pleine d'effusions.

— Je pensais bien que Mr. Spock ne valait pas grand-chose. Il finira mal, vous pouvez me croire! Qu'a-t-il fait à présent?

— Rapt, assassinat.

— Ce sont de mauvaises actions. Il faudra que je fasse la morale à Mr. Spock.

— C'est un méchant homme. Depuis combien de temps vit-il ici?

— Plusieurs années.

— Vous devez bien le connaître?

— En effet. Qui boirait avec lui, alors que chacun se détourne de lui comme s'il sentait la peste? Moi! Je bois avec lui, et souvent. J'ai pitié de lui.

— Alors vous êtes l'ami de Spock?

Les traits épais du Troll se contractèrent et se déformèrent pour exprimer successivement la bienveillance, l'avidité, la vertueuse indignation :

— Moi? Certainement pas. Ai-je une tête à fréquenter les criminels?

— Mais, voyons, vous avez certainement entendu Spock parler.

— Ça, oui! Et les histoires qu'il peut raconter! Le Troll roula des yeux vers le plafond. Quant à le croire, c'est une autre histoire!

— L'avez-vous jamais entendu parler d'une planète secrète où il s'est ménagé une cachette?

— Sans cesse. Il l'appelle le Ravin de l'Ongle du Pouce! Pourquoi? Il secoue toujours la tête lorsqu'on lui en demande la raison. C'est un homme renfermé, Mr. Spock, en dépit de ses rodomontades.

— Qu'a-t-il dit encore de cette planète?

Le Troll haussa les épaules.

— Le soleil est rouge sang et suffit à peine pour lui fournir le strict minimum de chaleur.

— Et où se trouve ce monde?

— Là-dessus, il est muet comme la tombe. Il n'y a pas moyen de lui tirer un mot. J'y ai pensé bien des fois; supposez que Mr. Spock vienne à tomber malade sur son monde perdu, comment ferait-on pour prévenir ses amis?

Gersen sourit :

— Et cet argument ne l'a jamais convaincu de se confier à vous?

— Jamais. Pourquoi voulez-vous le savoir?

— Il a enlevé une innocente jeune fille et l'a emmenée dans sa planète.

— L'ignoble individu!

Le Troll secoua la tête avec un sentiment de compassion dont n'était pas exclue une certaine envie.

— Désormais, je refuse de lui louer ma terre et ma maison.

— Réfléchissez. Que vous a-t-il dit concernant cette planète?

Le Troll plissa les yeux.

— Le Ravin de l'Ongle du Pouce. La Planète est plus grosse que son propre soleil. C'est stupéfiant, non?

— S'il s'agissait d'une naine rouge, ce n'est pas tellement étonnant, après tout.

— Et les volcans! Il y a des volcans en activité sur ce monde.

— Des volcans? C'est bizarre. Une planète naine rouge ne devrait pas posséder de volcans. Elle est trop vieille.

— Vieille ou non, les volcans sont bien en activité. Mr. Spock vit dans un cratère éteint d'où il peut voir toute une rangée de volcans qui fument à l'horizon.

— Quoi d'autre?

— Je ne vois rien.

— Combien de temps faut-il pour se rendre sur cette planète?

— Cela, je ne peux pas le dire.

— Vous n'avez jamais rencontré aucun de ses amis?

— Des relations de brasserie. Rien de plus. Pardon. Il y en a un. Il y a moins d'un an — un Terrien, un gros homme cruel.

— Tristano?

— J'ignore tout de son nom. Mr. Spock rentrait à peine d'un voyage d'affaires dans l'Au-Delà — une planète appelée Nouvelle Espérance. La connaissez-vous?

— Je n'y suis jamais allé.

— Ni moi, bien que j'aie roulé ma bosse un peu

partout. Mais le jour même de son retour, nous étions dans le saloon de Gelperino, et voilà qu'entre le Terrien. « Où avez-vous été? » demande-t-il. « Je suis ici depuis dix jours et nous avions quitté Nouvelle Espérance ensemble. » Mr. Spock le toise de toute sa hauteur : « Si vous voulez tout savoir, j'ai fait une escale d'une demi-journée dans ma petite cachette. Des obligations spéciales y requièrent ma présence, vous le savez bien. » Et le Terrien n'ajouta plus un mot.

Gersen réfléchit un moment et, soudain, il éprouva le besoin de partir au plus vite.

— Que savez-vous d'autre sur Spock?

— Rien de plus.

Gersen procéda à un nouvel examen de la maison, sous les yeux inquisiteurs du Troll, puis il s'en fut, sans s'occuper des réclamations en dommages-intérêts du nain qui venait de découvrir la fenêtre brisée. Il revint en suivant les avenues sinueuses juqu'à Avente, après avoir traversé Sailmaker Beach. Puis il se rendit au Service Consultatif Technique Universel et s'adressa à un préposé.

— Je voudrais que vous me donniez la solution du problème suivant, dit-il. Deux vaisseaux quittent la planète Nouvelle Espérance ensemble. L'un se dirige directement sur Avente, l'autre se rend sur le satellite d'une naine rouge, y passe une demi-journée, puis arrive dix jours plus tard à Avente. Je voudrais la liste des naines rouges qu'il aurait pu atteindre en ces neuf jours et demi.

Le préposé réfléchit.

— Nous nous trouvons devant un ellipsoïde, dont les foyers sont Nouvelle Espérance et Alphanor. Nous devons prendre en considération les temps de décélération et d'accélération, les durées des différentes périodes d'approche et des manœuvres d'atterrissage. Nous en déduirons le lieu des probabilités maxima et les régions de probabilités décroissantes.

— Établissez l'énoncé du problème de telle sorte que la machine donne l'ordre des étoiles dans l'ordre des probabilités.

— Dans quelles limites?

— Oh! dans le rapport d'une chance sur cinquante. Ajoutez-y les constantes de ces étoiles telles qu'elles sont données dans ce répertoire.

— Très bien, monsieur. Ce sera vingt-cinq UVS.

Gersen versa la somme demandée; l'opérateur transcrivit le problème en langage précis, parla dans un microphone. Trente secondes plus tard, une feuille de papier apparut dans une fente. L'opérateur y jeta un coup d'œil, y signa son nom et la tendit à Gersen, sans proférer une parole.

Quarante-trois étoiles se trouvaient énumérées sur la liste. Gersen la compara à la page qu'il avait arrachée au *Répertoire* de Dasce. Une seule étoile apparaissait sur les deux listes. Il fronça les sourcils, éberlué. L'étoile en question était double et ne possédait pas de planète. C'était... Bien sûr! pensa Gersen, comprenant soudain. Des volcans en activité ne pouvaient exister sur le satellite d'une naine rouge! Le monde de Dasce n'était pas une planète mais une étoile obscure : une surface morte qui, peut-être, retenait encore un reste de chaleur. Gersen avait entendu parler de semblables mondes. Ils étaient généralement trop denses, d'une masse trop importante pour permettre à l'homme d'y vivre, mais si une petite étoile, au cours de deux ou trois milliards d'années, rejetait suffisamment de scories pour construire autour d'elle une épaisse croûte de matériaux légers, l'attraction gravitationnelle pouvait fort bien se trouver réduite à un chiffre supportable.

A sept heures moins dix, Warweare, Kelle et Detteras firent leur apparition sur le port, revêtus de combinaisons spatiales et la peau teinte de la couleur bleu brunâtre qui, selon l'ancienne croyance populaire, protégeait l'organisme de certains mystérieux effluves de Jarnell et qui était devenue, au cours des années, partie intégrante de l'accoutrement du voyageur de l'espace. Ils firent halte au milieu du hall, scrutèrent les alentours, aperçurent Gersen et se portèrent à sa rencontre.

Celui-ci les accueillit avec un sourire ambigu.

— Il me semble que nous sommes tous prêts à partir. Je vous remercie, messieurs, de votre exactitude.

— Exactitude qui nous a coûté, déclara Kelle.

— Le moment venu, la raison de cette précipitation vous apparaîtra clairement, dit Gersen. Vos bagages?

— On les dirige vers l'astronef, dit Detteras.

— Lorsqu'ils seront embarqués, nous prendrons le départ. Possédons-nous les autorisations nécessaires?

— Tout est réglé, répondit Warweave.

Le petit groupe quitta le bâtiment et se dirigea vers les quais de garage, dont s'approchait déjà une grue automotrice.

Les bagages, qui se composaient de quatre grandes malles et d'autant de valises plus petites, furent rassemblés auprès du vaisseau.

Warweave ouvrit les écoutilles d'accès; Gersen et Kelle transportèrent les malles dans la cabine. Detteras, payant d'audace, fit une tentative pour prendre le commandement.

— Nous disposons de quatre compartiments à bord; Kelle, vous vous installerez dans le tribord arrière; Warweave dans le babord avant; Gersen dans le tribord avant. Nous pourrions aussi bien retirer nos bagages des cabines.

— Un moment, dit Gersen, il est un problème qu'il importe de résoudre avant toute chose.

L'épais visage de Detteras se rembrunit.

— Comment?

— Notre groupe se compose au moins de deux parties intéressées. Aucune d'elles ne fait confiance à l'autre. Nous allons nous rendre dans l'Au-Delà, c'est-à-dire dans une zone où n'existe plus aucune législation. Conscients de ce fait, nous nous sommes tous munis d'armes. Je propose que nous enfermions ces armes dans le cabinet de sécurité; que nous déballions nos bagages et, si nécessaire, que nous nous mettions nus pour faire la preuve que toutes les armes ont été déclarées. Puisque vous êtes trois contre un, l'avantage, s'il existe, se trouvera de votre côté.

— C'est là un procédé extrêmement humiliant, gronda Detteras.

Plus conciliant, Kelle intervint.

— Gersen ne fait qu'exprimer la réalité des faits. En un mot, je suis de son avis. Et cela d'autant plus que je n'ai pas apporté d'armes.

Warweave fit un geste d'indifférence.

— Fouillez-moi, fouillez mes bagages; mais, au nom du ciel, mettons-nous en route.

Detteras secoua la tête, ouvrit sa malle, en retira un projac de très haute puissance, le jeta sur la table.

— Je conserve des doutes sur la sagesse de cette mesure. Personnellement, je n'ai rien contre Mr. Gersen — mais supposons qu'il nous emmène vers une planète lointaine où l'attendent des complices, que ceux-ci s'emparent de nous et ne nous remettent en liberté que contre une coquette rançon? On a vu des choses encore plus étranges.

Gersen se mit à rire.

— Si vous vous croyez vraiment en danger, il ne tient qu'à vous de rester ici. Il m'importe peu que vous veniez tous ou un seul d'entre vous.

— Que faites-vous de vos propres armes? demanda sèchement Warweave.

Gersen apporta son arsenal : une paire de stylets, un projac, une dague et quatre grenades de la taille de marrons.

— Ma parole, dit Detteras, vous n'y allez pas de main morte.

— C'est qu'il m'arrive d'en avoir besoin, dit Gersen. Maintenant, les bagages...

Toutes les armes furent enfermées dans un cabinet dont l'ouverture était commandée par quatre serrures, dont chacun des hommes garda une clé.

La grue s'approcha du vaisseau; le bras vira lentement. Des crochets s'engagèrent dans des étriers; l'appareil tressaillit, se trouva suspendu, fut transporté sur le terrain.

Detteras s'approcha du tableau de commande principal, enfonça un bouton qui fit allumer une rangée de lampes vertes.

— Tout est paré! dit-il. Les réservoirs sont pleins, la machinerie en bon état de fonctionnement.

Kelle s'éclaircit la gorge, apporta une caissette de bois élégamment garnie de cuir rouge.

— Voici l'un des rationalisateurs du Département. Vous détenez le filament de Mr. Teehalt, je présume?

— Oui, dit Gersen, j'ai le filament sur moi. Mais rien ne presse. Avant de faire intervenir le moniteur, nous devons atteindre le point zéro, qui est encore fort éloigné.

— Très bien, dit Detteras. Quelles sont les coordonnées?

Gersen exhiba un papier.

— Si vous voulez bien me permettre, dit-il poliment, je vais les enregistrer sur le pilote automatique.

Detteras se leva de mauvaise grâce.

— Il me semble que nous n'avons plus aucune raison de nous méfier les uns des autres. Nous nous sommes débarrassés de toutes nos armes, tous les problèmes ont été réglés. Il ne nous reste donc plus qu'à nous détendre et à nous conduire amicalement les uns envers les autres.

— Avec plaisir, dit Gersen.

Le vaisseau fut déposé sur l'aire de lancement, la grue se dégagea et prit du champ. Le petit groupe s'installa dans les sièges de départ; Detteras déclencha la séquence de lancement automatique. Il y eut une secousse, une sensation d'accélération, et bientôt Alphanor rétrécit à vue d'œil derrière eux.

X

Extrait du chapitre *Attel Malagate le Monstre,* dans le livre *Les Princes-Démons,* par Caril Carphen, publié par la Presse Élucidarienne, New Wexford, Aloysius, Vega :

« ...Au cours de ce rapide examen, nous avons constaté à quel point chaque Prince-Démon est unique, hautement individualisé et agit selon un style caractéristique.

» Cela est d'autant plus remarquable que l'échelle des crimes de base est limitée et que les doigts suffisent pour les énumérer. Il y a le crime ayant l'intérêt pour mobile : extorsion, vol (qui comprend la piraterie et les raids effectués sur les communautés de colons), escroquerie sous tous ses aspects. Il y a l'esclavagisme dans toutes ses manifestations : capture, vente et usage des esclaves. Le meurtre, la coercition et la torture ne sont que des pratiques accessoires à ces activités. Les diverses catégories de dépravation personnelle sont également limitées et peuvent être classées sous les rubriques : débauche sexuelle, sadisme, actes de violence provoqués par le dépit, le désir de vengeance ou le vandalisme.

» Ce catalogue est sans doute incomplet, et peut-être même illogique, mais je vous le donne au fil de la plume. Je voulais simplement en mettre en évidence la pauvreté fondamentale afin d'illustrer le point suivant : chacun des Princes-Démons, en se livrant à l'une ou l'autre de ces atrocités, lui imprime son propre style au point qu'il paraît avoir inventé un crime nouveau.

» Dans les précédents chapitres, nous avons examiné le maniaque Kokkor Hekkus et ses théories de l'épouvante absolue; l'aberrant Viole Falushe, épicurien, sybarite, amateur de cénesthésie.

» Tout différent est Attel Malagate le Monstre, du point de vue du style et de la méthode. Plutôt que de se magnifier, de projeter un contour macroscopique de sa personne et de ses actes dans le but d'hypnotiser ses victimes et d'intimider ses ennemis, Attel Malagate préfère le procédé non moins impressionnant du silence, de l'invisibilité, de l'incognito impersonnel. On ne connaît pas de description de lui. « Malagate » est sans aucun doute un surnom emprunté à quelque légende épique de la Terre antique. Il agit avec une cruauté implacable mais jamais morbide, et s'il entretient un palais pour ses plaisirs personnels, à la manière de Viole Falushe ou de Howard Alan Treesong, le secret en est bien gardé.

» Les activités de Malagate sont, au premier chef, l'extorsion et l'esclavagisme. Au Conclave de 1500, qui se tint sur la Planète Smade, auquel prirent part cinq Princes-Démons et toute une série de personnages de moindre importance, dans le but de définir et de circonscrire leurs activités, Malagate se vit allouer ce secteur de l'Au-Delà qui se concentre sur l'essaim de Ferrier. Il comprenait une centaine de colonies, de villes et banlieues, sur lesquelles Malagate étend maintenant son pouvoir. Il se heurte rarement à des protestations ou à des plaintes, car il lui suffit de citer l'exemple de Mount Pleasant, une ville de 5 000 habitants, qui refusa de se plier à ses exigences. Au cours de l'année 1499, il invita quatre autres Princes à se joindre à lui. La junte fondit sur la ville, captura la population tout entière et la réduisit en esclavage.

» Sur la Planète Grabborne, il dirige une plantation d'environ trente mille kilomètres carrés, avec une population d'esclaves évaluée à vingt mille âmes. On y trouve des fermes merveilleusement cultivées, des usines qui construisent des meubles d'une facture exquise, des instruments de musique et des mécanismes électroniques. Les esclaves ne sont pas ouvertement maltraités mais les heures de travail sont longues, les dortoirs insalubres et les commodités sociales réduites au strict minimum. Les punitions consistent en un stage dans les mines, auquel peu survivent.

» L'intérêt que porte Malagate à ses affaires est en général assez diffus et dépourvu de toute passion, mais il lui arrive fréquemment de le concentrer sur un individu. La Planète Caro se trouve dans un secteur sur lequel aucun autre Prince-Démon n'a de prétentions. Le maire de la ville de Desde, Janous Paradiglia, se fit le propagandiste et l'avocat d'une milice et d'une marine spatiales susceptibles d'assurer la protection de Caro et de détruire Malagate ou tout autre Prince-Démon qui s'aviserait de venir attaquer la planète. Malagate s'empara de Janous Paradiglia, le tortura pendant trente-neuf jours, en télévisant la séance entière aux cités de Caro, à toutes les planètes de son secteur, et, par un acte de bravade dont il n'était guère coutumier, à la Constellation de Rigel.

» Comme nous l'avons déjà noté, ses appétits personnels nous sont inconnus. Selon une rumeur qui court avec insistance, il paraîtrait que Malagate se plaît à livrer des combats au sabre, genre gladiateurs, avec ses ennemis les plus habiles. On prétend qu'il fait montre d'une force et d'une habileté surhumaines, et qu'il semble prendre un plaisir particulier à hacher lentement ses adversaires en petits morceaux.

» Comme certains autres Princes-Démons, Malagate s'assure une réputation de respectabilité et de discrétion dans les territoires de l'Œcumène et, si ce que l'on murmure est exact, il occupe une situation prestigieuse dans l'un des mondes les plus importants de l'Univers... »

Alphanor ne fut bientôt plus qu'un disque pâle et flou, perdu dans les étoiles. A l'intérieur du vaisseau, les quatre hommes avaient déjà adopté le rythme de vie serein qui convient aux voyages de longue durée. Kelle et Warweave avaient entrepris une paisible conversation. Detteras, installé devant un hublot, contemplait l'immensité criblée d'étoiles. Quant à Gersen, il observait ses compagnons.

L'un des membres de ce trio n'était qu'un pseudohumain, Attel Malagate le Monstre, mais lequel?

Gersen croyait le savoir.

Il ne possédait pas encore de certitude; sa conviction était basée sur des indices, des probabilités, des suppositions. Pour sa part, Attel Malagate croyait être en sécurité à l'abri de son incognito. Il n'avait aucune raison de soupçonner les véritables desseins de Gersen. Il devait encore le considérer comme un simple explorateur entreprenant, avide de tirer de l'occasion le plus grand profit possible. Tant mieux, pensait Gersen, si ce rôle lui permettait d'identifier son ennemi avec plus de sûreté. Il n'avait d'autre dessein que d'obtenir la libération de Pallis Atwrode, d'exécuter Attel Malagate et, bien entendu, Hildemar Dasce. Si jamais Pallis était morte... Malheur à Dasce.

Gersen observait le suspect à la dérobée. Était-ce bien le véritable Malagate qu'il avait en face de lui? Quel supplice de toucher au but et d'être condamné à l'inertie. Attel Malagate, naturellement, possédait ses propres plans. Derrière ce crâne d'apparence humaine, se tramaient des desseins sans commune mesure avec les siens et dont l'aboutissement demeurait encore obscur.

Gersen pouvait définir au moins trois secteurs d'incertitude dans la situation. Premier point : Attel Malagate était-il encore en possession d'armes, avait-il à sa disposition d'autres armes dissimulées préalablement à bord? Ce n'était pas impossible, mais Attel Malagate pouvait également se reposer complètement sur les réservoirs de gaz soporifique installés par les soins de Suthiro.

Second point : les deux autres hommes pouvaient être ses complices. C'était une éventualité à envisager, mais beaucoup moins probable.

Troisième point qui s'appuyait sur un jeu de circonstances infiniment moins simple : qu'adviendrait-il lorsque l'astronef se poserait sur l'étoile morte de Dasce? L'équation comportait de nombreuses inconnues. Attel Malagate connaissait-il l'existence de la cachette de Dasce et, dans ce cas, la reconnaîtrait-il à vue? Dans les deux cas, les réponses étaient : *Oui, probablement.*

Le problème à résoudre consisterait alors à déterminer comment surprendre et capturer ou tuer Hildemar Dasce sans provoquer l'intervention d'Attel Malagate.

Gersen prit une décision. Detteras avait insisté pour qu'une atmosphère amicale règne à bord du vaisseau. Une chose était certaine : elle serait mise à rude épreuve avant longtemps.

Le temps passait. La vie à bord s'écoulait suivant une routine imprégnée de vigilance. Sitôt que l'occasion propice se présenta, Gersen lâcha dans l'espace le cadavre de Suthiro. Avec une vitesse stupéfiante, le vaisseau glissait sans effort vers les étoiles et sa propulsion s'opérait par des moyens qui étaient à peine compréhensibles aux hommes qui le dirigeaient.

On atteignit bientôt les limites de la civilisation humaine et de ses lois. L'astronef pénétra dans l'Au-Delà et se dirigea vers les limites de la galaxie. Gersen exerçait une surveillance constante, mais discrète, sur ses trois compagnons, se demandant lequel témoignerait le premier d'inquiétude, d'anxiété ou de soupçons quant à la destination immédiate.

Ce fut Kelle, mais il était possible que tous trois se fussent concertés à l'écart.

— Où diable nous menez-vous? demanda-t-il d'un ton hargneux. Je ne vois pas ce qui pourrait attirer un explorateur dans cette région. Nous nous trouvons pratiquement dans l'espace intergalactique.

Gersen accueillit la question avec calme.

— Je dois vous avouer que je n'ai pas fait preuve d'une franchise totale envers vous.

Trois visages se tournèrent d'une pièce, trois paires d'yeux se braquèrent sur lui.

— Que voulez-vous dire? intervint Detteras.

— Rassurez-vous, ce n'est rien de sérieux. Je me suis trouvé dans l'obligation de faire un détour. Lorsque j'aurai accompli une certaine mission, nous reprendrons le cours normal de notre voyage. Il leva la main en voyant Detteras s'apprêter à parler. Il ne servirait à rien de me faire des reproches. La situation ne me laissait pas le choix.

— Et de quelle situation s'agit-il? intervint Warweave d'une voix glaciale.

— Je me ferai un plaisir de vous fournir toutes les explications désirables et je suis persuadé que vous comprendrez les mobiles qui ont déterminé ma conduite. Avant tout, il semble que je me sois attiré l'inimitié d'un criminel notoire. Il est connu sous le nom de Malagate le Monstre.

Gersen examina tour à tour ses interlocuteurs.

— Vous avez certainement entendu parler de lui. C'est l'un des Princes-Démons. La veille de notre départ, l'un de ses lieutenants, un individu appelé Hildemar Dasce, a enlevé une jeune femme à laquelle je m'intéresse et l'a emmenée sur sa planète personnelle. J'ai des obligations envers cette jeune femme. Elle expie durement une faute qu'elle n'a pas commise, car en s'attaquant à elle, Attel Malagate espère me punir ou m'intimider. Je crois avoir repéré la planète de Dasce. J'ai l'intention de délivrer cette jeune femme et j'espère que vous voudrez bien m'accorder votre concours.

Detteras prit la parole d'une voix que la rage rendait méconnaissable.

— Pourquoi ne nous avez-vous pas parlé de vos projets avant le départ? Vous insistiez pour partir, vous nous avez contraints d'annuler nos rendez-vous, ce qui nous a causé le plus grand préjudice...

— Je comprends votre ressentiment, répondit doucement Gersen, mais comme je ne dispose moi-même que d'un temps limité, j'ai pensé qu'il valait mieux combiner les deux projets.

Il sourit tandis que le cou de Detteras s'enflait de fureur.

— Le ravisseur aurait emmené la jeune femme dans une planète située dans cette région? dit Kelle d'un ton songeur.

— Je le pense, ou du moins je l'espère.

— Et vous comptez sur notre participation pour la libérer?

— Oh! d'une manière passive. Je vous demande simplement de ne pas intervenir.

— Supposons que le ravisseur vous tue.

— Cette éventualité n'est pas exclue, mais je possède l'avantage de la surprise. Il doit se sentir en parfaite sécurité et je n'aurai probablement pas beaucoup de peine à le maîtriser.

— A le maîtriser? s'enquit Warweave sur un ton délicatement sarcastique.

— A le maîtriser ou à le tuer.

A ce moment se produisit un déclic dans le Jarnell et l'appareil reprit progressivement la vitesse de croisière. Devant le vaisseau, était apparue une étoile d'un rouge sombre. Si elle était double, sa compagne demeurait encore invisible.

— Comme je vous l'ai dit, reprit Gersen, la surprise constitue mon principal atout et, pour cette raison, je dois vous demander de ne plus faire usage dorénavant de la radio, soit par inadvertance, soit par malice.

Il avait déjà rendu le poste de radio temporairement

inutilisable, mais il ne voyait aucune raison de mettre Attel Malagate sur ses gardes.

— Je vais vous exposer mon plan afin d'éviter toute méprise. Je vais amener l'appareil suffisamment près, pour examiner la surface de l'étoile, mais cependant hors de la portée des radars qui pourraient détecter notre présence. Si j'aperçois l'habitation de Dasce, je m'éloignerai à l'autre bout de l'astre et je reviendrai en vol rasant pour me poser le plus près possible de sa retraite. Ensuite, je me servirai de la plate-forme volante pour accomplir le reste de ma mission. Votre rôle se bornera à attendre mon retour. A ce moment, nous reprendrons notre voyage vers la planète de Teehalt. Je sais que je puis compter sur votre concours, parce que j'emporterai le filament du moniteur pour le cacher dans un endroit connu de moi seul. Si je suis tué, le filament sera perdu. Naturellement, j'aurai besoin des armes qui se trouvent dans le compartiment de sécurité, mais je ne vois pas ce que vous pourriez objecter à cela.

Nul ne souffla mot. Gersen étudiait leurs visages avec amusement. Attel Malagate devait se trouver en présence d'un dilemme exaspérant. Qu'il intervînt pour prévenir Dasce, et Gersen risquait de se faire tuer. Dans ce cas, il pouvait dire adieu à la planète de Teehalt. Demanderait-il la grâce de Dasce en échange de la planète? Gersen était certain de sa décision; la dureté d'Attel Malagate était bien connue.

Detteras poussa un profond soupir.

— Gersen, vous êtes un homme subtil. Vous nous avez mis dans une situation telle que la raison la plus élémentaire nous commande de nous plier à vos désirs.

— Je vous assure que les mobiles de ma conduite sont irréprochables.

— Je sais, je sais : la demoiselle en détresse. Tout cela est très beau; nous ne voudrions pas lui refuser la chance d'être sauvée. Ce qui m'exaspère, ce n'est pas votre objectif mais votre manque de franchise — vous auriez dû nous dire la vérité.

N'ayant rien à perdre, Gersen affecta la contrition.

— En effet, j'aurais dû vous mettre au courant. Mais

j'ai tellement l'habitude d'agir seul. Quoi qu'il en soit, la situation est maintenant telle que je l'ai décrite. Puis-je compter sur votre concours à tous?

— Hum, dit Warweave, nous n'avons guère le choix et vous le savez parfaitement.

— Mr. Kelle? demanda Gersen.

Kelle inclina la tête.

— Mr. Detteras?

— Comme l'a fait remarquer Warweave, nous n'avons pas le choix.

— Dans ce cas, je vais poursuivre l'exécution de mon plan. Le monde sur lequel nous allons nous poser est une étoile morte et non pas une planète.

— Et la pesanteur? Ne rendra-t-elle pas le séjour pénible? intervint Kelle.

— Nous le saurons bientôt.

Warweave tourna les talons et s'approcha du hublot pour examiner la naine rouge qui grossissait à vue d'œil. Son obscure compagne était devenue maintenant visible. C'était un vaste disque d'un gris brunâtre marbré de noir et d'ocre foncé, dont le diamètre était de trois fois celui d'Alphanor. Gersen éprouva une surprise agréable en découvrant l'espace adjacent riche en matière. L'écran radar indiquait des douzaines de minuscules planétoïdes et de satellites qui orbitaient autour de chacune des étoiles. On pouvait s'approcher de l'étoile morte sans guère risquer d'être détecté. Le pilote automatique réduisit la vitesse une première fois. Une seconde manœuvre l'amena à une allure réduite, à quatre cent mille kilomètres au-dessus de la masse imposante de l'étoile.

La surface apparaissait floue et sans grands reliefs, avec de vastes étendues couvertes d'une matière qui ressemblait à des océans de poudre de chocolat. L'astre se découpait avec netteté et précision sur l'espace d'un noir profond, ce qui était l'indice d'une atmosphère fort ténue. Gersen s'approcha du macroscope afin d'inspecter la surface. Le relief jaillit aussitôt dans la perspective. Des chaînes de montagnes volcaniques parsemaient la surface; le sol était creusé par un véritable réseau de crevasses et de fissures, au milieu duquel surgissaient maints pitons volcaniques isolés, des centaines de volcans, les uns en activité, les autres morts ou assoupis.

Gersen orienta le réticule de l'appareil sur un pic aigu situé sur la ligne de démarcation entre le jour et la nuit. L'objet paraissait immobile par rapport à la ligne d'ombre. Apparemment l'astre éteint tournait toujours la même face vers sa compagne. Si tel était le cås, la retraite de Dasce devait presque à coup sûr se trouver du côté éclairé, probablement près de l'équateur, sensiblement au sommet de la calotte éclairée. Il étudia soigneusement la région intéressée sous un très fort grossissement. La surface était étendue et comportait des douzaines de cratères volcaniques, grands et petits.

Gersen chercha pendant une heure. Warweave, Kelle et Detteras l'observaient avec des degrés divers d'impatience et d'hostilité sardonique.

Gersen vérifia la logique de ses déductions; il ne semblait pas qu'il eût commis d'erreur. La naine rouge avait figuré dans la page du *Répertoire* de Dasce dont l'aspect témoignait d'un usage fréquent; elle se trouvait bien dans le volume elliptique prévu par le calcul; enfin, elle était double. Et selon toute vraisemblance, le cratère de Dasce devait se trouver quelque part dans la région ensoleillée que l'appareil survolait.

Une curieuse formation du relief attira son regard : c'était un plateau carré d'où rayonnaient cinq chaînes de montagnes, comparables aux doigts d'une main. Ce qu'avait dit le Troll de Melnoy lui revint en mémoire : « Le Ravin de l'Ongle du Pouce. » En poussant le grossissement au maximum, Gersen examina la région qui correspondait à l'ongle du pouce. Un petit cratère s'y trouvait effectivement. Il apparaissait d'une couleur légèrement différente, d'une structure sensiblement dissemblable des voisins. Et, à l'endroit où le soleil venait frapper la paroi intérieure du ravin, n'y avait-il pas un éclair? Et au-dessous, un petit trait blanc?

Gersen réduisit le grossissement pour étudier le terrain environnant. Bien que Dasce fût probablement dans l'incapacité de détecter la présence d'astronefs à des distances planétaires, ses radars pouvaient fort bien l'avertir de l'approche de vaisseaux se préparant à l'atterrissage. Si Gersen se laissait choir derrière l'horizon pour revenir en rase-mottes se poser à proximité du plateau formant la paume de la main, il aurait toutes les chances de surprendre Dasce.

Il inséra dans l'ordinateur le programme nécessaire, enclencha le pilote automatique. Le vaisseau vira et commença la descente.

Kelle, incapable de contenir sa curiosité, demanda :

— Eh bien, avez-vous trouvé ce que vous cherchiez?

— Je crois! dit Gersen.

— Si vous avez la maladresse de vous faire tuer, vous nous laisserez dans de beaux draps, dit Kelle.

Gersen hocha la tête.

— C'est justement ce que je tentais de vous faire comprendre il y a quelques minutes. Je suis persuadé que vous ne me refuserez pas votre concours, au moins passif.

— Nous nous sommes déjà mis d'accord là-dessus.

L'étoile sombre était maintenant toute proche. L'appareil se posa sur un redan de pierre brune, à quatre cents mètres d'une levée de collines basses et noires. La pierre avait la texture de la brique. La plaine environnante offrait une surface qui ressemblait à de la boue séchée de couleur brune.

Au-dessus de leurs têtes, la naine rouge déployait son large disque. L'appareil produisit une ombre portée d'un noir intense. Un vent léger faisait voler de légères boucles de pousière à travers la plaine, poussant une poudre d'un bleu verdâtre dans les fissures disposées en arêtes de poisson.

Detteras paraissait préoccupé.

— Je ne trouve pas juste que vous emportiez le filament. Pourquoi faire de nous les victimes de votre échec?

— Je n'ai pas l'intention de me laisser tuer, Mr. Detteras.

— Les plans les mieux établis ne réussissent pas obligatoirement.

— Dans ce cas, vos ennuis seraient bien peu de chose comparés aux miens. Puis-je disposer de mes armes?

Le compartiment fut ouvert. Les trois hommes surveillaient étroitement Gersen pendant qu'il s'armait. Il scruta les trois visages. Dans le cerveau de l'un de ces hommes, s'échafaudaient fiévreusement de perfides machinations. Observerait-il la neutralité promise?

C'était une chance à courir. A supposer qu'il se soit trompé : que la planète ne fût pas celle de Dasce et qu'Attel Malagate en fût averti — à supposer qu'intuitivement, Attel Malagate soupçonnât ses desseins — ne serait-il pas prêt à renoncer à la planète de Teehalt afin d'abandonner Gersen sur l'étoile morte? Mais Gersen pouvait prendre une assurance contre une telle éventualité; il aurait été fou de s'en priver. Il revint à la salle des machines et démonta un appareil minuscule mais dont la présence conditionnait le fonctionnement du réacteur. Ingéniosité et patience suffisaient à procurer une rechange en cas de besoin. Il le glissa dans sa poche en compagnie du filament.

Warweave, debout sur le seuil, assista à l'opération mais ne fit aucun commentaire.

Gersen revêtit une combinaison étanche avec réservoirs d'air comprimé et quitta le vaisseau. Il ouvrit l'écoutille de proue et fit descendre la petite plate-forme volante, y chargea une combinaison de rechange, des réservoirs d'oxygène supplémentaires et, sans autre cérémonie, se mit en route pour le Ravin de l'Ongle du Pouce, volant en rase-mottes, l'atmosphère ténue sifflant contre le pare-brise.

Le paysage était étrange, même pour des yeux accoutumés aux planètes les plus excentriques : le sol était constitué par une surface spongieuse sombre, interrompue çà et là par des pitons volcaniques et un moutonnement de collines noires et basses. Il s'agissait peut-être de véritable matière stellaire — scories demeurées après l'extinction des feux ou encore sédiments tombés de l'espace. Probablement des deux. La conscience qu'il avait de survoler la surface d'une étoile morte contribuait-elle à lui donner cette impression d'étrangeté et d'irréalité? L'atmosphère ténue était d'une transparence absolue. Les horizons étaient prodigieusement lointains, le panorama semblait infini. Et au-dessus de sa tête, l'énorme sphère de la naine rouge occupait le huitième du firmament.

Le sol s'éleva bientôt pour former l'épaulement du plateau, lequel constituait la paume de la main qui avait été édifiée par une gigantesque coulée de lave. Gersen vira sur la droite. Au loin, il pouvait apercevoir une rangée de collines noires qui semblaient s'accroupir sur le paysage comme un monstrueux tricératops pétrifié. C'était le « pouce » à l'extrémité duquel s'élevait le volcan de Dasce. Gersen rasait le sol, se dissimulant autant que possible derrière tous les obstacles qui se présentaient sur sa route, les contournant en suivant au plus près les parois du plateau et se rapprochant ainsi de la ligne des pics noirs en dents de scie.

Lentement, avec des précautions infinies, il commença l'ascension des pentes, le ronronnement des réacteurs réduit à un murmure par l'air raréfié. Dasce aurait pu installer des détecteurs sur ces pentes, mais la chose était peu probable. De telles précautions eussent été superflues. Pourquoi attaquer du sol, lorsqu'il était si simple de lancer une torpille de l'espace?

Gersen atteignit la crête. Devant lui, à quelque trois kilomètres, se trouvait le volcan qui devait abriter le repaire de Dasce. Sur le côté, posé à même la plaine qui s'étendait à perte de vue, se trouvait un objet dont la vue lui procura le plus grand sentiment de soulagement qu'il lui eût jamais été donné de ressentir : un petit astronef.

Son hypothèse se trouvait vérifiée. Ici se trouvait, en toute certitude, le Ravin de l'Ongle du Pouce; ici se trouvait le repaire de Hildemar Dasce. Et Pallis Atwrode?

Gersen atterrit sur la plate-forme et poursuivit son chemin à pied, se dissimulant derrière tous les accidents de terrain, évitant les endroits qui auraient pu abriter des détecteurs. Ces mesures de prudence ne lui paraissaient que de simples formalités. Le destin ne l'avait pas conduit jusque-là pour le vouer à l'échec. Il gravit les pentes où se mêlaient le basalte, l'obsidienne et le tuf. Parvenu sur la crête du cratère, il risqua un œil. Un peu plus loin, s'élevait un dôme transparent constitué par un réseau de câbles minces et recouvert d'une fine membrane, distendue par la pression interne. Le cratère ne présentait qu'une faible largeur et ses parois, de verre volcanique strié, affectaient une forme cylindrique presque parfaite.

Au fond du cratère, Dasce s'était livré à quelques aménagements sommaires destinés à figurer un semblant de paysage. Il y avait là une mare d'eau saumâtre, un bouquet de palmiers, un enchevêtrement de végétation rude. Gersen ressemblait à un dieu implacable, au dieu de la vengeance.

Au centre du cratère, on apercevait une cage et, dans cette cage, un homme nu était assis. Grand, hagard, son visage était ravagé, son corps tordu, sillonné de centaines de cicatrices. Gersen se souvint comment, aux dires de Suthiro, Dasce avait perdu ses paupières. Un nouveau regard lui remit en mémoire les photographies qui tapissaient le salon de Dasce. C'était cet homme qu'elles représentaient.

Il promena son regard alentour. Immédiatement au-dessous de lui, se trouvait une sorte de pavillon en tissu noir, une série de tentes inter-communicantes. Pas le moindre signe de Hildemar Dasce. On accédait probablement au cratère par un tunnel creusé dans le flanc du volcan.

Gersen se déplaça avec précaution le long de la crête et embrassa du regard l'ensemble du paysage. La plaine poreuse d'un noir brunâtre s'étendait à perte de vue dans trois directions. A proximité, se trouvait l'astronef qui, dans cette atmosphère limpide, ressemblait plutôt à un jouet d'enfant.

Gersen reporta son attention vers le dôme qui se trouvait à portée de sa main. Avec son couteau, il fit une petite entaille dans la membrane, puis s'installa pour attendre les événements.

Dix minutes se passèrent avant que la chute de pression déclenchât un signal d'alarme. A ce moment, de l'une des tentes, surgit Hildemar Dasce.

Il ne portait pour tout vêtement que des culottes blanches bouffantes. Son torse, teint de pourpre passé, était couvert de muscles saillants. Il écarquillait ses yeux sans paupières, et ses joues bleues faisaient un contraste saisissant avec son fond de teint vermillon.

Il traversa le fond du cratère. Le prisonnier qui se trouvait à l'intérieur de la cage le suivait d'un regard attentif.

Dasce disparut. Gersen se dissimula dans une crevasse. Dasce apparut bientôt sur la plaine en combinaison pressurisée, portant un coffret à la main. Il escalada les parois du cratère à longues enjambées souples, passant non loin de Gersen.

Il déposa le coffret à ses pieds, en tira un projecteur, balaya la surface du dôme avec le pinceau lumineux. L'air intérieur était évidemment additionné d'un produit fluorescent, car la fuite se signala immédiatement en jaune. Dasce se dirigea vers l'entaille et se pencha pour l'examiner. Gersen perçut le soupçon qui naquit aussitôt dans l'esprit de l'homme accroupi. Celui-ci se redressa, explora du regard les alentours, cependant que Gersen se faisait tout petit au fond de sa crevasse.

Lorsqu'il risqua un œil, à nouveau, Dasce s'était mis à réparer l'entaille au moyen d'un emplâtre et de colle. L'opération ne demanda guère plus d'une minute. Puis Dasce replaça le matériel dans son coffret et se redressa. Il jeta un nouveau regard scrutateur sur le bord du volcan, la pente et la plaine; puis, n'apercevant rien de suspect, il entreprit de redescendre la pente.

Gersen sortit de sa cachette et le suivit à moins de cinq mètres de distance.

Dasce, bondissant de roche en roche, ne jetait pas un regard en arrière — jusqu'au moment où Gersen heurta un caillou qui dégringola bruyamment la pente. Dasce fit halte et se retourna brusquement. Gersen avait déjà disparu derrière un rocher.

L'homme reprit sa route. Gersen le suivait de près. Parvenu au bas de la pente, un son, une vibration lui donna l'éveil. Une fois de plus il se retourna... et se trouva nez à nez avec une silhouette qui bondissait sur lui. Gersen vit la bouche molle s'ouvrir sous le coup de la surprise, puis il frappa. Dasce s'écroula, culbuta, roula, bondit sur ses pieds et se mit à courir gauchement en direction du sas. Gersen visa l'une des longues cuisses et appuya sur la détente. L'homme tomba.

Gersen le saisit par les chevilles, le traîna jusqu'au sas, claqua la porte extérieure. Dasce se débattait et donnait force coups de pied, tandis que son visage rouge et bleu grimaçait hideusement. Gersen braqua sur lui son projac, mais l'autre essaya de le faire sauter d'un coup de pied. Gersen tira de nouveau, immobilisant la seconde jambe du personnage. Cette fois, l'autre demeura immobile, roulant des yeux de sanglier aux abois. Au moyen d'un rouleau de ruban adhésif qu'il avait apporté pour cet usage, Gersen ligota les chevilles de Dasce. Puis il saisit son bras avec toutes les précautions d'usage, le tordit et le ramena en arrière, ce qui eut pour effet de mettre son adversaire le nez contre terre. Bientôt, après une courte lutte, Dasce se trouva proprement ligoté, les mains derrière le dos.

Le mécanisme du sas avait automatiquement rempli l'espace d'air. Gersen retira le globe transparent qui recouvrait le visage de Dasce.

— Nous refaisons connaissance, dit Gersen d'une voix mondaine.

L'autre ne souffla mot.

Gersen le traîna sur le sol du cratère. Le prisonnier qui se trouvait dans l'intérieur de la cage bondit sur ses pieds et se pressa aux barreaux, contemplant Gersen comme s'il avait devant lui un archange tombé du ciel avec ailes, trompette et auréole.

Gersen s'assura de la solidité des liens qui immobilisaient Dasce et partit en courant vers la tente, le projac au poing, s'attendant à voir surgir un serviteur ou un spadassin. Le prisonnier le regardait faire avec des yeux incrédules.

Pallis Atwrode était recroquevillée sous un drap sale, le visage tourné contre la paroi. Il n'y avait personne d'autre dans le repaire. Gersen toucha son épaule nue et, avec une sorte de fascination, vit sa peau se hérisser. L'horreur se mêla à l'exaltation et lui noua l'estomac avec une violence qu'il n'aurait jamais imaginée.

— Pallis, dit-il, Pallis, c'est moi, Kirth Gersen.

Les mots lui parvenaient étouffés par le casque que Gersen portait encore; pour toute réponse, elle se contenta de se recroqueviller encore davantage. Il la fit basculer sur le dos. Elle tenait les paupières closes. Son visage autrefois espiègle et charmant était livide.

— Pallis, reprit Gersen, ouvrez les yeux. C'est Kirth Gersen! Vous êtes sauvée.

Elle secoua légèrement la tête, sans desserrer les paupières.

Gersen tourna les talons. Sur le seuil de la tente, il fit volte-face. Elle avait les yeux grands ouverts mais elle les referma instantanément.

Gersen la quitta et visita le cratère de fond en comble, s'assurant qu'il n'avait à redouter la présence d'aucun autre ennemi. Puis il revint vers Dasce.

— Jolie propriété que vous avez là, dit-il sur le ton de la conversation. Un peu difficile à trouver, lorsque les amis veulent vous faire une visite surprise.

— Comment avez-vous fait pour me découvrir? interrogea Dasce d'une voix gutturale. Nul ne connaît l'emplacement de ma retraite.

— Sauf votre patron.

— Il l'ignore.

— Comment croyez-vous que je l'ai découverte?

Dasce demeura silencieux. Gersen se dirigea vers la cage, ouvrit la porte et fit signe au prisonnier de sortir, se demandant si l'homme avait perdu l'esprit au cours de sa captivité.

— Sortez!

Le prisonnier sortit clopin-clopant.

— Qui êtes-vous?

— Qu'importe? Vous êtes libre.

— Libre?

L'homme mâchonna le mot de ses mâchoires décharnées, se retourna pour contempler Dasce.

— Et *lui*? dit-il d'une voix respectueuse.

— Je vais bientôt le tuer.

— Je dois rêver, dit l'homme doucement.

Gersen revint auprès de Pallis. Elle était assise sur le lit, enveloppée du drap. Ses yeux étaient ouverts. Elle regarda Gersen, se leva et s'évanouit.

Gersen la souleva dans ses bras et la transporta jusqu'au sol du cratère. L'ex-captif contemplait toujours Dasce à distance respectueuse.

— Comment vous appelez-vous? lui demanda Gersen.

L'homme eut un moment d'affolement.

— Je suis Robin Rampold, dit-il d'une voix à peine perceptible. Et vous... vous êtes son ennemi?

— Je suis son exécuteur.

— C'est merveilleux, souffla Rampold. Il y a tant d'années... je ne me souviens même plus depuis combien de temps je suis ici.

Les larmes se mirent à ruisseler sur ses joues. Il regarda la cage, s'en approcha, l'étudia, puis reporta son regard sur Gersen.

— Je connais cet endroit comme ma poche, depuis la moindre fissure, la moindre crevasse, jusqu'au plus infime fragment de cristal ou de métal. Sa voix s'évanouit. Soudain il demanda : En quelle année sommes-nous?

— En 1524.

Rampold parut rapetisser à vue d'œil.

— Je ne me doutais pas qu'il y eût si longtemps. J'ai tellement oublié. Il leva les yeux vers le dôme. Ici, il n'y a ni jour ni nuit... rien que cet éternel soleil rouge. Lorsque Dasce s'en va, il ne se passe plus rien... Je suis demeuré dix-sept ans dans cette cage. Et maintenant je suis libre.

Il s'approcha de Dasce et l'examina. Gersen le suivit. Rampold reprit :

— Il y a de cela longtemps, bien longtemps, nous étions des gens différents. Je lui ai donné une leçon. Je l'ai fait souffrir. C'est ce seul souvenir qui m'a fait vivre.

Dasce eut un rire qui ressemblait au croassement d'un corbeau.

— J'ai fait mon possible pour vous payer de retour! Il leva les yeux vers Gersen. Profitez de votre avantage pour me tuer, sinon je vous traiterai de la même manière.

Gersen réfléchissait. Dasce devait mourir. Il n'éprouverait pas le moindre scrupule lorsque le moment serait venu. Mais, derrière ce front rouge, se trouvaient des renseignements dont il avait besoin. Comment les obtenir? Par la torture? Gersen se doutait bien que Dasce ne ferait que rire pendant qu'on le dépècerait membre à membre. Par la ruse? Il scruta le brutal visage rouge et bleu. Dasce ne cilla pas. Gersen se tourna vers Rampold.

— Pourriez-vous piloter l'astronef de Dasce?

L'homme secoua tristement la tête.

— Dans ce cas, il faudra bien que vous m'accompagniez.

— Et *lui*? dit Rampold d'une voix agitée.

— Je le tuerai peut-être.

— Donnez-le-moi, dit Rampold à voix basse.

— Non!

Gersen revint auprès de Dasce. D'une façon ou d'une autre, il fallait l'amener à révéler l'identité d'Attel Malagate. Une question directe serait plus nuisible qu'utile.

— Dasce, demanda-t-il, pourquoi avez-vous amené Pallis Atwrode ici?

— Elle était trop belle pour que je la tue, répondit Dasce avec désinvolture. Pourtant, j'adore tuer les jolies femmes.

Gersen sourit. Dasce espérait peut-être le faire sortir de ses gonds.

— Peut-être vivrez-vous pour regretter vos crimes, peut-être pas.

— Qui vous a envoyé ici? demanda Dasce.

— Quelqu'un qui savait.

Dasce secoua lentement la tête.

— Il n'y en a qu'un, et celui-ci ne vous a pas envoyé.

Raté, pensa Gersen. Il était difficile de tromper Dasce. Tant pis. Il l'emmènerait à bord du vaisseau. Dans ce milieu, une réaction finirait bien par se produire.

Nouveau problème. Il n'osait pas laisser Rampold seul en tête à tête avec Dasce... même pas le temps nécessaire pour ramener la plate-forme. Rampold pouvait tuer Dasce à moins que celui-ci ne le persuade de le libérer. Après une servitude de dix-sept années, était-il capable de résister à la volonté de son tortionnaire? Et Pallis Atwrode?

Se retournant, il la découvrit qui s'encadrait dans la porte. Enroulée dans un drap, elle le fixait, les yeux hagards. Elle se recroquevilla à son approche. Gersen n'aurait su décider si elle l'avait ou non reconnu.

— Pallis, c'est moi, Kirth Gersen.
L'air lugubre, elle hocha la tête.
— Je sais. Elle jeta un coup d'œil à la masse informe d'Hildemar Dasce. Vous l'avez attaché, dit-elle d'une voix où l'étonnement se mêlait à l'inquiétude.
— C'est le dernier de ses soucis.
Elle lui lança un regard circonspect. Gersen ne parvenait pas à deviner ses pensées.
— Vous n'êtes... Vous n'êtes donc pas amis tous les deux?
Un malaise inconnu jusqu'alors s'empara de Gersen.
— Non, bien entendu, je ne suis pas un ami de Dasce. C'est ce qu'il vous a dit?
— Il a dit... il a dit... Pallis se détourna et posa un regard perplexe sur le prisonnier.
— Il ne profère que des mensonges.
Gersen scruta le visage de la jeune fille pour essayer de mesurer les ravages causés par le choc qu'elle avait reçu.
— Tout... va bien?
Pallis évita son regard.
— Je vous ramène à Avente, annonça doucement Gersen. Vous êtes sauvée.
Le visage toujours dépourvu d'expression, elle acquiesça. Si au moins elle avait trahi une émotion quelconque : le soulagement, la souffrance, la colère même!
Avec un soupir, Gersen tourna la tête. Il ne savait toujours pas comment se transporter sur la plate-forme. Il n'osait laisser Pallis ou Rampold seuls avec Dasce; leur servitude avait duré trop longtemps.
Replaçant le casque transparent sur la tête de Dasce, il traîna son corps par le tunnel jusqu'à la plaine, hors de la vue des deux autres.
Ses réacteurs fonctionnant à plein régime, la plate-forme surchargée contourna précairement le plateau, en soulevant un nuage de poussière qui retomba avec une rapidité surprenante dans l'atmosphère raréfiée. Devant lui, se dressait l'astronef, dérisoire sur le vaste horizon. Gersen se posa le plus près possible de l'écoutille d'accès. Le projac à portée de la main, il gravit l'échelle de coupée.

De l'intérieur, Attel Malagate avait observé son approche, identifié son chargement. Il lui était impossible de deviner ce que Dasce lui avait dit. Il devait être la proie d'une cruelle indécision. En reconnaissant le vaisseau, Dasce pourrait soupçonner qu'Attel Malagate se trouvait à bord, mais sans en être sûr.

Le sas se ferma, les pompes entrèrent en action, la porte intérieure s'ouvrit. Gersen pénétra dans la cabine. Kelle, Detteras et Warweave se trouvaient en des coins divers de la pièce. Ils le regardèrent venir sans aménité. Aucun ne fit un mouvement.

Gersen retira son casque.

— Me voici de retour.

— C'est ce que nous voyons, dit Detteras.

— J'ai réussi, dit Gersen, je ramène un prisonnier : Hildemar Dasce. Je vous préviens : cet homme est un assassin sans vergogne. Il est prêt à tout. J'ai l'intention de le soumettre à un régime rigoureux. Je vous demande aux uns et aux autres de ne pas intervenir ni entrer en communication avec cet individu. Les deux autres personnes sont un homme que Dasce a séquestré pendant dix-sept ans dans une cage et la jeune femme qu'il a récemment enlevée. Cette épreuve semble avoir provoqué des répercussions sur sa raison. Elle logera dans ma cabine. J'enfermerai Dasce dans la soute. L'autre homme, Robin Rampold, ne sera que trop heureux de se contenter d'un divan.

— Ce voyage devient plus abracadabrant d'heure en heure, dit Warweave.

Detteras se leva dans un mouvement d'impatience.

— Pourquoi ramener cc Dasce à bord? Vous auriez mieux fait de le tuer.

— Mettons que je sois trop délicat pour accomplir un meurtre de sang-froid.

Detteras fit entendre un rire sarcastique.

— Reprenons notre route. Nous avons tous hâte de terminer ce voyage aussi rapidement que possible.

Gersen fit monter Rampold à bord du vaisseau, en compagnie de Pallis Atwrode; puis, au moyen d'un palan, il réintégra la plate-forme volante dans la soute avec Dasce à bord, après quoi il lui retira son casque.

Le prisonnier darda sur lui ses yeux furibonds sans prononcer une parole.

— Peut-être verrez-vous ici un personnage qui ne vous est pas inconnu, dit Gersen. Pour éviter toute interférence avec ses plans, il se refuse à livrer sa véritable identité à ses deux collègues. Vous feriez mieux de tenir votre langue.

Dasce ne répliqua pas. Gersen se mit en devoir de l'immobiliser avec un luxe de précautions. Au centre d'un long câble, il pratiqua une boucle qu'il noua et assujettit étroitement au cou de Dasce. Cela fait, il lia les extrémités du câble aux parois opposées de la soute, en lui imprimant la plus grande tension possible. Le prisonnier se trouvait maintenant isolé au centre de la soute, maintenu par le câble qui s'étendait de part et d'autre de son corps, à une distance de trois mètres des cloisons. Même en disposant de ses mains, il lui serait impossible de se libérer.

Gersen trancha les liens qui réunissaient ses chevilles et ses poignets. Instantanément, l'autre frappa. Gersen esquiva le coup et lui assena un coup de crosse sur le crâne. Dasce demeura suspendu au câble, évanoui. Gersen lui retira sa combinaison pressurisée, fouilla sa culotte blanche, mais ne trouva rien. Il vérifia une dernière fois les liens puis revint au salon principal, après avoir verrouillé la soute derrière lui.

Rampold s'était débarrassé de sa combinaison et s'était assis dans un coin. Detteras et Kelle avaient fait de même pour Pallis Atwrode et lui avaient passé des vêtements de rechange. Kelle jeta un regard de reproche à Gersen.

— C'est Miss Atwrode, la secrétaire du bureau de réception de notre Département. Que diable fait-elle en ce lieu?

— La réponse est d'une simplicité enfantine, dit Gersen. J'ai fait sa connaissance le premier jour où je me suis rendu à l'Université et je lui ai demandé de sortir en ma compagnie le soir-même. Par méchanceté pure, Hildemar Dasce l'a enlevée après m'avoir assommé. Il était de mon devoir de voler à son secours, je pense!

Kelle eut un mince sourire.

— Je ne pense pas que nous puissions vous le reprocher.

— Je pense qu'à présent nous allons pouvoir reprendre notre destination originelle, dit Warweave d'une voix sèche comme le claquement d'un fouet.

— Oui, grommela Detteras

— Telle est bien mon intention.

— Allons-y alors.

— Oui, grommela Detteras. Plus tôt nous aurons terminé ce voyage fantastique, mieux cela vaudra.

L'étoile sombre et sa rouge compagne se confondirent bientôt dans l'espace. Dans la soute, Hildemar Dasce avait repris ses sens et, murmurant une bordée de jurons, il s'efforça de desserrer ses liens. Il s'acharna sur les nœuds à s'en écorcher les doigts et ne cessa d'attaquer les fibres métalliques du câble que lorsqu'il eut les ongles brisés. Puis il essaya une nouvelle méthode. Prenant appui sur le plancher, il s'efforçait, en se lançant à droite puis à gauche de desserrer les nœuds qui le retenaient aux cloisons opposées. Il ne réussit qu'à se blesser le cou.

Convaincu qu'il n'y avait rien à faire, bien que ses mains et ses pieds fussent libres, il mit fin à ses inutiles exercices, le souffle haletant. Il bouillait de rage et de dépit. Comment Gersen avait-il fait pour découvrir l'étoile rouge? Nul autre que lui-même — et Attel Malagate — ne connaissait sa situation. Dasce passa en revue les occasions dans lesquelles il avait trompé ou circonvenu Attel Malagate et se demanda s'il n'allait pas recevoir le châtiment de ses trahisons.

Dans le salon, Gersen s'était assis sur un divan, plongé dans ses réflexions. Les trois administrateurs d'université — dont l'un n'était pas un homme — faisaient bande à part, côté proue. Il y avait Kelle : manières suaves, dédaigneuses, physique compact; Warweave : distant, taciturne; Detteras : massif, agité, d'humeur changeante. Gersen surveillait son suspect, analysant chacun de ses actes, de ses mots, de ses gestes, cherchant le signe qui lui fournirait la certitude absolue dont il avait besoin. Pallis Atwrode était assise à quelque distance, perdue dans une songerie vague. De temps en temps, son visage était secoué par un tic et ses doigts s'enfonçaient dans ses paumes.

Gersen n'éprouverait pas le moindre scrupule à tuer Hildemar Dasce.

Robin Rampold se tenait, absorbé, devant la bibliothèque contenant les microfilms; il parcourait le répertoire en passant ses doigts sur son long menton osseux. Il se retourna, jeta un regard dans la direction de Gersen, traversa la pièce avec une démarche de loup et, d'une voix polie au point d'en être obséquieuse, demanda :

— Et *lui*... est-il vivant?

— Pour le moment.

L'homme hésita, ouvrit la bouche, la referma. Enfin, il demanda timidement :

— Que comptez-vous faire de lui?

— Je ne sais pas encore, dit Gersen. Je veux me servir de lui.

Rampold se fit très pressant. Il parlait à voix basse, comme s'il craignait d'être entendu par les autres occupants du salon.

— Pourquoi ne pas le confier à ma charge? Vous seriez débarrassé du soin de le garder et de le nourrir.

— Non, dit Gersen.

Le visage de Rampold devint encore plus hagard, plus désespéré, s'il était possible.

— Mais... il le faut!

— Comment cela?

L'autre hocha la tête.

— Vous ne pouvez pas comprendre. Pendant dix-sept ans, il a été...

Il ne trouvait pas les mots. Finalement il poursuivit :

— Il a été le centre de mon existence, une sorte de dieu personnel. C'est lui qui me dispensait le boire, le manger, la souffrance. Une fois il m'a apporté un chaton — un magnifique chaton noir. Il m'observait avec une expression presque bienveillante, pendant que je lui prodiguais des caresses. Mais cette fois, j'ai déjoué ses plans. J'ai tué la petite bête immédiatement, car j'avais deviné ses intentions. Lorsque je me serais attaché à l'animal, il l'aurait torturé sous mes yeux... Bien entendu, il m'a fait payer sa déception.

Gersen poussa un soupir.

— Il possède une trop grande emprise sur vous, c'est pourquoi je ne puis vous faire confiance.

Les yeux de Rampold se remplirent de larmes. Il prononça une suite de phrases décousues.

— C'est étrange. Je me sens comme peiné. Ce que je ressens pour lui, je ne peux pas le traduire en mots. C'est une haine insensée, à ce point démentielle qu'elle tourne à la tendresse. Il y a des substances si sucrées qu'elles laissent un goût amer sur la bouche, d'autres si aigres qu'elles paraissent salées... Oui, je consentirais à tout pour m'occuper de lui. Je voudrais lui consacrer le reste de ma vie. Il tendit les mains dans un geste de supplication. Donnez-le-moi. Je ne possède rien, sinon je vous aurais largement indemnisé.

Gersen ne put que secouer la tête.

— Nous en reparlerons plus tard.

Rampold acquiesça par une profonde inclinaison de tête et retourna à sa place. Gersen porta son regard vers le groupe des trois hommes qui poursuivaient une conversation à bâtons rompus. Selon toute apparence, ils étaient tombés d'accord pour se désintéresser des nouveaux passagers. Gersen eut un sourire farouche. Celui d'entre eux qui était Attel Malagate ne se souciait pas d'affronter Hildemar Dasce. Celui-ci n'était pas un homme subtil; on pouvait craindre qu'il ne laissât échapper des propos révélateurs. Attel Malagate s'efforcerait de le rassurer et de l'avertir en quelques mots discrets. Peut-être saisirait-il la première occasion de le supprimer non moins discrètement.

La situation se trouvait en état d'équilibre instable. Tôt ou tard, elle finirait bien par basculer pour se situer sur son plan réel. Gersen fut tenté de précipiter la crise, en amenant Dasce dans le salon ou en conduisant le trio dans la soute, mais décida de choisir le moment le plus favorable.

Il avait conservé ses armes. Les trois universitaires, apparemment rassurés sur ses bonnes intentions, ne lui avaient pas demandé de les réintégrer dans le compartiment de sécurité. Étonnant, pensa Gersen. Même en ce moment, Attel Malagate ne possédait pas la moindre raison de soupçonner que Gersen était sur sa piste. Il n'en serait que moins méfiant et pourrait, sous prétexte de curiosité, chercher à voir le prisonnier.

Vigilance, pensa Gersen. Il lui vint à l'esprit que Rampold pourrait, en l'occurrence, lui servir d'allié précieux. En dépit de l'aliénation et de la déformation dont dix-sept années de captivité avaient imprégné sa cervelle, il ne montrerait pas moins de vigilance que Gersen... pour tout ce qui concernait Hildemar Dasce.

Gersen se leva, se dirigea vers la poupe, traversa la salle des machines et pénétra dans la soute. Dasce, qui n'affectait aucune prétention à la résignation stoïque, l'accueillit avec des regards pleins de haine. Gersen remarqua ses doigts ensanglantés. Déposant son projac sur une étagère afin d'éviter de se le voir arracher par le prisonnier, il s'approcha pour vérifier ses liens. Aussitôt, Dasce rua sauvagement. Gersen lui assena un maître coup derrière l'oreille, du tranchant de la main, et l'autre s'immobilisa. Gersen vérifia les nœuds qui assuraient le câble autour du cou de Dasce et recula pour se mettre hors de portée.

— Il me semble, dit Gersen, que votre situation ne s'améliore guère.

Dasce cracha dans sa direction.

Gersen fit un bond en arrière.

— Votre situation ne vous permet pas ce genre d'insulte.

— Peuh! Que pouvez-vous faire de plus? Croyez-vous que j'aie peur de la mort? Je ne vis que de haine.

— Rampold a demandé à s'occuper de vous.

Dasce ricana.

— Lui? Il rampe à mes pieds. C'est une chiffe molle. Je ne trouvais même plus de plaisir à le faire souffrir.

— Je me demande combien de temps il lui faudra pour vous mettre dans le même état.

Dasce cracha une fois de plus.

— Dites-moi comment vous avez fait pour découvrir mon étoile.

— On m'a fourni des renseignements.

— Qui ça?

— Que vous importe? dit Gersen. Le moment était peut-être venu de lui suggérer une idée. Vous n'aurez jamais l'occasion de vous venger de lui.

Dasce retroussa les lèvres en une grimace horrible.

— Qui se trouve à bord de ce vaisseau?

Gersen ne répondit pas. Debout parmi les ombres de la soute, il observait son prisonnier. Celui-ci devait être pratiquement sûr qu'Attel Malagate était au nombre des passagers; son incertitude égalait sans doute celle de Malagate.

Gersen élabora et rejeta une demi-douzaine de questions, calculées pour arracher à son prisonnier l'identité de Malagate. Elles étaient toutes ou trop frustes ou trop subtiles; elles révéleraient à Dasce que Gersen s'efforçait d'obtenir ce renseignement et n'auraient d'autre résultat que de le mettre sur ses gardes.

Dasce tenta une manœuvre de séduction.

— Allons! Je suis, comme vous le dites, entre vos mains. Je voudrais bien connaître le nom de celui qui m'a trahi.

— Et de qui s'agit-il, à votre avis?

Dasce sourit ingénument.

— J'ai pas mal d'ennemis. Le Sarkoy, par exemple. Est-ce lui?

— Le Sarkoy est mort.

— Mort!

— Il vous a prêté la main pour enlever la jeune fille. Je l'ai empoisonné.

— Peuh! dit Dasce, une de perdue, dix de retrouvées. Il n'y avait pas de quoi vous énerver. Je suis riche et je vous donnerai la moitié de ma fortune... si vous me révélez le nom de celui qui m'a trahi.

— Ce n'était pas Suthiro le Sarkoy.

— Tristano? Sûrement pas. Comment aurait-il pu savoir?

— Lorsque j'ai rencontré Tristano, il avait fort peu de choses à dire.

— Mais qui alors?

— Très bien, dit Gersen, je vais vous donner la

réponse. Pourquoi pas? C'est l'un des administrateurs de l'Université de la Province Océanique qui m'a donné le renseignement.

Dasce passa sa main sur la bouche et jeta un regard de biais à son interlocuteur, un regard plein de doute et de soupçon.

— Pourquoi aurait-il fait une pareille chose? murmura-t-il. Je n'y comprends rien.

Gersen avait espéré surprendre une exclamation arrachée à la faveur de la surprise.

— Savez-vous à qui je fais allusion? demanda-t-il.

Dasce se contenta de le regarder avec des yeux inexpressifs. Gersen ramassa son projac et quitta la soute.

Revenu au salon, il trouva la situation inchangée. Il fit signe à Rampold qui se trouvait dans la salle des machines.

— Vous désirez toujours assurer la surveillance de Dasce?

— Oui, répondit Rampold en tremblant de surexcitation.

— Il m'est impossible d'accéder à votre désir, mais j'ai besoin de votre concours pour le garder.

— J'accepte, bien entendu.

— Dasce est rusé. Il ne faudra jamais pénétrer dans la soute.

Rampold fit une grimace déçue.

— Autre recommandation non moins importante : ne permettez à quiconque d'approcher de la soute. Ces gens sont les ennemis mortels de Dasce. Ils pourraient fort bien le tuer.

— Non, non, s'écria Rampold. Il ne faut pas qu'il meure!

Une nouvelle idée traversa l'esprit de Gersen. Attel Malagate avait ordonné la mort de Pallis Atwrode, craignant qu'elle ne vînt à révéler son identité par une parole imprudente. Dans son état présent, elle n'offrait guère de danger; néanmpoins, elle pouvait se remettre. Attel Malagate n'hésiterait peut-être pas à la supprimer, s'il pouvait le faire sans risque.

— Vous devrez également veiller sur Pallis Atwrode, et vous assurer que nul ne vienne la déranger.

Rampold se montra infiniment moins intéressé par cette consigne.

— Je ferai ce que vous me demandez.

XI

Extrait de *L'apprenti d'Avatar,* dans le *Scroll* tiré de la *Neuvième Dimension :*

L'intelligence? demanda Marmaduke durant l'un des intervalles autorisés, tandis qu'il assistait son ÉMINENCE sur le Parapet. Qu'est-ce que l'intelligence?

Eh bien, répondit son ÉMINENCE, ce n'est rien d'autre qu'une occupation humaine; un exercice que les hommes imposent à leur cerveau, de même qu'une grenouille détend ses cuisses pour nager : c'est un critère dont les hommes, dans leur égocentrisme, font usage pour mesurer des races différentes et peut-être plus nobles, qui se trouvent, par là même, réduites au silence.

Cela signifie-t-il, RÉVÉREND GRIS, que nulle créature, l'homme excepté, ne puisse accéder à cette qualité d'intelligence?

On pourrait aussi bien demander : qu'est-ce que la VIE, sinon une maladie de la fange originelle, une purulence qui a pris naissance dans le premier humus pour culminer, à travers d'innombrables cycles, distillations et sédimentations diverses, par la manifestation humaine?

Mais, RÉVÉREND, c'est un fait bien connu que d'autres mondes ont mis en évidence le fait de la VIE. Je fais allusion aux joyaux d'Olam aussi bien qu'aux populations du Marais Chthonien.

Witling, comment se fait-il que vous ayez outrepassé le tintement précis de l'ESSENCE?

RÉVÉREND, j'implore votre indulgence.

Le chemin qui longe le Parapet n'est pas fait pour ceux dont le pied progresse.

RÉVÉREND GRIS, faites je vous prie que ma direction soit définie.

Les huit coups du gong ont résonné. Réjouissez-vous de cette annonce et faites quérir mon vin matutinal.

Le filament extrait du moniteur de Lugo Teehalt lança des impulsions dans l'ordinateur, lequel digéra l'information, la combina avec les équations décrivant la position précédente du vaisseau et transmit ses instructions au pilote automatique. Celui-ci modifia la course de l'astronef et lui fit prendre un cap sensiblement parallèle à la ligne joignant Alphanor à la Planète Smade. Le temps passait. La vie à bord se déroulait suivant la routine habituelle. Gersen, assisté de Rampold, assurait la garde de la soute aux bagages. Ce dernier s'était vu interdire l'entrée de cette soute pour des raisons de sécurité. Pendant les premiers jours, Hildemar Dasce afficha une jovialité fracassante qui alternait avec de furieuses menaces de vengeance que devait exercer contre ses geôliers un mystérieux personnage dont il se refusait à révéler l'identité.

— Demandez à Rampold ce qu'il en pense, ricanait Dasce. Voulez-vous qu'un même sort vous soit réservé?

— Non, répondit Gersen, mais je pense que cette éventualité est hautement improbable.

Parfois, Dasce exigeait de Gersen qu'il répondît à ses questions.

— Où me conduisez-vous? s'inquiétait-il. Me ramenez-vous sur Alphanor?

— Non!

— Où donc?

— Vous verrez bien.

— Répondez-moi ou, par... (ici Dasce proférait l'un de ses jurons les plus obscènes) je vous ferai subir un châtiment plus terrible que vous ne pourriez jamais imaginer!

— C'est un risque qu'il nous faut bien courir!

— *Nous?* questionna Dasce doucement. Qui ça, *nous?*

— Vous ne savez donc pas?

— Pourquoi ne vient-il pas ici? Dites-lui que je veux lui parler.

— Il peut venir quand bon lui semble.

Là-dessus, Dasce devint muet comme la tombe. Gersen avait beau l'irriter, le provoquer, il n'arrivait pas à lui faire prononcer un nom. Par ailleurs, les trois membres de l'Université ne témoignaient pas du moindre intérêt pour Dasce.

Quant à Pallis Atwrode, son aliénation s'accentua d'abord de jour en jour. Pendant des heures, elle se tenait devant un hublot, regardant les étoiles défiler sous ses yeux. Aux moments des repas, elle mangeait lentement avec hésitation et sans appétit; elle dormait des heures d'affilée, recroquevillée sur elle-même. Puis, peu à peu, elle reprit conscience de la réalité; il lui arrivait de redevenir l'insouciante Pallis de jadis.

Gersen se félicita de ce que la promiscuité créée par l'encombrement du vaisseau rendît impossible tout tête-à-tête. La présence de Dasce dans la soute et celle d'Attel Malagate dans la première cabine suffisaient à engendrer une tension presque insupportable.

Le temps passait toujours. Le vaisseau traversait des régions nouvelles où nul homme, à part Lugo Teehalt, n'avait jamais fait son apparition. De tous côtés, ce n'étaient que myriades d'étoiles suspendues dans le firmament; par essaims, en poussières rutilantes, elles passaient en silencieuse procession, se chevauchant, se dépassant interminablement — mondes innombrables d'une variété infinie, peuplés par quels êtres mystérieux? Chacun d'eux attirait l'œil, suscitait une tentation, promettait des visions inconnues, des connaissances inédites, des spectacles jamais égalés.

Un beau jour, une étoile chaude, d'un blanc doré, fit son apparition à la proue.

Alors, au panneau de commande du moniteur, s'allumèrent des lampes alternativement vertes, rouges et vertes. Le pilote automatique freina la réaction des moteurs; le vaisseau fit entendre un infrason provoqué par des tourbillons, des ondes en retour, des turbulences d'une substance à laquelle on ne pouvait donner d'autre nom que celui d'espace dans l'instant de sa genèse.

La poussée s'arrêta avec un léger choc; le vaisseau continua sur son erre, comme un bateau dérivant sur une mare.

Le soleil blanc doré semblait à portée de la main, avec son trio de planètes. L'une orange, petite et proche, un bloc de cendres fumant. La seconde décrivant une orbite lointaine, monde sinistre et funèbre, de la couleur des larmes. La troisième resplendissant de vert, de bleu et de blanc et passant à proximité du vaisseau.

Gersen, Warweave, Kelle et Detteras, oubliant temporairement leurs antagonismes, se penchèrent sur le macroscope. Le monde qui apparut sous leurs yeux était vraiment magnifique, avec une atmosphère épaisse et humide, de vastes océans, une topographie des plus variées.

Gersen fut le premier à s'écarter de l'écran. Le moment était venu d'aiguiser sa vigilance au summum de ses capacités. Warweave fut le second à se redresser.

— Je suis entièrement satisfait. La planète n'a pas sa pareille dans l'univers. Mr. Gersen ne nous a pas menti.

Kelle le regarda avec surprise.

— Vous pensez qu'il n'est pas nécessaire d'atterrir?

— Je pense en effet que ce n'est pas nécessaire, mais je suis tout disposé à atterrir.

Il s'avança dans la cabine et se plaça près de l'étagère où Suthiro avait disposé son commutateur. Gersen sentit ses muscles se tendre. Serait-ce Warweave? Mais celui-ci poursuivit sa route. Gersen laissa échapper un soupir. Évidemment, le moment n'était pas encore venu. Pour se servir du gaz, Attel Malagate devait, d'une manière ou d'une autre, se protéger de ses effets.

— Je suis persuadé que notre intérêt est de nous poser, ne serait-ce que pour prendre quelques mensurations biologiques. En dépit de son apparence, la planète pourrait se révéler totalement inhospitalière.

— La chose ne me paraît guère pratique, dit Detteras d'un ton dubitatif, nous avons à bord un prisonnier, des malades et des passagers. Plus tôt nous serons rentrés à Alphanor, mieux cela vaudra.

— Vous parlez comme un perroquet, coupa Kelle d'une voix extraordinairement tranchante. Alors, nous aurions fait tout ce chemin, pour le simple plaisir de tourner bride et de rentrer chez nous? Evidemment, nous devons atterrir, ne serait-ce que pour nous promener pendant cinq minutes!

— Oui, dit Detteras, vous avez certainement raison.

— Parfait, dit Warweave, en route pour la descente!

Sans mot dire, Gersen commuta le pilote automatique sur le programme d'atterrissage. Les horizons s'élargirent, le paysage devint distinct : des étendues verdoyantes, des collines basses et moutonnantes, une succession de lacs vers le nord, une chaîne de pics couronnés de neige vers le sud. Le vaisseau se posa sur le sol; le rugissement des réacteurs s'éteignit. La terre ferme se trouvait maintenant sous leurs pieds; il régnait un silence complet que troublait seulement le tic-tac de l'analyseur automatique d'environnement, sur le tableau de commande duquel s'allumèrent bientôt trois lampes vertes : le verdict optimum.

Il y eut une courte attente pour l'équilibrage des pressions. Gersen et les trois universitaires revêtirent des costumes de plein air, s'enduisirent la peau de produits inhibiteurs d'allergie, se munirent d'inhalateurs contre les bactéries et les spores.

Pallis Atwrode, postée près d'un hublot, contemplait le paysage avec un étonnement candide. Rampold rôdait dans la poupe comme un vieux rat gris et maigre, faisant des mouvements comme s'il se préparait à descendre, mais sans se décider à quitter le havre de sécurité que constituait pour lui le salon.

L'air venu de l'extérieur envahit la pièce, frais, humide, pur. Gersen s'approcha de l'écoutille, l'ouvrit et, avec un geste poli quoique ironique, dit :

— Messieurs, voici votre planète.

Warweave fut le premier à poser le pied sur le sol, avec Detteras sur les talons, suivi de Kelle. Gersen les imita avec moins de hâte.

Le moniteur les avait déposés sur un terrain qui se trouvait à moins d'une centaine de mètres de l'endroit où Teehalt avait jadis pris contact avec le sol. Gersen estima que le paysage était encore plus exaltant que les photographies ne l'avaient laissé pressentir. L'air était frais, imprégné d'une senteur légèrement végétale. De l'autre côté de la vallée, au-delà d'un bouquet d'arbres élancés et sombres, les collines s'élevaient, massives en dépit de leurs courbes moelleuses, émaillées de roches grises érodées, avec des creux garnis de massifs de feuillages tendres. Au-dessus planait un énorme nuage aux volutes nacrées, qui brillait au soleil de midi.

De l'autre côté de la prairie, sur le bord opposé de la rivière, Gersen aperçut ce qu'il prit à première vue pour un parterre fleuri et identifia ensuite comme étant les dryades. Elles se tenaient à l'orée de la forêt, oscillant sur leurs membres souples, avec des mouvements aisés et gracieux. Créatures magnifiques, sans aucun doute, pensa Gersen — et pourtant, elles constituaient un élément discordant dans cette symphonie champêtre. Impression bizarre mais pourtant réelle. Elles semblaient déplacées sur leur propre planète! Une note exotique, en quelque sorte, dans un tableau aussi familier et cher à son cœur que... mais oui, la Terre.

Gersen n'avait pas conscience d'être lié à la Terre par un lien affectif. Et pourtant, rien ne ressemblait plus à ce monde que la Terre — ou, plus précisément ces régions privilégiées qui, par le fait de quelque hasard providentiel, avaient échappé aux artifices et aux transformations opérées par d'innombrables générations d'hommes. Ce monde était frais, naturel, immaculé. A l'exception des dryades — cette fausse note — rien ne le différenciait de la Vieille Terre, la Terre de l'Age d'Or, la Terre de l'homme naturel.

Gersen fut saisi d'une brusque illumination. C'était en ceci que résidait le charme fondamental de la planète : son identification quasi parfaite au milieu dans lequel l'homme avait fait son évolution. La Vieille Terre avait dû posséder bien des vallées pareillement riantes. L'influence de semblables paysages s'était gravée jusqu'au plus profond de l'âme humaine. D'autres mondes parmi ceux de l'Œcumène pouvaient être agréables, confortables, mais aucun n'égalait la Vieille Terre; nul ne constituait un véritable foyer.

Pour un peu, pensa Gersen, c'est ici que je voudrais

construire ma maison, avec un jardin à l'ancienne mode, un verger le long de la prairie, une embarcation à rames amarrée au bord de la rivière. Rêveries que tout cela, vaines aspirations vers un idéal inaccessible...mais des rêves et des aspirations qui devaient hanter tout homme digne de ce nom.

Une pensée soudaine le ramena à la réalité. Son attention soudain éveillée, il observa attentivement ses compagnons.

Warweave se tenait debout sur le bord de la rivière, regardant l'eau avec un visage soucieux. Soudain il tourna la tête et jeta un regard soupçonneux vers Gersen.

Kelle, qui se trouvait près d'un bouquet de fougères lui venant à l'épaule, tourna d'abord ses regards dans la direction de la vallée surmontée de cumulus blancs, puis vers la plaine verdoyante. La forêt qui bordait la vallée de part et d'autre formait une sorte d'allée, se perdant au loin dans la brume.

Detteras arpentait lentement la prairie, les mains derrière le dos. Il se pencha, ramassa une poignée d'humus, le fit couler entre ses doigts. Il se retourna pour examiner les dryades. Kelle fit de même.

Les dryades, glissant lentement sur leurs jambes souples, sortirent de l'ombre et se dirigèrent vers la mare. Leurs feuillages offraient aux yeux différentes couleurs : bleu, cramoisi, rouge cuivré, ocre jaune. Des êtres intelligents?

Gersen tourna de nouveau son attention sur les trois hommes. Kelle s'était légèrement rembruni. Warweave examinait les dryades avec une admiration évidente. Detteras porta soudain ses mains à sa bouche et fit entendre un sifflement strident qui laissa les dryades entièrement indifférentes.

Un bruit lui parvint du vaisseau. Gersen se retourna pour voir Pallis descendre l'échelle de coupée. Elle leva les mains vers la lumière et aspira l'air à pleins poumons.

— Quelle vallée splendide, murmura-t-elle. Kirth, quelle vallée magnifique.

Elle s'éloigna lentement, s'arrêtant de temps à autre pour regarder autour d'elle avec une expression de ravissement.

Pris d'un soudain pressentiment, Gersen fit demi-tour et se précipita au galop vers l'astronef; il escalada l'échelle de coupée et rentra dans l'appareil. Rampold! Où se trouvait Rampold? Le jeune homme se hâta vers la soute à bagages. Rampold avait déjà pénétré à l'intérieur. Gersen s'avança avec précaution, tendit l'oreille.

La voix de Dasce lui parvint, sèche, rauque, pleine d'une détestable exultation.

— Rampold, faites ce que je vous dis! M'entendez-vous?

— Oui, Hildemar.

— Allez à la cloison. Détachez le câble. Vite!

Gersen se déplaça de façon à voir ce qui se passait dans la soute sans être vu. Rampold était debout à moins d'un mètre de Dasce, les yeux fixés sur le visage rouge.

— M'entendez-vous? Faites vite, sinon je vous ferai regretter le jour qui vous vit naître.

L'autre se mit à rire doucement.

— Hildemar, j'ai demandé à Gersen la faveur de m'occuper de vous. Je lui ai dit que je vous chérirais à l'égal d'un fils, que je vous servirais les aliments les plus nourrissants, les boissons les plus reconstituantes... Je ne pense pas qu'il accède à mon désir, c'est pourquoi je veux au moins tremper mes lèvres dans cette coupe de délices que je me promettais de savourer depuis dix-sept ans. Maintenant je vais vous rouer de coups jusqu'à ce que mort s'ensuive. Pour la première fois...

— Désolé de vous interrompre, dit Gersen en pénétrant dans la soute.

Rampold poussa un cri de désespoir inarticulé, fit volte-face et se précipita hors de la soute. Gersen le suivit. Parvenu dans la chambre des machines, il régla soigneusement son projac comme il l'entendait, le glissa dans un étui et revint à la soute. Dasce découvrit ses dents comme un animal sauvage.

— Rampold manque de patience.

Il se dirigea vers la cloison et se mit en devoir de dénouer le câble.

— Qu'allez-vous faire? demanda Dasce.

— Les ordres sont venus de vous exécuter.

Les yeux de Dasce s'arrondirent.

— Quels ordres?

— Imbécile! dit Gersen. Vous ne devinez pas ce qui s'est passé? A présent, c'est moi qui occupe votre emploi.

L'une des extrémités du câble, libérée, tomba à terre. Gersen traversa la pièce.

— Ne bougez pas, si vous ne voulez pas que je vous casse une jambe! Il défit l'autre bout du câble. Maintenant, debout. En avant, doucement, en direction de l'échelle de coupée. Au premier mouvement suspect, je vous abats comme un chien.

Dasce se mit lentement debout. Gersen fit un geste de son projac.

— Marchez!

— Où sommes-nous? demanda Dasce.

— Que vous importe! Marchez!

Dasce pivota lentement et, traînant à sa suite deux longs brins de câble, il traversa successivement la salle des machines, puis le salon, et se présenta devant l'écoutille d'accès. Là, il hésita, jeta un coup d'œil par-dessus son épaule.

— Allons, avancez, dit Gersen.

Le prisonnier descendit l'échelle. Gersen, qui le suivait de près, glissa sur le câble et tomba sur le sol la face contre terre. Dasce poussa un rauque cri de triomphe, bondit sur lui, se saisit du projac et recula de quelques pas.

Gersen se releva lentement, battit en retraite.

— Halte, cria Dasce, cette fois, c'est moi qui vous tiens.

Il jeta un regard autour de lui. A quinze mètres de là, il aperçut Warweave et Detteras et, légèrement en retrait, Kelle. Rampold s'appuyait contre la soute. Dasce brandit le projac.

— Rassemblez-vous tous pendant que je décide de la conduite à suivre. Ce bon vieux Rampold, il a tout ce qu'il faut pour faire un mort! Et Gersen, naturellement... une bonne décharge dans le ventre!

Il tourna son regard vers les trois universitaires.

— Et vous, dit-il à l'un d'entre eux, vous m'avez trahi!

— Cela ne vous rapportera pas grand-chose d'agir ainsi, dit Gersen.

— Vous croyez? Je suis seul à être armé et trois d'entre vous vont mourir. Vous, le vieux Rampold et Attel Malagate.

— Il n'y a qu'une seule charge dans le projac. Vous abattrez l'un d'entre nous, mais les autres auront votre peau.

Dasce consulta rapidement l'indicateur de charges. Il eut un rire brutal.

— Ainsi soit-il. Qui veut mourir? Ou plutôt qui veux-je tuer? Son regard allait de visage en visage. Ce vieux Rampold. J'ai tiré de lui tout le plaisir possible. Gersen. Oui j'aimerais bien vous tuer — en vous plongeant un fer rouge dans l'oreille. Et Attel Malagate. Maudit chien galeux, vous m'avez trahi. Je n'arrive pas à comprendre quel est votre jeu. Pourquoi m'avez-vous amené ici?Mystère — mais c'est vous que je vais tuer.

Il leva l'arme, visa, appuya sur la détente. Un rayon énergétique sortit du canon — ce n'était pas l'éclair éblouissant mais un malheureux pinceau anémique. Il frappa Warweave et le renversa sur le sol. Gersen s'élança sur Dasce. Mais, au lieu de lui faire face, Dasce lui jeta l'arme à la tête, tourna les talons et s'enfuit dans la vallée. Gersen ramassa le projac, ouvrit la culasse, y inséra un nouveau chargeur.

Il s'avança lentement vers l'endroit où Warweave se relevait péniblement après sa chute.

— Faut-il que vous soyez stupide pour vous laisser dérober votre arme par un tel homme! hurla Detteras.

— Mais pour quelle raison a-t-il tiré sur Warweave? A-t-il perdu la tête? demanda Kelle d'une voix intriguée.

— Je propose que nous rentrions dans l'appareil où Mr. Warweave pourra se reposer. Il n'y avait qu'une charge réduite dans le projac, mais la commotion n'en a pas moins été douloureuse.

Detteras poussa un grognement et prit la direction du vaisseau. Kelle saisit Warweave par le bras; mais ce dernier refusa son aide et gravit seul l'échelle de coupée, suivi de Detteras, Kelle et, finalement, Gersen.

— Vous sentez-vous mieux? s'informa Gersen.

— Oui, dit Warweave, mais je suis d'accord avec Detteras, vous vous êtes conduit comme un âne bâté.

— Je n'en suis pas tellement sûr, répondit Gersen. J'ai soigneusement préparé le scénario.

Detteras le regarda d'un air ahuri.

— Comment? Tout cela n'était donc qu'une comédie?

— J'ai préparé le projac, je me suis arrangé pour que Dasce s'en empare, je l'ai averti qu'il ne contenait qu'une charge unique — ce qui m'a permis de vérifier mes soupçons concernant l'identité d'Attel Malagate.

— Attel Malagate?

Kelle et Detteras fixaient Gersen avec des yeux stupides. Warweave le surveillait étroitement.

— Parfaitement, Malagate le Monstre. J'observe Mr. Warweave depuis longtemps et j'avais la conviction que je me trouvais en présence d'Attel Malagate.

— C'est de la folie furieuse, haleta Detteras. Parlez-vous sérieusement?

— Je n'ai jamais été plus sérieux. J'avais à décider entre vous trois. C'est sur Warweave que s'est porté mon choix.

— Vraiment? dit Warweave. Et peut-on vous demander pourquoi?

— Mais comment donc! J'ai tout d'abord éliminé Detteras. Il est laid. Or, les Princes des Etoiles prêtent plus d'attention à leur physionomie.

— Un Prince des Étoiles? bredouilla Detteras. Warweave? Cela n'a pas le sens commun!

— D'autre part, Detteras est un gros mangeur, tandis que les Princes des Étoiles ne consomment la nourriture humaine qu'avec dégoût. J'ai résonné de la même façon pour Mr. Kelle et j'en ai conclu qu'il avait peu de chances d'être celui que je cherchais. Il est court et corpulent, ce qui n'est guère une caractéristique des Princes des Étoiles.

Le visage de Warweave se contracta en un sourire glacé.

— Vous prétendez qu'un visage bien fait est synonyme de caractère dépravé?

— Pas le moins du monde. Je prétends simplement que les Princes des Étoiles n'abandonnent leur planète que lorsqu'ils peuvent rivaliser victorieusement avec les hommes véritables. Deux autres raisons. Kelle est marié et père d'une fille. Secundo, Kelle et Detteras ont fait une carrière normale à l'Université. Vous, vous n'êtes que Prévôt Honoraire et, si mes souvenirs sont exacts, vous avez obtenu l'emploi à la faveur d'une généreuse donation.

— Vous nous racontez-là une véritable histoire de fous, déclara Detteras. Warweave serait Malagate le Monstre! Et un Prince des Étoiles pour couronner le tout!

— C'est un fait, dit Gersen.

— Et que comptez-vous faire?

— Le tuer.

Detteras ouvrit ses yeux comme des soucoupes, poussa un rugissement de triomphe et empoigna Gersen. L'autre rompit avec souplesse, para du coude et le frappa de la crosse de son projac. Detteras recula en titubant.

— Je vous demande votre concours et celui de Mr. Kelle, dit Gersen.

— Collaborer avec un fou furieux? Jamais!

— Warweave s'absente fréquemment de l'Université pour de longues périodes. Exact? Et l'une de ces absences s'est produite récemment. Exact?

Detteras serra les mâchoires.

— Je n'ai aucun commentaire à faire là-dessus.

— C'est assez vrai, dit Kelle d'un ton embarrassé. Il jeta un regard de biais à Warweave et revint à Gersen. Je suppose que vous avez de solides raisons d'accuser notre collègue.

— Assurément.

— J'aimerais bien en entendre quelques-unes.

— C'est une longue histoire. Il me suffira de vous dire que j'ai suivi la piste d'Attel Malagate jusqu'à l'Université de la Province Océanique et que mes présomptions se sont concentrées sur vous trois. J'ai soupçonné Warweave pratiquement dès le début, mais je n'ai obtenu de certitude définitive qu'au moment où vous avez pris pied sur cette planète.

— Nous sommes en pleine farce! soupira Warweave.

— Cette planète est identique à l'ancienne Terre —

une Terre que nul homme vivant n'a jamais connue; une Terre qui n'existe plus depuis dix mille ans. Kelle et Detteras ont été ravis. Kelle était fasciné par le paysage. Detteras a palpé respectueusement l'humus. Quant à Warweave, il s'est dirigé tout droit vers la rivière : or, vous savez que les Princes des Etoiles étaient, à l'origine, des lézards amphibies qui vivaient dans des trous humides. Apparurent les dryades. Warweave les admira, sembla leur trouver des qualités esthétiques. A notre point de vue, je parle de Kelle, de Detteras et de moi-même, ce sont au contraire des intruses. A leur vue, Detteras s'est mis à siffler comme un garnement et Kelle a fait triste figure, car nous n'aimons pas voir des créatures fantastiques sur un monde qui nous est si cher... Mais tout cela n'est encore que pure spéculation. Après avoir capturé Hildemar Dasce, je me suis donné une peine de chien pour le convaincre qu'Attel Malagate l'avait trahi. Et, lorsque je lui en ai fourni l'occasion, il a identifié Warweave, alias Malagate, d'un jet de projac.

Warweave secoua la tête d'un air de pitié.

— Je m'inscris en faux contre toutes ces allégations.

Il se tourna vers Kelle.

— Me croyez-vous?

Kelle fit la moue.

— Je ne puis m'empêcher de prendre Gersen pour un homme de valeur. Je ne pense pas qu'il soit irresponsable ou fou.

— Et vous, Rundle? dit Warweave en se tournant vers Detteras.

Celui-ci roula les yeux avec embarras.

— Je suis un rationaliste. Je ne puis avoir une foi aveugle en vous, en Gersen ni en quiconque. Gersen a fait votre procès. Pour étonnant que la chose puisse paraître, les faits semblent vous accabler. Pouvez-vous faire la démonstraction du contraire?

Warweave réfléchit.

— Je le crois. Il se dirigea vers l'étagère où Suthiro avait dissimulé le commutateur. Il tenait à la main l'inhalateur qui lui avait servi à l'extérieur. Oui, dit

Warweave, je crois que je puis présenter ma défense de manière convaincante.

Il appliqua l'inhalateur sur son visage, actionna le commutateur. Aussitôt l'avertisseur d'air pollué retentit : une sonnerie assourdissante.

— Si vous voulez bien couper le commutateur, cria Gersen, ce tintamarre s'arrêtera.

Warweave porta une main hésitante vers l'étagère et obéit.

Gersen se retourna vers Kelle et Detteras.

— Warweave n'est pas moins surpris que vous. Il s'imaginait que le commutateur commandait les réservoirs de gaz soporifique que vous trouverez sous les divans; voilà pourquoi il s'est servi d'un inhalateur. Mais j'avais vidé les réservoirs et connecté le commutateur à l'avertisseur.

Kelle se pencha devant le divan et ramena un réservoir. Il se tourna vers Warweave.

— Eh bien, qu'avez-vous à dire?

Warweave jeta l'inhalateur et tourna le dos, écœuré.

— Warweave! Dites-nous la vérité! rugit soudain Detteras.

— Vous avez entendu la vérité de la bouche de Gersen, jeta Warweave par-dessus son épaule.

— Alors, vous êtes bien Attel Malagate? s'enquit Detteras d'une voix étouffée.

— Oui. Warweave fit demi-tour, se redressa de toute sa hauteur. Ses yeux noirs allaient de l'un à l'autre. Et je suis un Prince des Étoiles, supérieur aux hommes!

— Un homme vous a vaincu, dit Kelle.

Les yeux de Warweave se firent plus brillants. Il se retourna pour examiner Gersen.

— Je suis curieux de nature. Depuis votre rencontre avec Lugo Teehalt, vous avez suivi Attel Malagate à la piste. Pour quelle raison?

— Attel Malagate est l'un des Princes-Démons. J'ai décidé de le tuer.

Warweave réfléchit un moment.

— Vous êtes un homme ambitieux, dit-il d'une voix neutre. Bien peu vous ressemblent.

— Le raid de Mount Pleasant ne laissa guère de survivants. Mon grand-père fut du nombre. J'en fus un autre.

— Vraiment? dit Warweave. Le raid de Mount Pleasant! Tout cela est bien vieux.

— Nous aurons accompli un voyage vraiment original, dit Kelle qui affectait une attitude détachée. Du moins aurons-nous atteint notre objectif. La planète existe. Elle correspond à la description qu'en avait faite Mr. Gersen, et la caution déposée à la banque devient automatiquement sa propriété.

— Pas avant notre retour sur Alphanor, grogna Detteras.

Gersen se tourna vers Warweave.

— Vous vous êtes donné beaucoup de mal pour vous assurer de cette planète. Je me demande pourquoi.

Warweave haussa les épaules sans se compromettre.

— Un homme pourrait désirer s'établir ici, s'y faire construire un palais, suggéra Gersen, mais un Prince des Étoiles ne nourrit pas de tels rêves.

— Vous faites là une erreur communément répandue, répondit Warweave. Les hommes ont, après tout, un esprit assez terre à terre. Vous avez tendance à oublier que des différences individuelles existent chez des gens qui appartiennent à des races autres que la vôtre. Il arrive que certains se voient refuser la libre disposition de leur propre monde. Ils deviennent des renégats : repoussés à la fois par les hommes et par ceux de leur propre race. Les gens de Ghnarumen... (il prononça avec aisance ce mot qui ressemblait à un éternuement) sont tout aussi disciplinés que les plus dociles des peuples de l'Œcumène. En bref, la carrière d'Attel Malagate n'est pas de celles que les gens de Ghnarumen se soucieraient d'imiter. Ont-ils raison? Ont-ils tort? Je vous laisse le soin d'en décider. Quoi qu'il en soit, j'use de mon droit strict en organisant mon style de vie à ma guise. Comme vous le savez, les Princes des Étoiles possèdent, à un degré très poussé, le sens de la compétition. Aux yeux des hommes, ce monde est magnifique. Je le trouve moi-même assez agréable. Je comptais y faire venir des gens de ma race, les faire prospérer sur un monde plus beau que la Terre, devenir le père d'un monde et d'un peuple supérieurs à la fois aux hommes et aux autochtones de Ghnarumen. Tels étaient mes espoirs, que vous ne comprendrez sûrement pas, car une pareille compréhension ne peut exister entre votre race et la mienne.

— Mais vous avez pris avantage de notre libéralisme pour nous déshonorer, dit Detteras entre ses dents serrées. Si Gersen hésitait à vous tuer, je m'en chargerais, moi!

— Aucun de vous ne tuera Attel Malagate, le Prince des Étoiles.

En deux enjambées, il atteignit l'écoutille d'accès. Detteras bondit à sa suite, ce qui empêcha Gersen de se servir de son projac. Warweave se retourna, lança son pied dans l'estomac de Detteras, se laissa choir sur le sol et dévala la pente à toutes jambes.

Gersen accourut sur le seuil. Il lança un jet de son projac dans la direction du fuyard, mais sans aucun résultat. Il dégringola alors l'échelle de coupée et se lança à sa poursuite.

Warweave atteignit le pré. Parvenu sur le bord de la rivière, il hésita, jeta un coup d'œil vers Gersen et poursuivit sa course dans le sens de la vallée. Gersen courait sur les pentes où le sol était ferme, et il commença à gagner du terrain sur le fugitif qui pataugeait maintenant dans une étendue marécageuse. Une fois de plus, Warweave s'approcha de la rivière et hésita. S'il plongeait, il serait rejoint par son poursuivant avant d'avoir atteint l'autre rive. Il jeta un regard par-dessus son épaule.

Il n'avait plus le visage d'un homme. Gersen se demanda comment il avait pu se laisser abuser, même l'espace d'un instant. Warweave poussa un cri dans une langue gutturale et indistincte, tomba sur les genoux et disparut.

En arrivant sur les lieux, Gersen découvrit dans la berge un trou de soixante centimètres de diamètre. Il se pencha mais ne put rien voir. Kelle et Detteras le rejoignirent, haletants.

— Où est-il passé?

Gersen indiqua le trou.

— Si j'en crois Lugo Teehalt, de gigantesques vers blancs vivent sous le marais.

— Hum, dit Detteras, c'est dans de tels trous situés dans les marécages que se sont développés ses ancêtres. Apparemment, il n'aurait pu trouver un meilleur refuge.

— Il faudra bien qu'il sorte pour manger, dit Kelle d'un air de doute.

— Je n'en suis pas si sûr. Les Princes des Étoiles détestent la nourriture humaine. De leur côté, les hommes trouvent le régime des Princes des Étoiles répugnant. Nous cultivons des plantes, nous domestiquons des animaux; ils font de même pour les vers, les insectes, etc. Warweave devrait fort bien se débrouiller avec ce qu'il trouvera sous le sol.

Gersen fouilla du regard la vallée où Dasce s'était enfui.

— Ils m'ont glissé tous les deux entre les doigts. J'étais prêt à sacrifier Dasce pour mettre la main sur Attel Malagate... mais les voir m'échapper tous les deux...

Les trois hommes étaient debout sur les berges de la rivière. Une brise légère vint rider la face de l'eau, agitant les branches des grands arbres sombres qui s'élançaient au pied des collines. Des dryades, errant sur la rive opposée, tournèrent leurs yeux vers les voyageurs.

— A la réflexion, si nous les laissons seuls en tête à tête sur cette planète, leur sort ne sera guère préférable à la mort, dit Gersen.

— Pire, bien pire, dit Detteras avec une sorte de ferveur.

Ils revinrent lentement à l'astronef. Pallis Atwrode, qui s'était assise sur l'herbe tendre, se leva à l'approche de Gersen.

Elle paraissait en proie à un détachement total qui ne l'éloignait pas seulement des dernières minutes. Elle s'avança vers lui, lui prit le bras et plongea son visage souriant dans le sien.

— Ce pays me plaît, Kirth, et vous?

— Oui, Pallis. Beaucoup!

— Imaginez, dit-elle. Une jolie maison à flanc de coteau, comme celle du vieux Morton Hodenfroe à Blackstone Edge. Ne serait-ce pas merveilleux, Kirth? Je me demande...

— Il nous faut d'abord rentrer sur Alphanor, Pallis. Ensuite nous pourrons penser à revenir.

— Très bien, Kirth... Elle marqua un temps d'arrêt avant d'étreindre ses épaules. Son regard intense chercha le sien. Est-ce que... est-ce que je vous plais toujours? Après tout ce qui est arrivé?

— Oui. Gersen sentit ses yeux s'emplir de larmes. Ce n'était pas votre faute.

— Non... Mais, chez nous, à Lantango, les hommes sont d'une telle jalousie.

Ne sachant que répondre, Gersen déposa un baiser sur son front et lui caressa l'épaule.

— Mon cher Gersen, vous avez usé de nous de façon fort cavalière. Dire que je m'en réjouis serait aller un peu loin, mais d'autre part je ne puis me résoudre à vous en vouloir, dit Detteras d'un ton bourru.

Robin Rampold s'approchait en rasant les parois du vaisseau.

— Hildemar s'est enfui, dit-il d'un ton funèbre. Bientôt il franchira les montagnes et atteindra la ville... et alors je ne le verrai plus jamais.

— Il est possible qu'il franchisse les montagnes, répondit Gersen, mais pour ce qui est de trouver des villes, il peut chercher longtemps.

— J'ai parcouru le flanc des collines et l'intérieur de la forêt, dit Rampold. J'ai l'impression qu'il n'est pas loin.

— C'est assez probable.

— C'est déprimant, fit Rampold, il y a de quoi vous faire perdre tout goût de vivre.

Gersen se mit à rire.

— Vous auriez peut-être préféré demeurer dans votre cage?

— Non, bien sûr que non. Mais j'ai passé dix-sept années à rêver à ce que je ferais lorsque je recouvrerais ma liberté! Et maintenant que me voilà libre, Hildemar Dasce est hors de ma portée.

Il s'éloigna, le visage empreint d'un chagrin inconsolable.

— Du point de vue scientifique, j'estime que cette planète est fascinante, dit Kelle après un moment de silence. En tant qu'homme, je la trouve enchanteresse. Mais lorsque je la considère avec les yeux de l'ex-collègue de Warweave, elle produit sur moi un effet déprimant et je suis prêt à la quitter sur l'heure.

— D'accord, dit Detteras. Pourquoi pas?

Gersen embrassa du regard la vallée où Hildemar Dasce errait comme un fauve traqué. Ses yeux parcoururent la vallée jusqu'aux lointains horizons brumeux, revinrent à la prairie marécageuse sous laquelle rampait Attel Malagate le Monstre. Puis il plongea ses yeux dans ceux de Pallis Atwrode.

La jeune fille prit une inspiration.

— J'ai l'impression de vivre un rêve.

— Vous vivez un rêve... qui est aussi la réalité.

— Le reste de cette aventure ressemble également à un rêve ou plutôt à un cauchemar.

— Ce cauchemar est maintenant terminé. Disons qu'il n'a jamais eu lieu.

— J'ai été... Elle hésita, fronça les sourcils. Je ne me souviens plus de grand-chose.

— C'est tant mieux.

— Regardez, Kirth. Comment appelez-vous ces magnifiques créatures?

— Des dryades.

— Que font-elles?

— Je l'ignore. Je suppose qu'elles cherchent leur nourriture. Lugo Teehalt disait qu'elles tirent leur subsistance de gros vers qui vivent sous la prairie. Peut-être pondent-elles des œufs dans le sol.

Les dryades défilaient sur la rive, agitant leur brillant feuillage qui ondulait lentement comme des branches dans le vent. Lorsqu'elles atteignirent le marais, elles se déplacèrent avec plus de lenteur, paraissant décomposer leurs pas. L'une d'elles s'arrêta, demeura immobile. Sous son pied, apparut un éclair blanc qui était une sorte de trompe plongeant dans le sol meuble. Quelques secondes s'écoulèrent. Le sol alors se souleva, comme s'il allait être le théâtre de quelque éruption en miniature : la dryade tomba sur le dos.

Du cratère surgit Warweave, chancelant; la trompe était plongée au milieu de son dos. Son visage était souillé de boue, ses yeux exorbités; il poussait des cris affreux. Il se débattit, tomba sur les genoux, se dégagea de la dryade échevelée, bondit sur ses pieds et entreprit une course folle à flanc de coteau. Ses jambes vacillaient.

Il retomba sur les genoux, étreignit le sol de ses mains crispées, donna quelques ruades, puis demeura immobile.

On enterra Warweave sur le versant de la colline. Le petit groupe regagna ensuite le vaisseau. Robin Rampold s'approcha avec quelque méfiance de Gersen.

— J'ai pris la décision de demeurer ici, dit-il.

Gersen fut surpris et choqué de cette décision. Et pourtant, au fond de lui-même, un instinct obscur lui avait fait pressentir ce dénouement.

— Alors, dit-il, d'un ton gêné, vous avez l'intention de vivre sur cette planète en compagnie de Hildemar Dasce?

— Oui.

— Savez-vous ce qui va se produire? Il fera de vous son esclave, à moins qu'il ne vous tue pour s'emparer des provisions que je suis contraint de vous laisser.

Le visage de Rampold était livide et tiré.

— Vous avez sans doute raison, mais je ne puis abandonner Hildemar Dasce.

— Réfléchissez, dit Gersen. Vous serez seul, isolé. Il deviendra encore plus sauvage qu'il ne l'était auparavant.

— J'espère que vous voudrez bien me laisser quelques objets. Une arme, une pelle, quelques outils pour construire un abri, un peu de nourriture.

— Et que ferez-vous lorsque vos provisions seront épuisées?

— Je chercherai ma subsistance dans la nature. Grains, poissons, noix, racines. Il s'en trouvera peut-être de vénéneuses. Mais je les essaierai avec le plus grand soin. Que me reste-t-il d'autre, dans cette vie?

Gersen secoua la tête.

— Vous feriez bien mieux de rentrer en même temps que nous sur Alphanor. Hildemar Dasce exercera sur vous une vengeance dénuée de sens, mais terrible.

— C'est un risque que je suis décidé à courir, répondit Rampold.

— Comme vous voudrez.

L'astronef s'éleva majestueusement au-dessus de la prairie, abandonnant Rampold, debout auprès de ses maigres approvisionnements.

Les horizons s'élargirent. La planète ne fut bientôt plus qu'une boule bleue et verte qui diminua progressivement vers la poupe du vaisseau. Gersen revint vers les deux universitaires.

— Et voilà, messieurs, vous avez vu la planète de Teehalt.

— En effet, répondit Kelle d'une voix inexpressive. Vous avez choisi une méthode curieusement détournée pour remplir les termes du contrat que vous avez souscrit avec nous. L'argent est maintenant votre propriété.

Gersen secoua la tête.

— Je ne prendrai pas cet argent. Je vous propose que nous gardions le secret sur cette planète, afin d'éviter de la voir profaner.

— Très bien, dit Kelle, je suis tout à fait d'accord.

— Moi aussi, dit Detteras, à condition toutefois qu'il me soit loisible d'y revenir dans des circonstances moins dramatiques.

— Une dernière condition, ajouta Gersen. Je propose que le tiers des fonds engagés, représentant la quote-part d'Attel Malagate, soit déposé sur le compte de Miss Atwrode en guise de dédommagement pour les préjudices que Malagate lui a causés.

Kelle et Detteras n'élevèrent aucune objection. Après des protestations de pure forme, Pallis finit par accepter et, de ce moment, la jeune femme retrouva toute sa bonne humeur.

A la poupe, l'étoile d'un blanc doré se fondit dans la multitude avant de s'évanouir aux regards.

Un an plus tard, Gersen revint seul sur la planète de Teehalt à bord de son vieil astronef modèle 9B.

Suspendu dans l'espace, il examina la vallée au macroscope mais n'y découvrit aucun signe de vie. Il y avait maintenant un projac sur la planète, qui se trouvait peut-être entre les mains de Hildemar Dasce. Il attendit que la nuit fût tombée et se posa sur un plateau montagneux qui dominait la vallée.

La longue nuit acheva paisiblement son cours. A l'aube, Gersen descendit dans la vallée, sans jamais quitter la protection des arbres.

Il entendit dans le lointain le bruit d'une cognée. Avec une prudence infinie, il marcha dans la direction d'où provenaient les coups sonores.

A la lisière de la forêt, il aperçut Rampold qui taillait, à la hache, un tronc d'arbre abattu. Gersen se rapprocha discrètement. Le visage de Rampold s'était rempli. Il avait la peau hâlée, et paraissait robuste et en excellente forme. Gersen l'appela par son nom. L'autre sursauta et leva les yeux en fouillant du regard les ombres épaisses.

— Qui est là?

— Kirth Gersen.

— Avancez, avancez! Inutile de vous cacher

Gersen apparut à l'orée de la forêt, regardant autour de lui avec méfiance.

— Je craignais de me trouver nez à nez avec Hildemar Dasce.

— Ah! dit Rampold, vous n'avez pas à vous inquiéter de lui.

— Serait-il mort?

— Non, il est bien vivant au contraire. Il habite une petite hutte que j'ai construite à son intention. Avec votre permission, nous n'irons pas lui rendre visite, car sa hutte se trouve dans un endroit discret, à l'abri des regards de ceux qui pourraient éventuellement venir prospecter cette planète.

— Je vois, dit Gersen. C'est vous qui avez eu le dessus.

— Naturellement! En aviez-vous jamais douté? Je suis un homme de ressource. Hildemar n'était pas de taille à lutter avec moi. J'ai creusé un piège pendant la nuit. Au matin, il est venu sans méfiance, comptant faire main basse sur mes provisions. Il est tombé dans le piège et je l'ai mis en captivité. Ce n'est déjà plus le même homme. Il scruta le visage de Gersen. Vous ne m'approuvez pas?

Gersen haussa les épaules.

— Je suis venu pour vous ramener dans l'Œcumène.

— Rien à faire! dit Rampold. Très peu pour moi. Je veux vivre ici le restant de mes jours en compagnie de Dasce. Le pays fournit suffisamment de nourriture pour deux, et j'exerce quotidiennement sur Dasce les sévices et les raffinements qu'il m'enseigna autrefois.

Ils se promenèrent dans la vallée jusqu'au précédent lieu d'atterrissage.

— Le cycle biologique de cette planète est des plus étranges, dit Rampold. Chaque forme se transforme incessamment en une autre. Seuls les arbres possèdent quelque permanence.

— C'est ce que m'apprit l'homme qui découvrit la planète pour la première fois.

— Venez, je vais vous montrer la tombe de Warweave.

Rampold le conduisit le long d'une pente, vers un tertre couronné d'un bouquet d'arbres élancés aux fûts blancs. Sur le côté, poussait un arbuste assez différent des autres. Le tronc en était veiné de pourpre, les feuilles étaient vert foncé et présentaient une texture assez analogue au cuir. Rampold fit un geste.

— Ici repose Cryle Warweave.

Gersen demeura un instant plongé dans ses pensées, puis il se détourna. Il parcourut la vallée du regard. Elle était aussi belle, aussi calme, aussi sereine que jamais.

— Eh bien, dit Gersen, je vais repartir une fois de plus. Il se peut que je ne revienne jamais. Vous êtes bien sûr que vous n'éprouverez pas de regret?

— Absolument. Rampold considéra le soleil. Mais il se fait tard. Hildemar doit déjà m'attendre. Je serais désolé de le décevoir. Je vais vous faire mes adieux, maintenant.

Il s'inclina puis s'en fut, traversa la vallée et disparut dans la forêt.

Gersen parcourut une dernière fois la vallée d'un regard mélancolique. Ce monde avait perdu son innocence première; il avait connu le mal. Il lui semblait que le panorama s'était terni. Gersen poussa un profond soupir et contempla ce qu'était devenue la tombe de Warweave.

Il se pencha, saisit l'arbuste, l'arracha de terre, le brisa et dispersa les fragments à tous les vents. Puis il fit volte-face et remonta la vallée en direction de l'astronef.

Achevé d'imprimer en septembre 1987
sur les presses de l'Imprimerie Bussière
à Saint-Amand (Cher)

PRESSES POCKET - 8, rue Garancière - 75285 Paris
Tél. : 46-34-12-80

— N° d'édit. 1570. — N° d'imp. 2052. —
Dépôt légal : 1er trimestre 1980.

Imprimé en France